Les aventures de Marion ont été publiées précédemment dans le magazine *Je Bouquine*.

Fanny Joly • Catel Muller

MARION et Cie

Collège, fuyons !

GALLIMARD JEUNESSE

Table des matières

Mon grand frère, Charles, 15 ans,
1,87 m, super énervant, super doué...
sauf en gentillesse !

Félix, l'irrésistible copain
de mon frère. Son seul défaut :
il ne s'intéresse pas à moi.

Maman : Christine de son petit nom.
Elle a un peu trop de principes mais
bon... je l'aime bien quand même.

Papa : Bernard Girardon.
Informaticien un poil râleur, mais
farceur aussi, heureusement !

Juan Gonzales, dit Juanito. On se connait depuis le CP. Je l'aime bien. Lui, il m'aime tout court. Au secours !
Camille, jolie, futée, artiste, gâtée. On est si amies que je suis même pas jalouse.
Ça c'est moi, Marion Girardon. 13 ans, 1 m 51 (presque) et une vie... qui ressemble à un feuilleton.
L'anglais, je n'aimais déjà pas. Depuis que j'ai Hardy, comme prof : je hais !
Fulmio : le plus bourreau des profs de maths. Manque de chance : c'est le mien !

Appuyez sur le bouton

Grands carreaux ou petits carreaux ? Grand format ou petit format ? Je scrute depuis dix bonnes minutes les montagnes de fournitures scolaires qui se dressent au milieu de la librairie-papeterie du Dôme où je suis censée faire mes achats de rentrée et... cet Anapurna de papier blanc comme neige, si pur et pourtant menaçant, me donne envie de pleurer ! Dire que toutes ces feuilles vont se couvrir de cours, d'interros, de notes nulles et... de signatures qu'il va me falloir extorquer à mes parents au prix de longs sermons, de menaces, voire de punitions ! Autour de moi, des enfants innocents, inconscients, gambadent entre les rayons, s'extasiant devant une gomme en forme de pomme, un taille-crayon déguisé en fusée… Qu'il est loin, le joyeux temps de l'école primaire…

– Marion ! me lance une voix enjouée.

– Camille ! Qu'est-ce que tu fais là ?

– Je suis revenue deux jours en avance ! Et toi ?

– Ben tu vois, j'achète mes fournitures, enfin… J'essaie…

Ma meilleure copine, quasiment en tenue de plage et bronzée comme un pain d'épices, a tout sauf l'air d'une collégienne sur le point de reprendre le chemin du bahut.

– Super, on fait notre shopping ensemble !

– Tu parles d'un shopping ! Fulmio dans trois jours, ça te met en jambes, toi ?

– Hou… tu m'as l'air bougon ! C'est pas le moment, j'ai un plan d'enfer pour ce soir : tu te souviens de Basile Montclair ?

– Euh…

– Basiiiiiile ! trépigne Camille. Le beau gosse qui était en 5e avec ton frère, celui qui est parti à Londres, il y a trois ans…

« Basiiiiile » ne me dit rien, pas plus que son départ, et son retour encore moins.

– Mmmouais… C'est possible…

– Eh bien figure-toi que son père s'est

associé avec le mien, puis ses parents ont divorcé, bon bref, Basile est de retour à Paris avec son père. Ils s'installent dans une super maison pas loin de chez toi, rue des Maraîchers, ils vont refaire le sous-sol pour installer un studio d'enregistrement et, comme Basile flippe vu qu'il a perdu de vue presque tous ses copains, nos deux pères ont décidé d'organiser une big soirée avant que les ouvriers attaquent le chantier. Et comme il y a plus de garçons que de filles, ils m'ont proposé d'inviter qui je veux. Et j'ai choisi qui ? Toi, Marion Girardon !

Camille est aussi essoufflée que si elle avait descendu ses dix kilomètres d'explications à vélo !

– Mais... Mais... je bredouille, il y aura qui à cette soirée ?

– Plein de gens, des vieux, des jeunes, ton frère, entre autres !

– Mon frère !?! Première nouvelle !! En quel honneur ?

– Félix a aidé Basile à lancer les invitations, ils étaient restés en contact ! Félix, tu connais, quand même ? martèle ma copine devant mon air ahuri.

Je hausse les épaules. Si je connais, Félix ! Je ne connais que lui ! Le meilleur ami de mon frère est l'objet de tous mes rêves. Le plus beau, doux, gentil, insurpassable, insurpassé...

– Joooooke ! pouffe Camille en me balançant un

coup de coude. Je sais bien que Félix est ton chouchou adoré !

– En tout cas, Charles ne s'en est pas vanté, de cette histoire de soirée : il ne m'en a pas pipé un mot ! La tête qu'il va faire quand il saura que je viens ! Il n'y a rien qu'il déteste plus que de m'emmener quand il sort le soir.

– Tes parents vont te laisser y aller, tu crois ?

– Du moment que je suis avec mon GRAND frère, ils sont d'accord pour tout !

– On va trop s'éclater ! jubile Camille en me soulevant dans ses bras, sous le regard revolver de la caissière.

Les nuages qui obscurcissaient mon ciel sont balayés. Je saisis les premiers paquets de feuilles qui me tombent sous la main, petit format, grands carreaux, je m'en fiche pas mal : ce soir, je vais peut-être danser avec Félix en exclusivité mondiale. Cette rentrée rime avec TEUF !

Puisque Charles a décidé de faire son cachottier, j'en fais autant. De retour à la maison, j'évite le salon où il joue aux échecs avec papa, pour monter direct dans ma chambre, aussi discrètement qu'une souris. J'ai envie de savourer tranquillement les événements. Et si je me faisais belle ? Et si je devenais... la plus belle ? Ne rêve pas Marion ! me refroidit la

Petite Voix dans ma tête, mais disons..., une fille qui danse avec le rythme dans la peau, pourquoi pas ? Est-ce que je danse bien d'abord ? Je branche Too Boo dans mon casque et je me regarde danser dans le miroir de mon armoire. Il me reste un peu de bronzage, moi aussi je peux m'habiller comme pour aller à la plage. Je me change. Mon short n'est-il pas sexy ? Et mon débardeur ? Je vais la jouer Marion-Sauvageonne, la fille qui se trémousse sur le plancher comme si elle était sous les cocotiers. Je me déhanche, petits piétinements, tape dans les mains, tourne, tourne, déhanché *again*, tape, tourne tourne... Imaginons que je sois Félix et que je me voie, je me trouverais comment ? Carrément pas mal ! Bien sûr, je ne suis pas du niveau de Coralie Mussery, la grande bringue qui le colle comme s'il était un rocher et elle une moule, mais bon, j'ai mon petit mètre cinquante et un de charme et d'abord,

avec un peu de chance, Coralie ne sera pas rentrée de vacances…

J'en suis là quand arrive l'heure du déjeuner. Je me rhabille « en civil » et je descends. Question : le sujet soirée va-t-il être au menu ? Réponse rapide : dès le melon, Charles attaque :

– Ah au fait, ce soir, je suis invité chez Basile, un copain qui…

La demande passe comme une lettre à la poste. Permission de minuit accordée sans hésitation. C'est alors que je sors du bois…

– Au fait, je viens avec toi !

Mon frère sursaute comme si un coup de fusil lui était parti dans les jambes.

– Hein ? C'est quoi cette blague ?

– Le père de Basile est associé avec celui de Camille, je te signale, elle m'a invitée aussi !

Papa et maman se regardent. En cet instant, tout peut basculer du bon côté ou du mauvais. Je retiens mon souffle et parviens à garder un sourire suave.

– C'est chouette d'y aller entre frère et sœur, non ? Maman, tu adorais aller danser avec ton frère, toi aussi, n'est-ce pas ? Ta cousine Brigitte Plumier me l'a raconté, je m'en souviens…

– Brigitte Plumier !? Elle avait encore bu ce soir-là ou quoi ? manque de s'étouffer papa.

– Je t'en prie, Bernard ! toussote maman qui supporte très mal toute allusion négative à sa famille.

Oups. Je crois que j'ai marqué un point... contre mon camp.

– Bon, on va pas chipoter ! je plaide. Ça marche ? C'est OK ? Il fait super beau en plus, et lundi c'est la rentrée et je vais faire plein d'efforts pour super bien travailler et tout... Et puis Charles me surveillera, alleeeeez ! Camille vient nous chercher à huit heures...

J'ajoute tout le poids que je peux dans la balance. L'œil noir que me lance mon frère montre à quel point il a envie de jouer les teuf-sitters... papa sourit à maman qui sourit aussi. Victoire !

– D'accord ! lâche-t-elle. Mais ce ne serait pas plutôt Berthe Plumier ?

Berthe, Bérénice, Brenda, n'importe laquelle ! J'ai gagné ! Il est trois heures et j'ai tout l'après-midi devant moi pour me préparer à être la plus top sauvageonne de la soirée...

Quelques heures plus tard, papa et maman partis faire leurs traditionnelles – et providentielles – courses du samedi, je me prélasse dans un bain de mousse au par-

fum de magnolia, au son de *Never Leave Love*, le dernier tube de Too Boo. La musique toboggan m'emporte vers un océan de sentiments. Mes doigts de pied font ploc-ploc. L'eau tiédit-elle ? D'un coup d'orteil expert, je tourne le robinet d'eau chaude. Je suis au paradis. Derrière la porte fermée, le monde peut bien s'agiter, Félix ne m'échappera pas... Sur le bord du lavabo, la brochette des produits de soin que j'ai piqués à ma mère m'attend sagement. Hydratant Corps Super Moisturizer, Crème Top Epil, Huile Sèche Spéciale Pieds, Baume Lustral Cheveux de Soie : rien qu'à lire les noms sur les emballages, j'ai l'impression d'être une star... Quand j'en viens à les appliquer, je suis presque un peu déçue : à part un mélange d'odeurs

sucrées qui finissent par m'écœurer, pas vraiment d'effet magique... Mes cheveux, enduits de Baume Lustral, se démêlent avec une facilité... presque inquiétante. Les dieux du brushing seront-ils avec moi ? Tête en bas, séchoir dans une main, brosse dans l'autre comme me l'a appris Camille, je tente d'imprimer à chaque mèche ce mouvement lent, caressant et tournant, indispensable pour espérer « volumifier » ma maigre chevelure...

Quand je me redresse, crinière en l'air et cœur

battant, pour juger de l'effet dans la glace, j'ai un choc... Que vois-je ?

Au milieu de mon front, c'est quoi ce cratère dégoûtant, point blanc central, zone rouge tout autour, on dirait une tranche de saucisson ? Ça n'y était pas tout à l'heure ! Serait-ce les vapeurs de magnolia qui ont fait éclore cette horreur ? Ou le Baume Lustral de malheur ? Pas de ça Lisette ! Surtout pas maintenant ! À nous deux, sale bête ! Un Kleenex dans chaque main, je cerne la pustule par les faces est et ouest... Un geyser blanc splatche jusqu'au miroir. Ha ha han han ! Non mais ! Je ne vais pas me laisser gâcher la soirée du siècle par un sale bubon purulent !

– Alors ? C'est qui la plus forte ?

Triomphe de courte durée. Mon front ressemble à un champ de bataille au milieu duquel coulerait une rivière sanguinolente. « C'est pire qu'avant ! » me souffle la Petite Voix perfide qui veille toujours dans un coin de ma tête. J'ai envie de lui tordre le cou. Mais elle n'a pas de cou. Et elle continue : « Il y a encore cinq minutes, tu pouvais cacher le problème. Maintenant, on ne voit plus que ça, bien

joué Marion-la-maligne ! » Qu'à cela ne tienne, je chope un fond de teint au hasard dans un tiroir et j'en étale une bonne couche. On dirait une squaw peinturlurée pour la guerre. J'inspecte le tube de plus près. Terracotta. Qu'est-ce que c'est que cette cochonnerie couleur gadoue ?

Le sang bubonique perle déjà à travers. Vite, de l'eau de Cologne sur un coton pour effacer les dégâts. Pire que tout ! Mon front ressemble maintenant à un fessier de vieux macaque ! Au secours ! N'y aurait-il pas dans les trésors de l'armoire à pharmacie un cicatrisant miracle, un effaceur d'acné ? Je sors en peignoir dans le couloir.

– Hé c'est quoi ce gyrophare que t'as au milieu du front ?

Horreur ! Charles est sur le palier. J'explose ou je le bute ? Chemise bleu ciel, pantalon gris, coiffure étudiée, il se tord de rire ! Je le bourre de coups de poing, ruinant ce qui reste de mon malheureux brushing.

Driiing. On a sonné. Quelle heure est-il ? Qui ça peut bien être ?

– C'est l'ambulance qui vient te chercher ! ricane Charles.

– Va ouvrir, j'suis pas habillée !

– Merci, j'avais remarqué !

Je me cache. Je tends l'oreille.

– Ouaaaaaah Camille, le look d'enfer ! s'exclame la voix de mon frère.

Gloussement satisfait de ma copine.

– Ça te plaît ? Marion est là ? Je suis venue en avance pour l'aider à faire son brushing ! Elle a souvent un peu de mal toute seule...

– S'il y avait que le brushing ! grince mon adorable frangin.

Pourquoi suis-je maudite ? J'ai envie de hurler. Ne pas craquer. Je respire à fond, je m'avance, j'apparais en haut des marches, digne, limite héroïque.

– Coucou Camille ! J'ai un petit problème de...

– De bouton, oui, je vois !

Ma copine a les yeux rivés sur mon front. Si j'avais espéré que mon charcutage ne se verrait pas trop, me voilà renseignée : il se voit depuis le bas de l'escalier ! Camille monte les marches quatre à quatre.

– Attends, je vais te coiffer en avant avec une frange sur le front et puis... si ça va pas, je te prêterai mon béret !

Dans un geste généreux comme l'Amitié, Camille enlève

le petit calot de paille rose brodé de perles qui complète sa ravissante tenue...

– Quel dommage ! soupire mon frère, aimable et solidaire.

On s'enferme dans la salle de bains. Ma copine me prend en mains. Sa coiffure en avant me donne l'air d'une belette moyenâgeuse et/ou dépressive au choix. Camille elle-même, malgré l'optimisme qu'elle semble décidée à afficher envers et contre tout, est bien obligée d'admettre que...

– Ouais, bon, c'est pas génial mais avec le béret, ça va peut-être s'arranger !

Elle me le pose d'autorité sur la tête.

– Regarde...

À qui est cette tronche de cake dans la glace ? Ah, c'est à moi ! Pour tout arranger, s'y superpose le reflet de Charles qui ouvre la porte au même instant.

– Bon, ciao, je me casse ! J'ai promis à Basile et à Félix d'être à l'heure...

– Noooooon ! je hulule.

Camille attrape le bras de mon frère.

– Charles, si tu pars sans nous, t'es vraiment le dernier des derniers, tu m'entends !

– Bon ben secouez-vous alors, je compte jusqu'à trente !

Je cours dans ma chambre, j'enfile les fringues qui traînent sur mon lit.

– Dix-neuf, dix-huit, dix-sept... scande mon abominable frère.

Je rejoins Camille au pied de l'escalier.

– Et si j'y allais pas ?

– Hein ? J'ai invité que TOI et tu me ferais ça ? Je le crois pas ! Je vais vous rayer de ma liste, les Girardon, si ça continue !

D'accord. Je me tais. Poissarde je suis, poissarde je resterai. On fait le chemin sans un mot. Charles comme s'il traînait deux boulets. Camille comme si elle venait de découvrir que ses amis sont les pires des nazes. Rue des Sablons, rue des Aulnes, rue Fléoutier.

La maison de Basile, colombages et clocheton, ressemble à une villa de vacances éclairée de lampions multicolores. Des rires et de la musique en sortent. On sonne. La porte est entrouverte. La première silhouette que je repère est celle de Félix dansant, souple, charmeur, élégant.

Un prince... Il quitte la piste pour venir taper dans la main de mon frère.

– Salut mon pote !

Va-t-il me regarder ? Je me cache à moitié. Il embrasse Camille. Une autre fille le rejoint. Mes jambes sont molles. Il ne m'a même pas vue. Je vais pleurer, je pleure déjà, j'en ai marre, je n'en peux plus d'être moi...

– Bouh hou hou…

Il me regarde !

– Mais c'est Marion ! Je ne savais pas que tu venais ! Eh ben… qu'est-ce qui se passe ? Tu pleures ? Pleure pas Marionnette !

Il passe un doigt le long de ma joue. Félix ! Je m'écroule sur son épaule.

– Bouh hou hou…

– Allez viens danser…

Il m'a appelée MARIONNETTE ! Comme mes parents quand ils venaient m'embrasser le soir dans mon lit. *Never Leave Love,* chantent les Too Boo. Est-ce bien moi dans les bras de Félix ? J'ai peut-être eu raison, au fond, d'appuyer sur ce bouton...

Nouveau dossier

Vendredi 2 septembre. Jour maudit. Jour de la rentrée.

Je marche, pieds de plomb et tête en skaï, sur l'avenue qui mène au collège. J'ai l'impression d'être une hirondelle (et pourquoi pas ?) sur le point de s'engouffrer dans un trou à rats. Adieu coquillages, bronzage, liberté, rigolade et farniente… Dans mon cas c'est encore plus cruel : je n'ai rien eu de tout ça. Mes vacances se sont résumées à quatre jours à Istanbul pour accompagner mon veinard de frère (lequel est resté trois semaines en Turquie pour cause de compétition de basket) après quoi « budget vacances » épuisé : papa, maman et moi avons terminé le mois d'août en mode mégaradin dans la maison charentaise de ma grand-mère Mamika…

« Justement, tu devrais être contente de retrouver tes copains-copines ! » me glisse ma Petite Voix (aurait-elle décidé de jouer avec mes nerfs ?) « Justement c'est tout le contraire, je suis méga-frustrée, han han ! » j'aboie en silence.

– Hou hou, Marion ! lance une voix depuis le trottoir opposé.

– Juanito...

Mon petit pote fond sur moi et me smacke les deux joues, plein d'entrain.

– Quoi de neuf ?

– Bof... Et toi ?

– Tu remarques rien ?

Je le regarde un peu mieux. Il n'a pas changé. Bouille ronde. L'air gentil de chez Gentil. Un peu bronzé, peut-être ?

– J'ai des nouvelles lunettes !

– Ah... Elles ressemblent aux anciennes, non ?

– Rien à voir, c'est des Gronchmark & Prune !

– Super... je concède, bien que n'ayant jamais entendu ce nom bizarre.

Laura accourt :

– Vous avez vu ma nouvelle coupe ?

– Ta coupe... de quoi ?

Elle fait virevolter ses milliers de boucles rousses :

– De cheveux, voyons ! Tu le fais exprès, Marion ?

Le pire, c'est que... même pas !

Sous le préau, Myriam et Camille sont en pleine démo, l'une de son NOUVEAU sac à dos, l'autre de ses NOUVELLES ballerines... Toutes ces nouveautés m'agressent. « Jalouse ? » grince ma Petite Voix. Elle va pas se taire, celle-là ? Si, elle se tait, car M. Mazaud (dit Sado), notre redoutable/redouté CPE, s'approche, sourcils froncés :

– Les vacances vous auraient-elles bouché les tympans, jeunes gens ? ÇA SONNE !

Manifestement, rien de NOUVEAU à attendre, côté Sado... J'aperçois Arthur qui monte l'escalier en poussant Mouillaud mort de rire. Comme d'hab. D'où tiennent-ils leur effarante joie de vivre ? En classe, Fulmio et son pull caca d'oie sont déjà en place sur l'estrade. Tout est prêt pour de longs, longs, longs jours de torture.

Cent vingt minutes plus tard, la récré arrive enfin... Julie, Laura et Myriam sont en grande discussion au pied du châtaignier. Je les rejoins.

– Ça va buzzer de la folie, je vous le garantis ! annonce Julie.

– Quand il a traversé la cour, c'était... comme une star, sérieux : l'é-vé-ne-ment ! renchérit Laura.

– Quoi ? Quoi ? je croasse.

– Jamais vu ça ! Ni au collège ! Ni à Issy ! Même pas à Paris ! poursuit Myriam...

– De quoi vous parlez à la fin ? je trépigne.

Julie condescend à poser les yeux sur moi :

– T'es pas au courant, Marion ?

Laura pointe le doigt vers le fond de la cour :

– Y a un nouveau en 3e ! Trooop beau ! Regarde, là-bas...

Hélas, même en me hissant sur la pointissime pointe de mes pieds, je ne discerne qu'un magma de silhouettes indistinctes (je précise que je mesure 151 cm, ce qui fait de moi la plus petite de toutes les filles de 4e, voire de 5e).

– Où ça ? je bredouille.

– Avec la chemise rose ! s'impatiente Julie comme si ça pouvait m'aider.

Myriam, plus coopérante, me soulève debout entre ses bras :

– Ayééé ! Je le vois !

Bon. C'est vrai que... En effet ! Chemise Rose a tout du top-modèle boy : crinière châtain subtilement ondulée, grands yeux clairs, nez parfait, mâchoire volontaire, sourire d'enfer, ni trop ni trop peu, sourire d'ami, d'amoureux, de copain, de complice, sourire de charmeur sûr de son charme... La vision s'efface.

– Wooofff, t'es pas un poids plume ! soupire Myriam en me reposant à terre.

– Merci quand même...

– Il s'appelle Christopher mais tout le monde l'appelle Chris, il paraît... murmure rêveusement Julie, le regard scotché sur le beau gosse...

– Chris, ça me fait penser à kiss... lâche Laura.

– Toutes les filles vont être autour de lui comme... comme des... des oursonnes autour d'un pot de miel ! j'observe.

– Des mouches autour d'une bouse, oui !

Ces mots ont claqué dans mon dos comme un coup de fusil. Nos quatre têtes se tournent d'un coup. Les mains sur les hanches, Camille nous dévisage, l'air outré :

Là-dessus, ma meilleure amie tourne les talons.

Silence et stupéfaction.

– Qu'est-ce qui lui prend ?

Dring. Fin de la récré. Je passe le reste de la matinée à chercher le regard de Camille. Sans le trouver. Dès que je me tourne dans sa direction, elle baisse la tête. Pas un signe. Pas un sourire. Tous mes textos : 10 h 53 takoi / 11 h 02 t relou / 11 h 13 répon bonsang / 11 h 21 g fé qqch kivapa ? tombent dans le vide. Zéro réponse. Puis soudain, à 11 h 59, ces dix lettres : foumoilapé. C'est mal me connaître. Elle a beau filer comme une voleuse, je la coince dans l'escalier :

– Qu'est-ce qui se passe ? Ça va pas ?

– Ça va très bien ! m'envoie-t-elle comme une claque.

– T'as des soucis ? Tu peux tout me raconter, tu sais...

– J'ai rien à te raconter. Ou plutôt si, juste un truc : tu prononces un mot de plus sur ce pauvre type et on n'est plus copines, plus jamais de la vie, compris ?

– Mais… de qui tu parles… le nouveau ? Tu le connais ?

– TU ME FOUS LA PAIX ! OK ? dit-elle en dévalant les marches.

– Tu restes pas déj… je bafouille.

Trop tard. Elle est partie.

À la cantine, Julie me fait signe de venir à côté d'elle :

– T'as parlé avec Camille ?

– À peine. Elle est rentrée chez elle folle de rage : le nouveau, elle le connaît, on dirait…

L'œil de Julie s'allume :

– Ah ouais ?

Tout au long de nos carottes-râpées-poisson-vapeur-yaourt-à-la-fraise, Julie me bassine qu'il est in-dis-pen-sable qu'on en ait le cœur net. OK. En sortant de table, on guette le beau Chris dans les couloirs. 13 h 13 il entre aux toilettes :

– Là où le roi va seul, on le chope à la sortie ! me glisse-t-elle.

Je ne me sens aucune vocation d'assistante détective fliquette mais elle me saisit si fermement le bras que je n'ai pas le choix. Bruit de chasse d'eau. Chemise Rose sort des WC en finissant de fermer sa braguette...

Julie se précipite sur lui :

– Salut ! Tu connais Camille Moquin ?

Effet de frange, plissement d'yeux, air concentré :

– Attends... C'est pas une blonde avec un nez en trompette ? À moins que je la confonde, y en a tellement, des nanas...

Pauvre beau gosse victime de son succès ! J'ai envie de le vanner mais je me retiens. Julie affiche une photo de Camille sur son portable. Il éclate d'un rire mauvais :

– Ah ah bien sûr que je la connais ! Elle m'a couru après tout le mois de juillet, on était dans le même club en Grèce, elle a le cul bas et mauvaise haleine...

Ça va pas la tête ? Quel goujat ! De pire en pire : à peine Camille assassinée, le voilà qui se colle à Julie et lui fait le coup du charme :

– Parle-moi plutôt de... TOI. Tu me rappelles quelqu'un que j'ai... beaucoup aimé. Tu fais quoi ce soir après les cours ? On se retrouve au café du Centre ?

Et elle qui rosit comme si le prince charmant en personne lui parlait du haut de son cheval blanc ! Il ne l'emportera pas au paradis. D'instinct, je fais signe à Julie : dis oui, dis oui ! Coup de chance : elle m'obéit. Miracle : j'y mets l'après-midi mais je réussis à la rallier à la stratégie ultra-top-secrète qui germe dans mon cerveau. Chemise Rose a humilié Camille. Il va apprendre ce qu'est la solidarité entre copines...

À la sortie, on file comme l'éclair. Julie pomponnée de frais, moi foulard et lunettes noires, armée de son smartphone dernier cri. Le café du Centre est bondé. Parfait. Chemise Rose est déjà installé. Julie le rejoint en chaloupant. Je me pose incognito, dos à lui, à la table voisine. Téléphone réglé sur caméra, je filme :

– Tu sais que tu es superjolie Julie ! attaque le beau gosse, sûr de son fait.

Je l'ai pleine face sur mon écran rétroviseur. C'est grisant. Va-t-elle craquer ? Non ! Elle prend l'air nauséeux et lui balance cash la réplique qu'on a préparée :

– Mais moi, tu vois, j'aime pas trop les gros dragueurs relous malpolis, ça me donne envie de... je crois que je vais GERBER !

Paniqué, le beau gosse bondit en arrière, s'étrangle à moitié, renverse son café : ma caméra enregistre tout ça ! Magique ! Trois minutes plus tard, on sonne chez Camille.

– C'est qui ? grogne sa voix dans l'interphone.

– Marion et Julie !

– Foutez-moi la paix, vous comprenez le français ?

– Ouvre, on a une surprise à te montrer !

Shlonk, elle me raccroche au nez ! Qu'à cela ne tienne : en trois clics, j'envoie mon film sur son 06. Le temps de nous asseoir sur le banc d'en face, elle surgit, AHURIE, HILARE :

– Ouaaah ! Trop fort, les filles ! Comment vous avez DEVINÉ ? Comment vous avez FAIT ?

– C'est signé Marion ! précise Julie.

– Que nenni, c'est une pure collaboration ! je corrige. Bon, on peut reprendre la vie ? Le DOSSIER NOUVEAU est classé ? j'ajoute en me tournant vers Camille.

Nouveau dossier

Ma copine nous ouvre la porte de son immeuble avec un grand sourire et une révérence :

– Venez, on va arroser ça, j'ai un NOUVEAU Cherry Soda au frais… Marion, tu vas A-DO-RER !

Jamais sans mon portable

7 h 27… Si la faim ne me labourait pas l'estomac avec insistance depuis la sonnerie de mon réveil (réglé sur 7 h 15), je resterais bien au lit en ce mardi matin de mars. Maudits mardis qui riment avec Hardy. Comment trouver le courage de m'extirper de la couette, sachant ce qui m'attend au bout : deux heures face à the terriblest prof d'anglais of the west banlieue. Cent vingt minutes, pas une de moins. Le tunnel sous la Manche est une rigolade à côté. *Do you know Mrs. Hardy ? No ?* You have beaucoup de chance ! Comment dit-on chance en anglais ?

Encore une de mes awful lacunes. *Awful*, voilà au moins un adjectif que j'ai fini par retenir à force d'entendre Hardy le répéter à mon propos. Comme quoi, être nulle en anglais contribue, d'un certain point de vue, à enrichir mon vocabulaire.

Bon, Marion, il est maintenant 7 h 33, me souffle la Petite Voix dans ma tête, si tu continues à traîner, tu vas avoir de BIG ennuis. Un, deux, trois. La perspective des Cherry Chocos me donne le courage de bouger. Do you know les Cherry Chocos ? Cette nouvelle variété de corn flakes est po-si-ti-ve-ment délicieuse : des petits coussinets fourrés à la framboise enrobés de chocolat. C'est simple, on dirait des bonbons. Notre premier paquet, papa l'a rapporté de son bureau. Échantillon cadeau offert par la sœur d'un de ses collègues, laquelle travaille chez le fabricant, la veinarde ! Même maman, qui ne se laisse pas facilement séduire par les nouveautés du rayon alimentation, a fini par craquer : quand le paquet a été vide, elle en a racheté !

7 h 47. J'entre dans la cuisine, au radar, aimantée par les Cherry Chocos qui trônent au milieu de la table. J'attrape le paquet d'un geste avide. Mauvaise surprise. Il est tout léger. Deuxième mauvaise surprise, derrière le paquet, je découvre mon Charles de frère, l'œil glauque et la bouche pleine.

– Qu'est-ce tu fais là ? je grommelle. T'as pas cours à neuf heures, le mardi ?

– T'chés d'jla pcholiche ?

OK. Je me tais. Je ne suis pas d'humeur à bavarder avec un bouledogue. Je plonge la main dans le carton de corn flakes. Choc atroce. Il est vide. Un gémissement monte du fond de mes entrailles.

– Je le crois pas ! T'as fini les Cherry Chocos !

– Y a d'jautres cjorn flackches dans le pchlacjard... postillonne le goinfre sans lever le nez.

– Merci, je les connais, c'est les vieux tout secs qui sont là depuis la rentrée !

– Dje tchoute manièrje, faut mieux pchas qu't'en mangche, cha fait grochir !

– Hein ? De quoi tu te mêles ? je manque de m'étrangler.

Charles racle goulûment le fond de son bol avant de lâcher :

– Ch'est pour tchon bjien que je djis çha... T'as grochi, non ?

Je suis au bord de l'explosion. Que dis-je ? Pas au bord, j'explose !

– Et toi tu t'es regardé ? T'as vu ta tronche ? On dirait que tu t'es coiffé avec un... avec des... avec une essoreuse à salade !

– Je me suis peut-être

pas regardé, mais Félix, il a vu que t'avais grossi, c'est lui qui me l'a dit ! continue mon bourreau en s'essuyant la bouche.

Ces mots sont autant de coups de poignard. Félix !?! Le garçon idéal, l'objet de tous mes rêves, aurait dit une chose pareille ?

– C'est pas vrai ! C'est même pas vrai ! je sanglote comme une gamine.

Je fuis hors de la cuisine. Je n'ai plus faim. Je n'aurai plus jamais faim. Même si on me donnait un camion plein de Cherry Chocos, je n'y toucherais pas. Je m'habille à l'aveuglette. Félix trouve que j'ai grossi. J'enfile mon blouson, je prends mon sac, je descends les escaliers tel un zombie. Félix trouve que j'ai grossi. L'air frais de la rue me fouette le visage. Félix trouve que j'ai grossi.

En un sens, ça veut dire qu'il m'a remarquée. Question : vaut-il mieux être remarquée en tant que grosse plutôt que pas remarquée du tout ? Et si c'était un gros (c'est le cas de le dire) bobard ? Charles est capable d'avoir inventé cette histoire juste pour pouvoir engloutir les Cherry Chocos tranquille.

Il est capable de tout, mon frère... Allons, Marion, ne cherche pas d'excuses, tu sais bien que tu n'as pas osé monter sur la balance parce que ton jean te boudine, me glisse ma Petite Voix, assassine. C'est vrai. Ces derniers temps, je me suis laissée aller sur les gâteaux et les sucreries. L'hiver est si long. Il faut bien trouver quelques encouragements pour le faire passer. Cela dit, on y est presque : dans deux semaines, c'est le printemps.

Oups ! Le printemps ?

Les tenues légères ? Alors que Félix trouve que j'ai grossi ? Il faut que j'en aie le cœur net. Que je sache exactement, immédiatement, si ÇA SE VOIT que j'ai grossi. Je sors mon portable. Je vais demander à Camille. Elle a un œil de pro. Elle est ma meilleure amie. Elle me DOIT la vérité. Tiens, l'icône « message » clignote. Ça a dû biper dans mon sac pendant que j'étais à la cuisine. Le numéro ne me dit rien. Voyons...

Bruno ! Mon zozoteur poil de carotte, le gentil du groupe de théâtre de Camille, celui qui a embarqué mon Mobilenium à la place du sien, au café du Centre. On devait se revoir. L'été est passé là-dessus, balayant tout comme la marée. J'ai pensé à lui une fois ou deux, mais je n'avais pas son numéro. En septembre, je ne l'ai plus retrouvé. J'aurais pu le demander à Camille, mais bon... Il me propose d'aller au ciné demain. Pourquoi pas ? Voilà qui me donne soudain une bouffée d'entrain. Lui au moins ne me trouve pas si grosse ni si moche que ça… Remarque, il ne m'a pas vue depuis le mois de juin.

En tout cas, il se souvient de moi et il a gardé mon numéro, c'est déjà ça… Tout en marchant, je pianote ma réponse. Devant le bahut, le trottoir est étrangement calme. Coup d'œil à ma montre. 8 h 18. *Damned !* Je galope jusqu'à la classe. À tous les coups, Hardy a commencé son cours. Elle est d'une ponctualité mortelle, réglée sur Big Ben… Gagné (façon de parler) ! Quand je pousse la porte, un glapissement outragé m'accueille :

– *Miss Girardon ! Do you have a watch* ?*

– Euh…

– *Sit down ! Quickly ! Open your book, page sixty-seven ! And tell us where and when did Tess and Andrew meet** !*

Qu'est-ce qu'elle me parle de « mite », elle ? Qu'est-ce que je lui ai fait ? Elle ne pourrait pas me laisser respirer, une fois dans sa vie ?

Catastrophe ! Mon Mobilenium qui bipe ! Ça doit être Bruno qui me répond. J'ai oublié de l'éteindre ! Si Hardy l'entend, je suis perdue. Les portables la

---

* Mademoiselle Girardon ! Vous avez une montre ?

** Asseyez-vous ! Vite ! Ouvrez votre livre page 67 ! Et dites-nous où et quand Tess et Andrew se sont rencontrés !

rendent hystérique. Elle a piqué une crise le jour où celui de Julie a sonné en cours et pas plus tard que la semaine dernière, elle a carrément confisqué celui de Mouillaud.

– Marion Girardon ! *This is a mobaïle phone !*

– Non, non, madame, c'est juste… mon réveil… c'est ma montre, c'est…

Je vide mon sac par terre. Flip et panique. Où se cache ce « mobaïle » de malheur ? Rien de tel pour ne pas le trouver…

– Toui toui toui !

Ça sonne crescendo. Hardy se dirige vers moi comme une éléphante en colère (et en robe verte)…

– Dans ta poche ! me souffle Laura, deux rangs derrière.

Hein ? Quoi ? Soudain mon cerveau fait tilt. Mais ouiiii ! Mon portable est dans mon blouson ! Je le trouve et je le coupe illico. Trop tard. Hardy me fait face.

– Donnez-moi ça !

Elle en oublie de parler anglais. L'heure est grave. Je glisse mon téléphone dans ma trousse, je la ferme, je m'y cramponne…

– Non madame, s'il vous plaît… je supplie.

– Je vous ai prévenus, vous connaissez le tarif : confiscation immédiate !

– Vous ne pouvez pas me faire ça, j'attends une réponse super importante.

– Ce qui est super important comme vous dites, mademoiselle Girardon, c'est de parler anglais dans le monde mondialisé de demain ! Et accessoirement, de respecter le règlement ! Donnez-moi cet appareil !

Mon cœur bat comme un tambour. C'est trop injuste. Pourquoi la poisse s'acharne-t-elle sur moi ?

– *GIVE IT TO ME IMMEDIATELY* ou j'appelle M. le conseiller principal d'éducation.

OK. Drapeau blanc. Si je dois avoir Mazaud (dit Sado) en plus sur le dos, j'abandonne. Je sors mon Mobilenium de sa cachette.

– *Turn it off* ! grogne Hardy en le regardant d'un air mauvais.

Quoi encore ?

– Coupe ! Éteins-le ! me souffle Myriam.

– C'est fait ! je soupire.

J'ai une boule dans la gorge. Je sens que je vais pleurer. Il ne faut pas. Je me mords les lèvres. Je hoquette. Les sanglots m'engloutissent. Hardy me regarde avec dédain, rejoint son bureau, glisse mon amour de portable dans son sale cartable et me lance :

– Gardez vos larmes pour des causes qui en valent la peine, mademoiselle Girardon, *please*... Donc, reprenons : *Where and when did Tess and Andrew meet ?*

À la récré, je n'ai plus de portable... mais j'ai un maximum de copains solidaires autour de moi.

– Elle a pas le droit de faire ça ! proteste Camille.

– Pfff ! Les profs ont tous les droits et nous aucun... se lamente Laura.

– Moi, commence Arthur Cabrin, j'ai vu un reportage à la télé sur un surveillant qui a mis une claque à un élève et...

– On n'est pas à la télé ! le coupe Myriam. On est dans la vraie vie. À la télé, ils racontent n'importe quoi !

– Ma tante est avocate, je vais lui demander ce qu'on peut faire... Je vais lui téléphoner... propose Julie.

– Avec ton portable ? ricane Sylvain.

Camille lui balance un coup de coude :

– C'est pas drôle ! Si Hardy t'avait piqué ton téléphone, tu rigolerais moins !

Je me tourne vers Pierre Mouillaud :

– Au fait, elle t'a rendu le tien ?

– Tu parles ! Elle l'a toujours ! Et pourtant mon père a écrit un mot sur le carnet de correspondance pour dire qu'on partait à l'étranger aux vacances de Pâques et que j'en aurais besoin !

Cette info m'achève. Moi, mon portable, malgré des semaines et des mois de supplication, mes parents ne me l'ont même pas acheté. J'ai récupéré le vieux de Camille. Quand je veux une carte de recharge, je suis obligée de casser ma tirelire. Ils refusent d'en entendre parler (avec ma veine habituelle, je venais d'en acheter une à vingt euros !). Alors avant qu'ils interviennent pour m'aider à récupérer mon téléphone, je peux toujours rêver… Et de toute façon, face à Hardy, no way. Adieu Mobilenium, Bruno, ciné, Cherry Chocos. Bonjour la poisse, la re-poisse et la re-re-poisse !

– J'en ai marre, re-marre, re-re-marre ! je trépigne.

Camille est pleine de compassion. Elle m'embrasse et me tend son téléphone.

– Je te comprends, ma pauvre Marion. Tiens, si tu veux envoyer un message, tu peux te servir du mien…

– Mais le numéro je le connais pas, il était dans mon portable !

– Tu l'as pas recopié ? T'as pas un petit carnet d'adresses ? s'étonne ma copine.

À mon tour de m'étonner :

– Ben non ! T'en as un, toi ?

– Bien sûr ! Je recopie tous mes numéros dessus et je le laisse chez moi, on ne sait jamais, si mon portable casse ou si on me le vole...

Je la regarde, de plus en plus accablée.

– T'es trop organisée... C'est infect... J'ai envie de vomir tellement je suis dégoûtée...

Je me dirige vers les toilettes. Le groupe s'écarte pour me laisser passer. Je les sens impressionnés, presque intimidés. Ont-ils peur que je leur vomisse dessus ? Ou simplement pitié de moi ? Les deux, sans doute. Je déteste aussi cette pitié. Je voudrais me révolter. Ne pas me laisser faire. Mais comment faire ? Je passe devant la salle des profs. Elle est vide. La porte est entrouverte. Le cartable de Hardy est là, devant moi. Posé sur une table. À ma portée. Et si je récupérais mon portable ?

Elle n'a pas le droit de me le prendre. Camille, Julie et les autres, tout le monde est d'accord là-dessus. Il suffirait que je passe la porte... J'ouvrirais le cartable... Mon Mobilenium reviendrait dans ma poche... Bye bye ! Trente secondes tout compris. Ni vu ni

connu. Après tout, il pourrait très bien avoir été volé dans le cartable de la prof d'anglais... Allez Marion, ne te dégonfle pas, me pousse ma Petite Voix. Un deux trois... j'y vais !

Une odeur de café flotte dans la salle. Je fonce vers la chaise. Je pose ma main sur le cartable.

– Marion Girardon ! Qu'est-ce que vous faites là ?

Mazaud, (dit sado), le CPE ! Mon sang ne fait qu'un tour. Ce n'est plus du sang, c'est du jus de navet.

– Je... Je...

Hardy débarque sur ces entrefaites, une bouilloire électrique à la main, dont le fil traîne comme la laisse d'un chien.

– Encore vous ! s'écrie-t-elle en me voyant.

– Dites quelque chose ! renchérit Sado. Vous savez parfaitement que les élèves n'ont pas le droit d'entrer dans la salle des maîtres !

Bon. Au point où j'en suis, soit je coule, soit je nage. Du moins, j'essaye...

– Mais je... je... je voulais demander à Mlle Hardy de m'expliquer quelque chose que je n'ai pas compris sur la leçon pour la prochaine fois.

Stupéfaction. Hardy pose sa bouilloire et me fait un large sourire. Je rêve : me croirait-elle ?

– Oh ! Marion, alors là, ça me fait plaisir ! Commenceriez-vous à vous sentir concernée par l'anglais ?

– *Yes... Yes it is !* je fayote sans hésiter.

Hardy se tourne vers Sado.

– Ne vous formalisez pas, monsieur le conseiller principal d'éducation. Je vais donner à Mlle Girardon les explications qu'elle demande. Il faut battre la motivation pendant qu'elle est chaude !

– Très bien ! admet Sado.

Il s'éclipse. Hardy fouille son cartable.

– Et puisque vous êtes si bien disposée, je vais vous encourager en vous rendant votre téléphone qui a l'air si vital pour vous...

Tout s'illumine. La vie est belle. Il ne me reste plus qu'un seul souci : qu'est-ce que je vais bien pouvoir poser comme question en anglais ?

Château cauchemar

– Marion… château… pakoua ?

J'entrouvre un œil. J'en ouvre deux. Que fait mon père en costume cravate à s'époumoner au pied de mon oreiller ?

– Hou hou ! Marion, t'as vu l'heure ? C'est pas aujourd'hui la visite au château de Chépakoua ?

– C'est quoi, le… le… pakoua ? je m'étrangle, la bouche pâteuse.

– L'excursion en car que vous devez faire avec la classe !

Je me frotte les yeux. Ceci est bien mon bras. Ceci est bien ma montre. Il est bien 7 h 07 et… je n'ai pas entendu mon réveil alors que j'ai rendez-vous à 7 h 15 devant le collège avec pique-nique et tenue antifroid ! Une irrésistible envie de replonger au fond de mon lit tiède et douillet s'abat sur moi.

– Et si j'y allais pas ?

Pour toute réponse, mon père, ce bourreau, arrache ma couette et la jette sur la moquette.

– Tu dérailles ? Il n'en est pas question ! On a répondu oui, on a payé, tu es inscrite, tu n'es pas malade, alors ouste ! Debout et en route ! On a sept minutes devant nous, secoue-toi !

Pour me secouer, je me secoue. Je saute direct dans le tas de vêtements qui traînent par terre. Je me coiffe avec la brosse à dents tout en me brossant les dents avec les doigts, je descends l'escalier comme une fusée et à 7 h 11, me voilà. Papa est déjà dans la voiture…

– Tu as pris ton petit déjeuner ? me lance-t-il en démarrant sur les chapeaux de roues.

– Euh… non, j'ai pas vraiment eu le temps, tu vois !

– Sais-tu que le petit déjeuner est le repas le plus important de la journée ? En effet, lorsque l'organisme…

Merci papa. Une bonne tartine de sermon sur les carences nutritionnelles et leurs conséquences : voilà tout à fait ce qu'il faut pour me mettre en forme... Je cherche les bonbons dans la boîte à gants. Inutile de demander qui les a liquidés. Merci Charles, champion des morfals. Mon cerveau flotte comme un vieux croûton dans un bol de lait caillé. Dehors, il fait nuit noire. Un fin crachin colle au pare-brise. Les essuie-glaces grincent. Quelques passants pressent le pas. Personne n'a envie de s'amuser, et surtout pas moi. Papa met la radio. Des hommes se battent. Des prix flambent. Des chômeurs chôment. On recherche un fou dangereux qui s'est échappé de l'asile. Une princesse attend un bébé. Bienvenue sur la planète, petit prince !

Au coin de l'avenue Gambetta, j'aperçois le car, tous phares allumés. Manque de chance, papa l'a vu aussi. Il déboîte et fonce en double file. Ambiance rallye. Ou plutôt cavale. Et si on se faisait arrêter par la police ? Retour vers la couette ! Ce serait trop chouette...

– Merde ! Il met son clignotant, il part ! peste mon père.

Je croise les doigts : « Pars sans moi, petit car, pars, pars ! » Papa klaxonne, fait des appels de phares... Soudain, coup de frein : il ouvre ma portière et me pousse sur le trottoir.

– Vas-y, cours !

Pas le choix. Je saute. J'ai l'impression d'être un GI débarquant sur une plage de Normandie. À l'arrière du car, une silhouette s'agite. Juanito ! Il m'a repérée ! Le car s'immobilise. Je cours. Un ruisseau de sueur glacée me dégouline dans le dos. La porte s'ouvre. Sur le marchepied, deux faces d'enterrement en guise de comité d'accueil : Sado et Daudon (notre CPE répond au nom de Mazaud et au surnom de Sado qui lui va comme un gant, vu ses pulsions sadiques ; quant à Mme Daudon, si le record du monde des profs rasoir existait, elle aurait de bonnes chances de le décrocher. En attendant, elle nous enseigne l'histoire-géo...).

– Marion Girardon ! Toujours là pour vous faire remarquer, dommage que ce ne soit jamais dans le bon sens !

– Nous allions partir sans vous, murmure Daudon d'un ton désolé (de ne pas être partie sans moi ? Elle n'est pas la seule !).

Je monte en jetant un dernier coup d'œil à papa qui me fait un signe de triomphe.

– Vous avez intérêt à vous tenir à carreau, je vous avertis ! Mettez-vous là, m'ordonne Sado en désignant une place libre au deuxième rang, derrière Daudon et à côté de Nicolas Fulbert, le chouchou lèche-bottes premier de la classe.

Les moulinets de bras de Camille, Myriam, Julie et Laura pour m'attirer vers leur rangée retombent comme des drapeaux en berne. Fulbert a l'air aussi peu réjoui que moi de notre voisinage forcé. C'est parti. Avenues. Feux rouges. Feux verts. Boulevards. Je fixe l'appuie-tête devant moi, dont dépasse le triste chignon de Mme Daudon. Mais d'où vient ce doux parfum de chocolat qui chatouille soudain mes narines ? J'observe mon voisin. Fulbert-le-sournois pioche discrètement dans un sac de nounours en guimauve enrobée de chocolat, qu'il enfourne ensuite avec délice. Brutalement, je réalise que j'ai FAIM, très faim, très très très faim. J'adore les nounours, en plus, mous, fondants, hyper sucrés, juste ce qu'il me faudrait pour retrouver goût à la vie…

Fulbert va-t-il m'en proposer ? Apparemment pas. Il me tourne le dos à chaque nouvel enfournement. Je lui tape sur l'épaule.

– Tu m'en donnes ?

Il sursaute, aussi stressé que si je lui demandais le code secret de sa carte bleue.

– J'ai que ça pour toute la journée… bredouille-t-il en cachant prestement sa réserve XXL.

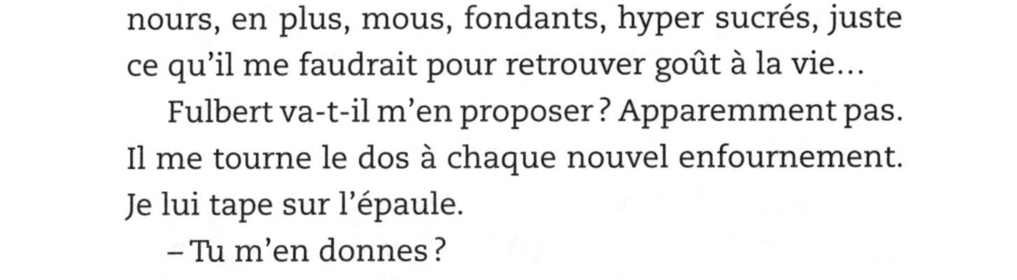

Je proteste :

– Tu te fous de moi ? T'as vu tout ce que t'as ?

Fulbert hésite, ma nervosité semble lui faire peur.

– Shhhttt... On n'a pas le droit de manger dans le car.

Craignant que j'attire sur lui les foudres de Sado, il choisit un nounours et me le tend à contre-cœur. Stoïque, je trouve la force de repousser sa main.

– Non, laisse, merci, je voudrais pas te priver...

Le chouchou ne se fait pas prier pour remballer sa marchandise. Dépitée, je regarde dehors. Le jour se lève. Sado aussi. Il saisit un micro, le tapote.

– Un deux un deux... Ça marche. Bien, je pense que vous êtes conscients de la chance que vous avez, que nous avons, de pouvoir bénéficier de cette visite au château de Grochemiraucourt dans le cadre des Journées culture et patrimoine organisées par le ministère de l'Éducation nationale et le conseil régional des Hauts-de-Seine. Ce château ne se visite qu'exceptionnellement. Ses propriétaires, le comte et la comtesse de Grochemiraucourt, ont accepté de nous accueillir en raison de leurs liens avec la cousine

de la secrétaire de notre établissement. Ce lieu de mémoire est aussi un lieu de vie. Je vous demande de veiller au plus haut point à votre tenue : politesse, discrétion, respect. Et je passe à présent la parole à Mme Daudon pour un petit historique du château.

Le petit historique démarre au XIIIe siècle, interminable litanie dont la prof a le secret. Au bout de cinq minutes, je bâille.

À la sixième, Sado interrompt Daudon-robinet-d'eau-tiède pour nous annoncer qu'il y aura une interrogation écrite sur la visite et que la note comptera dans la moyenne... Cette menace peut-elle suffire à m'empêcher de m'endormir ? Apparemment pas...

– Décidément, Marion Girardon, vous auriez mieux fait de rester au lit !

Quand la voix de Sado me réveille en sursaut, huit siècles ont passé, Daudon a raccroché le micro et le car s'engage dans l'allée menant au château, impressionnante masse de pierre sombre avec douves, remparts, tours et donjon...

Les portes du car s'ouvrent enfin.

Je me fais encore plus petite que petite (c'est pratique parfois, de mesurer 1,51 m...) pour échapper à Sado et rejoindre mes copines.

– Ben alors, Marion ?

– J'ai l'estomac dans les talons... Z'avez pas quelque chose à manger ?

Fouille de sacs à dos. Butin : un fond de paquet de biscuits et une banane quasi écrasée. Je salive rien qu'à les regarder... Sans remarquer que Sado nous regarde, lui aussi :

– Vous vous croyez en pique-nique, mesdemoiselles ? Donnez-moi ça !

Damned : mon petit déj' de secours est englouti... par le cartable de Sado ! Devant la haute porte d'entrée du château, une silhouette apparaît. C'est une vieille dame maigre, cheveux teints, manteau violet...

– Pressons, je vous prie, vous êtes en retard ! lance-t-elle.

Sado se précipite, tout sourire et courbettes :

– Excusez-nous, madame la comtesse, nous avons eu quelques soucis pour sortir de la capitale...

– Il fallait partir plus tôt ! rétorque la châtelaine d'un ton sec. J'ai un autre groupe à 11 h 30.

Mouché, boulé, cassé, Sado : sa visite « exceptionnelle » n'est pas si exceptionnelle que ça ! Il en bredouille presque...

– Mais... Euh...

– Allons-y ! enchaîne la comtesse. Si vous voulez bien me suivre...

– En rangs ! Trois par trois ! nous ordonne le CPE d'un ton vengeur.

Je me retrouve au dernier rang, entre Camille et

Juanito. Ça me va. Au milieu de la cour pavée, la châtelaine est déjà lancée dans son commentaire :

– … domine la vallée du même nom. Édifié au XIIIe siècle pour défendre les limites du comté, il n'a conservé de cette époque que le donjon carré que vous voyez à gauche, remarquable par son appareillage de granit couronné de mâchicoulis et percé d'une fenêtre géminée… En haut à droite, remarquez les meurtrières et couleuvrines qui…

Elle nous entraîne vers une deuxième cour, une deuxième porte, une immense galerie dallée de pierres et recouverte de tableaux…

– Ce sont des… de la famille à vous ? lâche Arthur Cabrin en pointant le portrait d'un homme à jabot et perruque poudrée.

Le regard de la comtesse ressemble à un coup de poignard.

– Je vous en prie, jeune homme, nous ne sommes pas dans un jeu télévisé !

La châtelaine nous précède dans un dédale de salons encombrés de fauteuils, de tables, de vitrines elles-mêmes encombrées de vaisselle, d'éventails, d'argenterie, de bibelots, le tout si « remarquable » qu'on ne remarque plus rien. En tout cas moi...

Mme Daudon m'observe, alarmée.

– Vous ne prenez pas de notes, Marion Girardon ?

Je n'ai ni cahier ni stylo. Si je l'avoue, je suis morte. Camille me tend discrètement sa feuille et son crayon à papier avant de disparaître dans le groupe.

– Si si, m'dame !

Chandelier... Marqueterie... Plafond à caissons... Énéide... Bergère Louis XVI... Je note n'importe quoi. Des mots à la volée. Juste le temps que Daudon me lâche. Camille reprend alors son cahier. Elle est plus sérieuse que moi. Ou peut-être moins fatiguée. Je me sens faible. La faim me tord les entrailles. C'est alors qu'au détour d'un couloir, j'aperçois une cuisine. Une table. Une corbeille de fruits dont dépassent des pommes, des poires, une banane...

Une BANANE ! Là ! Presque à portée de main ! Il me la faut. J'ai trop faim. Ni vu ni connu, je prends la tangente. Personne dans la cuisine. Miam ! Sur la table, à côté des fruits, un saucisson me fait de l'œil, gentiment posé sur une planchette à proximité d'une miche de pain, d'une barquette de beurre, d'un couteau pointu... Un sandwich avant ma banane : festin digne d'une duchesse, au moins ! Je me découpe une tranche, deux tranches, trois tranches de saucisson… aïe… dans ma voracité, je me découpe aussi le doigt. Le sang gicle sur les dalles de pierre.

– Rrrrr… Ouaf !

Un gros chien noir à poil ras, mâchoire enclume et crocs brillants de bave, sort de sous la table. Je ne l'avais pas vu, celui-là ! C'est le sang qui l'attire ou quoi ? Il n'a pas l'air commode ! Pourquoi il me colle comme ça ? Affolée, j'enroule mon doigt sanguinolent dans un torchon qui traîne. Mon pansement de fortune ressemble à une pastèque.

– Grrrrrrr…

Le chien se fait plus menaçant. Je lui jette le saucisson en pâture. Il le déchiquette en trois coups de crocs et l'avale quasiment tout rond avant de revenir frotter sa truffe grasse et gluante contre mes jambes. Je commence à avoir franchement peur. Je ferais mieux de rejoindre le groupe. Je garderai la main dans la poche et puis voilà. Je me dirige vers le couloir… Mais le molosse n'est pas d'accord : il me barre la route en grognant. Dans le genre discret, il n'y a que moi pour me mettre dans des galères pareilles ! À l'autre bout du couloir, j'aperçois une porte-fenêtre. Issue de secours ! Fuir ! Je vais m'échapper ! Je me précipite. Je referme derrière moi. Me voilà dans une courette qui donne sur une petite allée. Je cours au hasard. Les arbres défilent.

Le froid me pique le nez.

– Rrrrrrr… Grrrrouaf ! Grrrrouaf ! Grrrrrrouaf !

C'est un cauchemar : l'affreux chien noir est à mes trousses ! Il traverse les murs, ma parole, il est ensorcelé ! À tous les coups, il me prend pour une voleuse. En un sens, il n'a pas complètement tort…

– Tais-toi, boucle-la ! Tu vas fermer ta gueule, sale clebs ?

Plus je lui crie dessus et plus il hurle. Le sol se dérobe sous moi. Le chien va m'arracher une fesse. Peut-être même les deux. La vérité, c'est que je vais mourir dépecée par un chien sanguinaire. Il faut que je monte à un arbre. C'est atroce. Je n'ai plus de forces. Quand Sado fera l'appel, je serai dead. Mon doigt me fait mal. Papa et maman seront tristes.

Et Charles ? Quelle tête fera-t-il à mon enterrement ?

– Rrrrrrr… Grrrrouaf ! Grrrrouaf ! Grrrrrrouaf !

– Aiglon ! Ici ! appelle une voix d'homme.

Le chien se calme, se tait, s'éloigne. Bruits de

sabots de cheval. Le prince charmant ? Un monsieur à lunettes et cheveux blancs m'apparaît. Dernière vision avant le paradis ?

– Que faites-vous là, jeune fille ?

– Je… j'ai… Je sais pas…

Suis-je morte ? Que fait le ciel au-dessus de ma tête ? Je me retrouve couchée de travers sur un tapis qui bouge tout le temps. Clip clop. Clip clop. Le cheval ! Je suis sur le cheval, trimballée comme un sac de noix. Le monsieur à lunettes et cheveux blancs est derrière moi, assis sur la selle. Le chien noir marche à côté, léchant par instants ma main qui pend. Je n'ai pas la force de la retirer. Comme tout cela est étrange.

Soudain, le cheval s'arrête. Tiens, j'entends une voix.

– Je suis confus, monsieur le comte, cette Marion Girardon est impossible ! (Horreur, la voix de Sado !) Quand je pense que je lui avais demandé de ne pas se faire remarquer... Croyez-moi, elle va le sentir passer : zéro d'office à l'interrogation écrite sur la visite du château, quatre heures de retenue samedi, avertissement, et si jamais…

Sado s'approche. Ses pas crissent sur le gravier. Je ferme les yeux.

– Allons, monsieur, sachez vous montrer compréhensif. Votre élève s'est trouvée mal, elle est blessée et fort affaiblie. Elle a besoin d'être soignée, comprise, soutenue. Ce n'est pas en l'accablant de sanctions que vous l'aiderez à reprendre le dessus...

Je rouvre les yeux. Le comte cavalier aux cheveux blancs me sourit. C'est lui qui vient de prendre ma défense. Et Sado ? Il est coincé, obligé de faire bonne figure, enfin... presque. Si j'osais, je lui demanderais... allez, un sandwich saucisson-beurre et une banane !

La bonne pomme

Oh foule ooohhh foule… foule de minutes interminables qui semblent ne jamais devoir amener cette heure d'anglais vers sa fin, ni Mme Hardy (notre professeur dans la langue du maudit Shakespeare) vers la porte de sortie.

Oh foule ooohhh foule… foule des soucis qui m'accablent en ce jeudi matin de décembre : bulletin (calamiteux) en vue, projets de vacances de Noël en berne, téléphone portable (mon cadeau tant désiré depuis tant de semaines, de mois, d'années) en grand danger de me passer sous le nez.

– Hé Marion, atterris ! C'est à toi qu'elle parle !

Arthur Cabrin, mon voisin, me balance un coup de coude. Je me retourne.

Que vois-je ? Hardy qui fonce sur moi dans sa robe vert pomme en agitant une feuille quadrillée. Terrifiante vision...

– *Do you hear me, Miss Girardon ? Awful !** *Your test is awful : grammar, vocabulary : aw-ful !*

Un gros *awful* écrit en rouge et surmonté d'un 0,5 souligné trois fois me confirme l'info plein écran. C'est bien ma copie. Et c'est bien ma veine. Un souci de plus à ajouter à l'awful foule...

Je m'enfonce dans ma chaise en faisant semblant d'étudier de près mes fautes. En fait, j'ai les yeux rivés sur la trotteuse de ma montre. Dans cent quatre-vingt-sept secondes la sonnerie va retentir, et Hardy disparaîtra de ma vie jusqu'en janvier... Cent soixante-huit... Cent dix-neuf...

Tiens, un petit mot marqué « Marion » vient d'atterrir à mes pieds. Je fais tomber mon crayon pour ramasser les deux d'un coup. C'est Camille. Gonflée, ma copine ! Personnellement, la dernière fois que j'ai lancé une boulette pendant un cours d'anglais, ça ne m'a pas du tout réussi ! Je déchiffre discrètement le message, écrit à l'encre violette et entouré d'une nuée de cœurs :

Te mine pas, j'ai mon porte-monnaie, on va se payer

---

* Awful : horrible.

un big paquet de Mégachocos pour se consoler à la récré !

C'est pas de l'amitié, ça ? Camille a beau être une star en anglais (entre ses multiples vacances outre-Atlantique et les « fiancées » internationales de son père, elle a de quoi « practicer »!), elle reste solidaire jusqu'au bout du stylo. Driiiing !

Ouuuuuf ! Sur l'estrade la prof d'anglais remballe ses affaires. Bye bye Mrs Hardy et merry Christmas, sans rancune !

La perspective de déguster mes gâteaux préférés, chocolat blanc, confiture de framboise et biscuit moelleux à souhait, me redonne goût à la vie. Si seulement il n'y avait pas une heure de maths entre les Mégachocos et moi, la vie serait quasiment belle. Je me prends à rêver que Fulmio soit absent, pour une fois. Un malaise, un embouteillage, une panne de métro, un pneu crevé, ça peut arriver, non ? Ne rêve pas trop, Marion !

À peine Hardy sortie de la classe, Fulmio surgit, en pleine forme.

– Assis ! Silence ! Nous sommes en retard sur le programme. Prenez vos cahiers ! Aujourd'hui : les médiatrices remarquables d'une figure octogonale...

C'est parti : le plus diabolique des profs de maths de l'Ouest parisien est déjà en train d'essuyer le tableau (oups, je n'ai pas eu le temps de recopier les mots de vocabulaire anglais que Hardy y a écrits, bad news pour mon prochain test)... Quelques équations plus tard, je somnole déjà lorsque Arthur me secoue à nouveau.

– Hé Marion ! Tu vois ce que je vois ? Le distributeur se fait la malle !

Mon voisin désigne la fenêtre, l'air aussi ahuri que si le Père Noël en personne venait d'atterrir avec ses rennes devant le collège.

– Hein, quoi ? je grimace.

– Tu le fais exprès ? s'impatiente Arthur en désignant un camion rouge garé de l'autre côté de la rue.

Je jette un œil morne par la fenêtre. Deux types sont en train de hisser un carton gros comme un éléphant dans un camion, en effet...

– C'est quoi ce truc ? On dirait un cercueil, peut-être que Sado est mort, je ricane.

– Marion Girardon ! Pouvez-vous me citer les caractéristiques d'une médiatrice remarquable ?

– Euh...

– Toujours aussi attentive, ça fait plaisir ! Vous me copierez trois fois l'encadré page 117 de votre manuel !

Au secours ! J'ai envie de hurler et pourtant, je me tais. Comment vais-je endurer encore quarante-sept minutes de cette torture ? Lorsque enfin Fulmio finit par en finir avec ses médiatrices atroces, Camille me rejoint en faisant tinter les pièces de son porte-monnaie (toujours bien garni, le contraire du mien).

– Allez Marion, à nous les Mégachocos !

Dans le hall, un groupe est massé au pied de l'escalier. Arthur s'en détache avec une mine de catastrophe.

– Qu'est-ce que je disais ?

On s'approche.

Choc à l'estomac. Là où trônait notre beau distributeur rouge rempli à ras bord de sodas, biscuits, chips, bonbons et autres barres chocolatées, il n'y a plus… RIEN.

– C'était donc ça, les types de tout à l'heure, ils ont embarqué le distributeur !

Myriam et Laura arrivent, suivies de près par Juanito.

– Ben… Il est où le distributeur ?

– C'est quoi cette embrouille ?

– Hé, j'ai trop faim, j'ai zapé le p'tit déj' moi !

– Encore un coup de Sado, je parie…

– ChhhuUUttt, le vl'à !

Notre redouté CPE s'approche en effet, l'œil inquisiteur, les mains dans le dos.

– Eh bien jeunes gens, ne restez pas agglutinés de la sorte, vous voyez bien qu'il n'y a rien à voir !

Rumeur de protestation.

– Pourquoi il est plus là le distributeur, m'sieur ? lance une voix.

– Si vous vous teniez au courant de l'actualité, vous sauriez que les distributeurs d'aliments et de boissons sucrés n'ont désormais plus leur place dans les établissements scolaires !

– Et les CPE dont le nom commence par Sa et finit par do, ils ont encore leur place, eux ? me glisse Camille à l'oreille.

– Vous avez un commentaire à

formuler, mesdemoiselles ? nous lance Sado avec un regard noir qui nous glace sur place.

– Euh... Non non... Rien rien...

– Ça veut dire qu'on n'aura plus rien à manger ? proteste Arthur.

– On se calme, monsieur Cabrin ! Un nutritionniste viendra prochainement vous expliquer les dangers liés à la surconsommation d'aliments sucrés, spécialement chez les adolescents, ainsi que les bénéfices d'une alimentation équilibrée et en particulier d'un solide petit déjeuner, repas essentiel pour éviter le tristement célèbre coup de pompe de onze heures.

– Trop pas cool ! laisse échapper le gros Mouillaud.

– Monsieur Mouillaud ! bondit Sado. Auriez-vous l'amabilité de nous épargner votre charabia ? Par ailleurs, jeunes gens, je vous informe que l'établissement est désormais inscrit à L'Abonnepomme, association qui livre des pommes dans les écoles, collèges et lycées. Moyennant une somme fort modique, vous pourrez dès la semaine prochaine vous procurer ces fruits dont la valeur nutritionnelle n'est plus à démontrer ! Et si vous avez soif, les lavabos d'étage fournissent à volonté une eau parfaitement potable.

Sur ces paroles, Sado tourne les talons.

– C'était trop beau ! soupire Camille.

– Sado-sadique : il mérite vraiment bien son nom ! renchérit Laura.

– L'Abonnepomme, tu parles, c'est nous les bonnes poires, oui ! je conclus.

Les prédictions de Sado se réalisent toujours, surtout quand elles sont mauvaises. (Mais comment pourraient-elles être bonnes ?) Dès la récré du lundi matin, Camille, Myriam, Laura et moi sommes les premières à découvrir, à l'endroit où trônait notre pantagruélique distributeur rouge, un minidistributeur vert siglé L'ABONNEPOMME et rempli de fruits d'un jaune pâlot. « 0,20 € la pomme, servez-vous » annonce un bandeau lumineux.

– C'est quoi comme pommes ? demande Myriam.

Laura hausse les épaules.

– Des pommes de chez Pomme, que veux-tu que ce soit ?

– Désolée, il y a pomme et pomme, explique Camille doctement, entre une golden farineuse, une reine des reinettes acidulée, une Pink Lady croquante à souhait, une fuji carrément croustillante, une...

– Hé ! comment tu sais tout ça, t'as pris des cours de pomme ou quoi ? pouffe Laura.

– Je suis copine avec *Ali Roi du fruit*, l'épicier en bas de chez moi…

– On n'a qu'à en goûter une, suggère Myriam.

Camille sort son porte-monnaie toujours aussi bien rempli et glisse une pièce dans la machine. Silence solennel. Bzzzz, couine le distributeur tandis qu'une pomme pivote puis tombe lourdement dans un tiroir transparent.

Camille y croque puis me la tend avec une moue de déception.

– 20 centimes, ça ne les vaut pas !

Je mords dans la pomme à mon tour. La peau est molle, la chair fade et poudreuse…

– Mmmh, on dirait du vieux coton, tu veux goûter, Myriam ?

Myriam est plus radicale : elle recrache carrément sa bouchée dans la poubelle.

– Pouark !

Arrive Mouillaud… Avant qu'on ait le temps de l'avertir que, contrairement à ce que le nom du nouveau distributeur promet, il ne faut pas s'attendre à déguster ici une bonne pomme, il introduit une pièce. Gling gling gling. Sa pièce retombe instantanément.

– C'est quoi ce délire ? s'écrie le gros Mouillaud en se mettant illico à secouer la machine comme un prunier.

Je tente de m'interposer.

– Arrête, tu vas tout casser !

Trop tard. Sado accourt déjà.

– Ho ! Qu'est-ce qui vous prend, mademoiselle Girardon ? Vous voulez détruire cet engin qui vient à peine d'être installé ? Vous agissez ainsi, chez vous ?

– Mais... C'est pas moi !

– C'est pas elle, m'sieur ! entonnent mes copines en chœur tandis que Mouillaud s'éclipse en crabe.

– Ça suffit ! Je sais ce que je vois, je sais ce que je dis ! Gardez vos élans de solidarité pour de meilleures occasions, mesdemoiselles. Quant à vous, Marion Girardon, vous reviendrez deux heures mercredi après-midi !

Une bulle en anglais ! Une punition en maths ! Pas de Mégachocos ! Et maintenant collée à la place de ce faux-jeton de Mouillaud ! Pourquoi j'ai trop pas de chance, pourquoi ???

Sur le chemin du retour, je n'en finis pas de dérouler à ma meilleure amie la litanie de mes soucis.

– Tu veux venir un peu chez moi ? Je te ferai

écouter le dernier Too Boo ! Et j'ai une idée : on va s'acheter un paquet de Mégachocos chez Ali ! me propose-t-elle, les yeux brillants, forçant sur l'enthousiasme.

– Alors les gazelles, bientôt Noël ?

C'est ainsi que nous accueille l'épicier de Camille, crayon derrière l'oreille et sourire banane.

– Ça va Ali, la forme ? réplique ma copine.

En m'entraînant vers le rayon biscuits, elle s'arrête devant les cageots de fruits...

– Tiens au fait, et si on se payait une vraie bonne pomme, histoire de se venger de Sado ?

À ces mots, Ali apparaît derrière une pile de paquets de lessive.

– Goûtez-moi une Chantecler, les gazelles ! Je vous l'offre, cadeau ! Je viens de les recevoir, ma parole, j'en ai jamais eu d'aussi bonnes : une vraie pâte d'amandes !

D'une main experte, Ali coupe une pomme, l'épluche, nous en tend à chacune un quart au bout de son canif. Mmmhhh ! Mes papilles sont sous le charme... Celles de Camille aussi : elle en achète un kilo et me donne trois pommes.

– Tu les feras goûter chez toi !

– Tchu chais quoi ? Une copjine comme tchoi, ch'est encore meilleur qjue la meilleure djes pchommes ! je déclare à Camille dans l'ascenseur de son immeuble, en lui smackant un bisou empommé sur la joue.

Mais le régal n'est pas fini. Dans le vaste salon tendance de l'appartement de Camille, son père est à plat ventre sur l'épaisse moquette, plongé dans un fascicule mode d'emploi.

– Tu fais quoi, p'pa ?

– J'essaie de comprendre comment fonctionne mon nouvel smartphone ! marmonne François Moquin.

Camille, qui a déjà tout compris, saute au cou de son père.

– Tu fais quoi de ton ancien smartphone ? Tu me le donnes, Papounet chéri d'amour ?

– OK, si tu veux..., accorde le père de Camille sans lever le nez.

Moi qui n'ai pas encore réussi à obtenir (et en ces temps de bulle en anglais, moins que jamais) un smartphone, j'ai du mal à croire ce que je vois. Si je n'aimais pas autant Camille, je serais jalouse. Pour être honnête, je le suis un peu. Pas pour longtemps.

Ma copine s'approche de moi et coule dans mon oreille ébahie la plus merveilleuse des nouvelles :

– T'as gagné un portable, Marion. Je te refile le mien avec les cartes ! J'ai au moins dix cartes d'avance, papa m'en rapporte chaque fois qu'il voyage.

– Mais... Mais... Mais... Merci Camille ! C'est Noël !

Ça patine

– Marion ! Tu as vu l'heure qu'il est ?

Une voix traverse péniblement les plumes de la couette qui me recouvre jusqu'aux oreilles.

– Côa ? croasse-je (parlant à mon oreiller).

La porte de ma chambre s'ouvre. La lumière s'allume avec une cruauté… cruelle. Au fond de mon cerveau pâteux, quelques neurones se connectent. Ma mère est plantée au bout de mon lit, coiffée pile poil, habillée chic comme pas permis.

– Il est onze heures ! Tu te fous de moi ?

Pour une dame aussi élégante, c'est pas très poli de parler ainsi. N'empêche, il faut que je réponde quelque chose, mais quoi ? Ayé, j'ai une idée :

– Ben on est dimanche, quand même !

J'aurais peut-être mieux fait de me taire. Ces mots ne calment pas ma mère. Au contraire.

– Parfaitement ! Et comme tous les premiers dimanches d'octobre, nous sommes invités au BRUNCH DE RENTRÉE des Plumier !

– Pas tous, quand même ! gémis-je.

– Comment ça : pas tous ?

– Pas TOUS les dimanches quand même !

– Tous les PREMIERS dimanches d'octobre j'ai dit ! Tu ne te souviens pas qu'on y est allés l'an dernier ?

Oh que si ! C'était mortel. Dans un décor genre musée, un troupeau de tontons et de tatas ont passé leur temps à me demander ce que je veux faire dans la vie...

– ... dans la vie tontontata ? Pour le moment j'aimerais surtout dégager d'ici et faire euh... n'importe quoi d'autre, manger un flan sous la pluie, ramasser les feuilles mortes du square que j'aperçois de la fenêtre, tricoter des...

Mais ne nous égarons pas. Revenons au bout de mon lit où Charles vient d'arriver derrière notre mère. Sapé comme pour un mariage : veste en lin, pantalon à pli et même la chemise BLANCHE achetée par notre mère un jour de délire (et de soldes) et qu'il n'a (à ma connaissance) jamais mise. Ils sont raccord, tous les deux ! Dans la famille Beaugosse, je demande la mère et le fils-premier-de-la-classe, prêts à se la jouer au Brunch-du-Siècle. Mais... que je suis bête ! Je viens de piger ! L'anniversaire de mon frère tombe la semaine prochaine et Jacqueline Plumier est sa marraine !

– Hé Charles, t'es grillé ! m'esclaffe-je. Tu t'es mis sur ton trente et un pour faire monter ta prime d'anniv' ! Fais gaffe : ta pince à billets dépasse de ta poche !

Sous ses cheveux trop bien peignés, Charles-Chouchou prend l'air méga-meurtri. Maman me fusille du regard :

– Tu te crois drôle ? Allez zou, debout ! Dans dix minutes : je veux te voir prête impeccable habillée coiffée...

– Pfff ! Elle va nous mettre en retard ! soupire Chouchou. Elle peut pas y aller avec papa ?

– Papa est au tennis, il nous rejoint direct... semble regretter maman.

J'ai l'impression d'être un boulet. Et si c'était ma chance, au fait ?

« Trouve une excuse pour sécher la galère Plumier, vite, dépêche-toi, ça PEUT marcher ! » m'encourage la Petite Voix qui habite dans ma tête… que je prends brusquement entre mes mains (je parle de ma tête) :
– Ah oui mais non, j'y pense, ça va pas le faire ! J'suis pas libre aujourd'hui : je vais à la patinoire !

– Première nouvelle ! manque de s'étrangler ma mère.

– Je te l'ai diiiiit ! C'est pas de ma faute si t'écoutes pas quand je paaaarle !

Ajouter plein de *i* et de *a* aiderait-il à faire passer un mensonge pour une vérité ? Ça se pourrait… maman semble ébranlée :

– Vraiment, tu me l'as… dit ?

– Bé oui ! Je suis invitée par Juan Gonzalez à la patinoire Delcassey. Il est abonné, ça lui donne droit à une entrée gratuite, toute la classe voulait la place, c'est à moi qu'il l'a donnée. Je ne peux pas le laisser tomber, ça se fait TROP pas…

Plus c'est gros, plus ça passe. Youpi : ça passe ! Dès que maman et Charles s'en vont, je me jette sur le téléphone. Pourvu que Juanito réponde… Maintenant que j'ai bien baratiné, il s'agit que la réalité rejoigne ma fiction. Je ne suis pas mytho au point de pouvoir raconter ce soir aux parents une patinoire où je n'ai jamais mis les pieds. Un coup à s'emmêler les patins...

– Hello Marion ! décroche Juanito avec entrain.

(Détail qui a son importance : il est mon plus ancien copain et depuis le CP il voudrait qu'on soit plus que ça. Mais je résiste. Et notre amitié aussi, jusqu'ici en tout cas...)

– Dis, t'as toujours ton invitation pour la patinoire valable n'importe quel dimanche d'ici Noël ?

Depuis le temps qu'il me propose de m'initier au patinage et que je refuse, va-t-il m'envoyer promener ? À sa place, c'est ce que je ferais. Mais Juanito est un GENTIL...

– Bien sûr ! Je la garde pour TOI, personne d'autre, je te l'ai dit. Je ne changerai pas d'avis...

– Et si on y allait aujourd'hui ? lance-je.

– Sans blague, tu viendrais ?

– Ben oui ! Pourquoi tu crois que je t'appelle ?

– Génial ! C'est parti...

Vous avez déjà entendu une voix faire des bonds de joie ? Moi oui : celle de Juanito à cet instant précis !

Une demi-heure plus tard, on aborde la patinoire, qui scintille comme une grosse bulle bleue sur le ciel gris anthracite. Il y a la queue. Plein de jeunes de notre âge ou plus vieux, uniformément joyeux. L'ambiance est à la fête, soutenue par la solide rythmique d'un rock dont on entend les échos crescendo depuis le bout de l'avenue. Juanito semble tout fier de me présenter à la caissière :

– Je parraine mademoiselle !

Un guichet plus loin, je troque mes baskets contre des patins. Juanito a les siens, c'est un pro. Puis j'ai droit à un cours magistral sur le maniement du tire-lacets : pas trop serré, pas trop mou, veiller à la bonne circulation du sang blabla, j'écoute d'une oreille distraite...

Avant d'entrer dans l'arène, Juanito insiste (à croire qu'il n'arrive pas à le croire) :

– T'as jamais-jamais fait de patin ?

– Jamais jamais !

Décidément, c'est la journée du mensonge ! En réalité j'ai patiné une fois aux sports d'hiver avec mon frère et ça a été si pénible (Charles tournoyant comme un elfe, moi cramponnée au bastingage) que je préfère l'oublier à jamais.

Mon copain m'entraîne sur la piste avec un doux sourire de coach :

– Alors tu vois Marion, pour tenir en équilibre, il faut bouger sans arrêt, surtout ne pas rester statique.

Pas de chance : j'ai justement l'impression que si je bouge, je vais tomber. Si je reste statique aussi, ceci dit. Juanito me prend par la main et me traîne comme un bébé. Des esprits maléfiques cachés sous la glace s'amuseraient-ils à souffler sur mes lames pour qu'elles n'aillent jamais là où il faut ? C'est clair ! Boum. Gadin sur les fesses. Les miennes sont rembourrées, pourtant. Pas encore assez, apparemment. Mon coccyx me rentre dans le corps. Je grimace de douleur rentrée. Un crétin à casquette me regarde en rigolant.

– Ça va ? s'enquiert Juanito en s'agenouillant.

– Mmmouais…

– Allez, debout, ne jamais s'arrêter sur une chute !

Il m'aide à me relever, me prend par le cou, j'avance un pied, l'autre, esquissant un improbable pas de patineuse…

– C'est bieeen ! m'encourage Juanito.

Un sourire pousse presque malgré moi sur mes lèvres… avant de se figer d'un coup. Qui vient d'entrer en piste, minijupe sur jambes fuselées, nez pointu, catogan au vent, filant sur la glace comme un TGV ?

On dirait… on ne dirait pas, C'EST Coralie Mussery, la pire pimbêche du lycée, celle qui tourne autour de Félix comme une mouche autour… autour… d'un steak. Félix ? MON Félix ? Un steak ? Quelle comparaison ! Je n'en trouve pas de meilleure, cette vision me coupe les pattes. Regardez comme je suis jolie, agile, mignonne, championne… semble dire la Mussery avec ses pieds, ses mollets, tout son corps… Le pire, c'est que tout le monde la regarde, en effet. Non, ce n'est pas le pire. Le pire est à venir : QUI déboule sur la glace et lui court après – ou plutôt lui patine après – tel un lion poursuivant une gazelle ? FÉLIX LUI-MÊME EN PERSONNE. J'étouffe. C'est atroce. Mon cœur va flancher. Tout mais pas ça… Je préférerais être au brunch Plumier ! Je m'effondre contre la rambarde. Juanito me regarde avec des yeux ronds :

– Ça va ?

– Argh… parviens-je tout juste à articuler.

– J'ai fait quelque chose qui ne va pas ? s'inquiète-t-il.

Je ne lui réponds même pas. Je ne vois que le

duo de malheur. Elle pirouette. Il applaudit. Vas-y Félix, pauvre idiot, embrasse-la pendant que tu y es! T'as pas capté que cette fille est rien qu'une chipie, une mijaurée, une prétentieuse ? Je voudrais me transformer en Malicette, la sorcière du dessin animé de ma télé d'enfance, celle qui jetait des sorts à tours de balai avec sa formule magique: abracadabralbolyenamarre. Oui, c'était ça, tout à fait ça… Et ça marchait du tonnerre!

– Abracadabralbolyenamarre… je murmure comme un robot. Juanito me tape sur l'épaule:

– Tu dis quoi? T'en as marre? Écoute, si t'as décidé de faire la tête, salut!

Il s'élance dans la direction opposée. Tant pis pour lui. Qu'il aille au diable avec son maudit patinage. Me voilà seule. Tant pis pour moi. Abandonnée. Nulle. Bafouée. Je n'arriverai jamais à rien. Je ne devrais même pas existier. Je déteste le monde entier. Hééé ! Mais que se passe-t-il là-bas ? Juanito vient de partir en vrille. Oh là là l'horreur ! Il s'aplatit, face contre glace. On dirait un petit oiseau shooté par un chasseur. J'enlève mon pull, je le jette sur ma tête (Félix ne doit à aucun prix me reconnaître) et je me propulse à quatre pattes

à travers la piste. Des cris accompagnent mon avancée de pingouine demeurée :

– Ça va pas la tête ? Elle est folle ! Elle va se faire tuer !

C'est ça, tuez-moi ! Je suis une sorcière. C'est moi la maudite. J'ai jeté un sort, et même ça, je l'ai raté. Mon sort est parti de traviole. Tombé sur le pauvre Juanito au lieu de la vilaine Coralie. Mais l'heure de ma mort n'a pas sonné. Au bout de ma traversée, je crie :

– Juanito, qu'est-ce qui se passe ?

Il redresse la tête. Il a l'air d'un enfant perdu :

– J'comprends pas, d'un seul coup j'ai senti mes jambes comme… coupées… comme si j'avais jamais patiné de ma vie !

La culpabilité me transperce. Mon Juanito, mon GENTIL, il m'invite, il me coache, et moi je fais quoi ? Je me jette sur lui et je l'embrasse de toutes mes lèvres…

– T'as pas trop mal ?

– Un peu, mais... là... je sens que ça va mieux! frémit-il.

– Hou hou Marion! m'interrompt la voix de... FÉLIX!

Je deviens rouge comme un pompon. Deuxième mauvais sort! Sur MOI cette fois. Félix va croire que j'aime Juan Gonzalez.

– Ça le rendra peut-être JALOUX! argue ma Petite Voix.

Je n'avais pas pensé à ça. Si ça arrive, promis-juré, je me lance dans une carrière de sorcière pour de vrai !

Quel talent !

– Bien. Comme prévu, nous allons procéder ce matin au choix du livre classé en tête du Défi Lecture auquel nous participons depuis le mois de septembre. Prenez une feuille, s'il vous plaît...

« Comme prévu » ? Apparemment, toute la classe est au courant sauf moi (et Juan, qui me lance des regards de lapin traqué derrière ses lunettes). Carier, le prof de français, n'a pas l'air de plaisanter. D'ailleurs, il plaisante rarement (pour ne pas dire jamais).

– Au cas où certains d'entre vous seraient à la traîne sur ce projet... (pourquoi me regarde-t-il en disant ça ? Depuis que j'ai appris le sens du mot « paranoïaque », je me demande si je ne le deviens pas un peu), je rappelle les titres des cinq ouvrages que vous aviez à lire, annonce le prof en alignant

dix bouquins (deux exemplaires de chacun) sur sa table, couvertures tournées vers nous.

Cœur cassé, de Mélanie Picot (sur la couverture : un cœur rouge fendu en deux par un éclair noir).

Toundra, de Sergheï Vychnegradsky (une silhouette genre Esquimau quelque part au milieu d'une tempête de neige).

Une reine en hiver, de Nancy P. R. Smith (un portrait genre Marie-Antoinette, sourire triste et méga-perruque).

Accroche-toi Momo !, de Marco Bourbier (un garçon rigolard au volant d'un camion de déménagement déglingué).

Helmut et l'étoile, de Franz Grund (un ciel de nuit, cerné de barbelés et parsemé d'étoiles à cinq branches).

Je me souviens du jour où Carier nous a parlé de ce Défi Lecture, mais depuis… j'ai pas mal zappé. Je revois Nicolas Fulbert, Stéphanie Pioche (les deux cracks de service) et quelques autres « dévoreurs » se jeter sur les bouquins comme sur des pains au chocolat tout chauds… Je n'allais quand même

pas me battre pour les leur arracher des mains, alors que moi, rien que de déchiffrer les titres me fatiguait déjà. Je n'aime pas trop lire, il faut dire. Au fond, je ne déteste pas mais… j'ai toujours autre chose de plus urgent ou de plus amusant à faire. Et puis, souvent, j'ai l'impression de connaître l'histoire à l'avance, sans avoir besoin de m'y plonger. Pourtant, quand je lis vraiment (ça m'arrive quand même de temps en temps), je réalise presque toujours que je me trompais, mais bon…

Vers le mois de novembre, Camille m'a conseillé *Accroche-toi Momo !* qu'elle venait de terminer et qu'elle avait adoré. Elle n'a pas dû être la seule : le bouquin était constamment en train d'être lu, je n'ai jamais pu mettre la main dessus. Un jour de courage, vers mi-décembre, j'ai pris *Toundra*, le seul qui traînait au fond du carton marqué Défi Lecture, à côté de l'estrade. Le seul que j'ai lu. Ou plutôt… parcouru. Trois cents pages sur un orphelin qui traverse la Russie de long en large à la recherche de son grand-père, c'est un peu beaucoup pour moi. Le livre m'a tenu lieu de somnifère pendant une dizaine de soirs jusqu'à ce que Sylvain, mon voisin, me le réclame en m'accusant de « bloquer le circuit ». Ouh là là, pas de souci, je débloque, je débloque !

Je lui ai rapporté le bouquin dès le lendemain et bon vent à toi dans la toundra, ami Sylvain !

– Vous inscrirez votre nom et le nom de votre livre favori, continue Carier. Un seul titre par élève. Puis vous expliquerez en une dizaine de lignes les raisons de votre choix, et enfin vous formulerez trois questions que vous aimeriez poser à l'auteur, puisque nous aurons l'honneur et le bonheur de recevoir ici même, dans cette classe, le 27 janvier, grâce au Comité interdépartemental de promotion de la lecture, l'auteur du livre qui sera classé premier par une majorité d'entre vous. À noter que les meilleures questions seront sélectionnées pour le concours Les Écrivains et nous, organisé par le même comité, et que ces questions pourront faire gagner cent cinquante euros de livres à la classe... À vos stylos. Vous avez vingt minutes.

Vingt minutes, trois questions, dix lignes... C'est plus vaste et plus hostile que toutes les toundras de toutes les Russies, cette affaire ! Comment vais-je m'en sortir ? Accroche-toi Marion ! Si seulement j'avais lu le bouquin chouchou de Camille, je pourrais peut-être rédiger quelques phrases intelligentes. Mais ce qu'elle m'en a raconté ne suffirait pas à remplir deux lignes. Je n'ai pas le choix. Ou plutôt je n'ai qu'un seul choix : *Toundra*.

Ma feuille ressemble à une vaste banquise immaculée. Par où l'attaquer ? De là où je suis assise, je parviens sans trop de difficultés à recopier le nom de l'auteur. Sergheï Vychnegradsky… Jusque-là, ça va.

Pour la suite… Bien sûr, j'ai oublié le nom du personnage principal. Tant pis, je mets « le héros » et j'écris gros, le plus gros possible. Youpi ! ça fait dix lignes ! J'arrête net ma performance. Tant pis si c'est n'importe quoi… De toute façon, ce maudit bouquin n'arrivera pas premier, je suis tranquille (bien

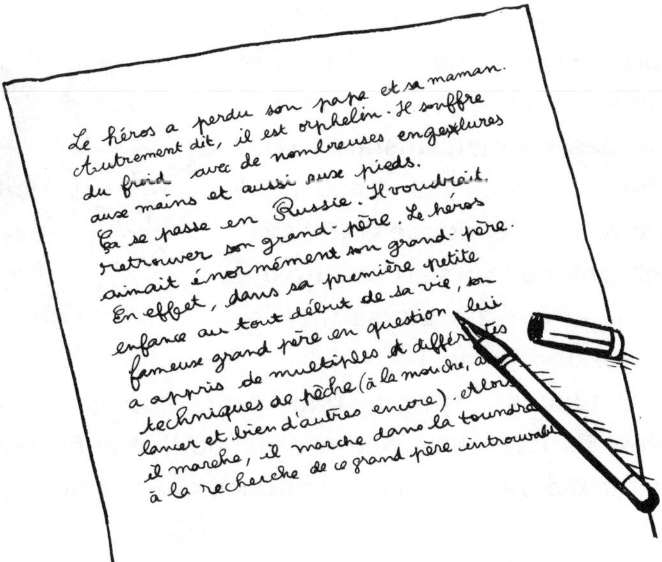

qu'avec les goûts tordus des Nicolas et autres Stéphanie, on ne sait jamais...). Il ne me reste plus qu'à bricoler trois questions. Allons-y gaiement : je n'ai aucune envie de gagner cent cinquante euros de livres, surtout pas ! Les trois premières idées qui me passent par la tête seront les bonnes :

Question n° 1 : C'est dur, écrivain, comme métier ?

Question n° 2 : Est-ce que vous avez déjà visité la tour Eiffel ?

Question n° 3 : Jusqu'à quel âge allez-vous continuer à écrire des livres ?

– Bien, je vous laisse encore cinq minutes pour vous relire et corriger vos fautes... annonce Carier.

Merci ! Si je savais où sont mes fautes, j'éviterais de les faire ! Ce genre d'avertissement a le don de m'exaspérer. Puisque c'est comme ça, je ne me relis pas, tiens, ça lui apprendra ! Je profite des derniers instants pour observer les autres. À gauche, à droite, tout le monde gratte avec acharnement (à part Juanito qui bâille et Sylvain qui se met les doigts dans le nez).

Quelques instants plus tard, copies ramassées, Carier commence son dépouillement avec le sérieux d'un huissier. Il annonce chaque verdict à haute voix en ajoutant une croix à la craie dans les cinq colonnes qu'il a tracées au tableau.

– Ouais ! s'exclame Mouillaud, ce gros bêta, chaque fois que « son » bouquin – à savoir *Accroche-toi Momo !* – remporte une voix.

Pour un peu, on se croirait dans un jeu télévisé.

En ce qui me concerne, j'ai bien visé : *Toundra* ne sort que deux fois. (Qui d'autre l'a choisi ? Marguerite Loudet, la super-timide qui ne parle jamais et qui rougit dès qu'on la regarde...)

– Au dernier décompte, le score s'établit ainsi, déclare Carier, solennel. *Cœur cassé* : 7 voix ; *Accroche-toi Momo !* : 7 voix ; *Helmut et l'étoile* : 6 voix ; *Une reine en hiver* : 5 voix ; *Toundra* : 2 voix.

– Hé ! Y en a deux qui sont ex æquo ! s'écrie Mouillaud.

– Merci, on avait remarqué ! réplique sèchement Stéphanie.

– Ils vont venir à deux, les écrivains ?

– On fait des tirs au but pour les départager ?

– Qui a dit cela ? (Ça, c'est Carier, tous sourcils froncés.)

Personne ne bronche. Même si beaucoup d'entre nous (en tout cas, moi !) ont reconnu la voix d'Arthur Cabrin, le plus rapide de l'Ouest parisien en bourdes et boulettes variées. C'est l'instant que choisit Nicolas Fulbert pour lever le doigt, timide et grave à la fois :

– Excusez-moi, monsieur, mais le total des voix ne fait pas 28. Je crois que vous avez oublié une croix !

Carier abandonne l'affaire des tirs au but pour recompter ses croix, crispé.

– Mmmhhh... En effet, il semble qu'il y ait 8 croix et non 7 en faveur de l'ouvrage intitulé *Accroche-toi Momo !*

– Ouais ! J'ai ga-gné ! triomphe Mouillaud, poing levé, tel un champion olympique.

– Je vous en prie, Mouillaud, calmez-vous ! soupire Carier, l'air pincé.

Est-ce le fait d'avoir mal compté ou le choix de la majorité qui le chiffonne ?

– Vous n'avez pas élu le livre le plus profond, ni le plus intéressant sur le plan littéraire, ajoute le prof en rangeant ses papiers, mais la majorité est la majorité, passons au choix des questions...

Trois semaines plus tard, autrement dit mardi 27 janvier, la première chose que je remarque quand le prof de français entre dans la classe est qu'il ressemble à un croque-mort, avec son costume gris anthracite et sa cravate noir de jais.

– Qu'est-ce qui lui prend, à Carier, de se déguiser comme ça ? Il a perdu sa mère ou quoi ? je glisse à l'oreille de mon voisin.

– C'est pour la visite de l'écrivain, patate ! me lance Sylvain avec un coup de coude.

Ah bon ? C'est aujourd'hui ? Décidément, le Défi Lecture et moi, ça fait deux : j'ai encore zappé... Pourtant, dès le lendemain du vote, j'ai lu *Accroche-toi, Momo !* en deux soirées et en m'amusant comme une petite folle.

Cette histoire de déménagement qui vire à la catastrophe m'a carrément... accrochée. Là-bas sur l'estrade, Carier, nerveux, fait répéter aux « sélectionnés » leurs questions qui ont été numérotées et classées en trois catégories : sur le livre, sur le travail d'écriture, sur la vie de l'auteur...

– Attention ! Vous ne parlez pas tous en même temps et vous attendez que l'invité ait fini de répondre à la question précédente avant de poser la suivante... Politesse, écoute, respect, n'oubliez pas que...

Au milieu de ces ultimes recommandations, on frappe à la porte. Carier, nerveux, nous fait signe de nous taire. Il rajuste sa cravate.

– Entrez !

Camille me sourit, radieuse. Mon cœur s'accélère. Jamais je n'aurais imaginé que la rencontre avec un écrivain en chair et en os pourrait me faire autant d'effet. La porte s'ouvre sur un homme très grand, très maigre, la soixantaine, cheveux poivre et sel, barbe idem, vieux pardessus et vieille sacoche. C'est drôle, je ne voyais pas l'auteur d'*Accroche-toi Momo !* comme ça, mais rondouillard, rigolard…

Le barbu entre à grands pas, regard bas, sans un sourire, et se dirige vers Carier dont il serre la main avec force.

– Je saluer à vous…

Surprise dans les rangs. Ceux qui s'attendaient à une standing ovation font plutôt des têtes de sitting consternation…

– Je souhaiter pouvoir écrire sur surface propre avec craie neuve, annonce l'écrivain en lançant un regard noir au tableau (!) couvert d'un embrouillamini d'équations par Fulmio pendant le cours d'avant.

Bizarre, bizarre, cette voix d'outre-tombe, cet accent slave à fendre la glace… Carier essaie de sourire. Il n'a pas l'air dans son assiette.

– Vous… Vous… êtes euh… M. Bourbier ?

L'invité colle sa grande main osseuse sur sa grande oreille.

– Je demander pardon ?

Le prof de français n'ose pas répéter. Il ressemble à un mauvais élève interrogé au tableau.

– Trop cool votre bouquin, j'ai trop aimé ! lance Mouillaud à l'écrivain, sans doute dans le but de le dérider.

Malheureusement c'est le contraire qui se produit. L'homme nous toise, Carier compris, d'un air de plus en plus méfiant et agacé.

– Qu'être ceci ? Tous ici avoir lu mon livre, oui ?

Silence. Suspense. Personne ne bouge. Une espèce d'électricité plane sur la classe, comme juste avant un orage... Camille ne sourit plus, elle m'adresse un discret signe de détresse, index vissé au milieu du front. L'écrivain ouvre son cartable. Que va-t-il en sortir ? Un revolver ? L'espace d'un éclair, j'imagine la une des journaux : UN TUEUR FOU PROFITE DU DÉFI LECTURE INTERDÉPARTEMENTAL POUR S'INTRODUIRE DANS UNE CLASSE DE COLLÈGE...

Non, il ne brandit que... *Toundra* !

L'effet est presque aussi violent. Carier titube sous le choc et nous lance un regard suppliant, paniqué. Même les plus distraits d'entre nous comprennent le message : « Fermez-la ! Pas un mot ! Laissez-moi gérer ce micmac ! »

– Ah... Monsieur Vychsky, oui oui oui ! Parfaitement ! Plusieurs élèves ont élu votre livre en effet !

– Vychnegradsky ! Sergheï Vychnegradsky ! corrige l'auteur, réprobateur.

– Voyons voyons, qui a voté pour *Toundra* ? s'affole Carier en fouillant dans ses papiers.

À tous les coups, avec la chance que j'ai, ça va tomber sur ma copie ! Devant moi, Marguerite Loudet tremble comme si elle venait de recevoir un coup de harpon empoisonné. Je voudrais être une fourmi, disparaître dans une rainure du plancher...

– Marion Girardon ! À vous le privilège de poser la première question à M.... Vyzgradsky ! (Quand j'entends le mot « privilège » dans la bouche du prof de français, c'est moi qui ai envie de sortir mon revolver !)

– Vych-ne-gra-dsky ! Sergheï Vych-ne-gra-dsky ! martèle l'auteur, de plus en plus réprobateur.

Je n'ai jamais sauté en parachute mais ça doit faire un peu pareil. Carier a ouvert la porte de l'avion. Il me tend ma feuille. Je me lance dans le vide. Je n'ai plus rien à perdre.

– Euh... Monsieur Sergheï Vychnegradsky... (même en chute libre à dix mille mètres d'altitude, je sais répéter un nom correctement, moi !) Alors... ma question n° 1 : c'est dur, écrivain, comme métier ?

Que se passe-t-il ? La barbe se fend d'un imperceptible sourire :

– Excellente question ! lâche l'écrivain, approbateur.

C'est parti. Comme si j'avais appuyé sur un bouton. Plans, techniques, brouillons, structure, péripéties, narration, construction, inspiration, descriptions, documentation, personnages, dialogues, traductions... le barbu nous déballe tout sur sa vie et son œuvre dans les moindres détails avec un plaisir débordant. Certains prennent des notes, d'autres pas. Carier

se détend. Moi aussi. Surtout quand la sonnerie de midi retentit avant même que j'aie eu besoin de sortir ma question n° 2. (La tour Eiffel me pardonnera...)

Qui va là ?

Qu'il est doux d'être chez soi quand les autres n'y sont pas. Papa-maman occupés à gagner leur (notre) pain quotidien, Charles à lancer des ballons dans des paniers – vive les mercredis basket qui l'éloignent de la maison !

Pour fêter ma tranquillité, je commence par me mitonner un plateau goûter gourmand. Au menu : chocolat chaud agrémenté de trois boules de glace vanille, le tout rehaussé de chantilly. Avec ça, deux solides parpaings de brioche beurrée-confiturée, un délicieux yaourt aux myrtilles (maman a découvert il y a peu les vertus antioxydantes de ce petit fruit violet, du coup, elle en remplit le frigo sous forme de yaourts, miam !) et, cerise sur le plateau, une mandarine joliment épluchée sur une soucoupe

à fleurettes parce qu'il faut soigner la présentation et que les vitamines, c'est in-dis-pen-sable !

Armée de ces munitions, je m'installe devant l'ordi du salon, comme s'il était à moi TOUTE SEULE. Personne pour me surveiller ni me déloger. Au programme : singes rigolos. Depuis que Pierre Mouillaud m'a montré la vidéo d'un chimpanzé faisant... l'andouille (j'allais dire le singe) sur une trottinette, je suis devenue accro. Sur le coup, je me suis tellement poilée que Daudon m'a virée (j'ai oublié de préciser : le visionnage a eu lieu en cours d'histoire-géo sur le smartphone de Mouillaud). Dans le couloir, j'en rigolais encore. Enfin... jusqu'à ce que Sado (notre redoutable-redouté CPE) surgisse et m'expédie en perm' avec des exercices de grammaire.

Bref. Revenons à nos macaques. Ils pullulent sur le Net, c'est la fête. Rrrooohhh, irrésistibles, ces deux ouistitis qui se donnent des baffes. Et cet orang-outan barbotant dans un bain moussant ! Et cette guenon qui essaie une casquette, ce gorille à nez de clown, cette bande de bonobos skatant : je ne m'en lasse pas. Les gens qui filment des trucs pareils ont trop de chance. « Metteuse en scène de primates en délire », voilà un métier qui me plairait !

À cette idée, la Petite Voix qui habite dans ma tête s'esclaffe.

Elle m'éneeerve ! Je me venge en engloutissant un large pan de brioche trempée dans le chocolat. Fabuleux… Mmmhhh… Ça, aucun Fulmio, aucune Petite Voix ne pourra me l'enlever. Je suis peut-être nulle en classe, mais en goûters, c'est moi la meilleure ! Si je ne deviens pas filmeuse de singes, plus tard j'ouvrirai un restaurant :

CHEZ MARION
LES MEILLEURS GOÛTERS
DU MONDE DE LA PLANÈTE

Fffrrrttt… C'est quoi ce bruit ? Fffrrrttt… Bizarre… Est-ce l'ordi qui fait ça, ou bien ? Je coupe le son.

Dehors, le vent mugit, les arbres grincent, les feuilles frémissent. Ça fait wooof, pas frt… Fffrrrttt… Ça recommence. Comme des frottements, légers, des petits coups frappés. Ça semble venir de l'intérieur. Je suis seule, pourtant. Officiellement. Ce qui ne veut pas dire VRAI. Ni sûr. Ni certain. Ni garanti. Ai-je donné un tour de clé au verrou de la porte d'entrée, au moins ? Les parents sont toujours après moi parce que j'oublie. Pourquoi diable aurais-je oublié d'oublier ? Aucune chance. Fffrrrttt… Relou, ce bruit ! On ne peut pas être peinarde, ma parole ! Fffrrrttt… On dirait que ça vient de sous le plancher. « T'as qu'à descendre à la cave, t'en auras le cœur net ! » lance ma Petite Voix.

Je hausse les épaules. Je déteste la cave. Papa y a installé une minuterie qui s'éteint systématiquement au mauvais moment. Quand j'étais petite, on m'y envoyait parfois, pour chercher… quoi ? J'ai oublié. Je remontais toujours avant, la bouche sèche, les jambes

en compote. Cette odeur de terre, d'humidité, pouah ! Et ce bric-à-brac de trucs rouillés, hostiles : tondeuse hors service, pots de chambre et autres horreurs…

Fffrrrttt… C'est peut-être rien de grave. Le soupirail qui bat ? Avec ce vent, il s'est peut-être ouvert ? À moins que… quelqu'un l'ait ouvert ? Quelqu'un qui m'attend si ça se trouve, au pied de l'escalier. Avec une tronçonneuse électrique. Prêt à me trucider. Comme dans le plus gore des films gore. Glurps ! Mon goûter gastronomique fait le grand huit dans mon estomac. Et si je lui vomis dessus ? « Sur qui ? » s'inquiète ma Petite Voix. Sur le tueur à la tronçonneuse pardi ! Une grande gerbe. Du haut des marches. Ha, ha, vilain méchant ! Tu ne t'attendais pas à ça, hein ? Just call me Bond, Marion-James-Bond… La porte claque.

– Qui va là ?

– C'est moi ! Et toi, une fois de plus, tu n'as pas fermé la porte d'entrée…

Maman. Elle est devant moi. Elle scrute mon plateau, l'air fâché.

– Regarde-moi ça ! Tu te bourres de cochonneries, et après tu fais la fine bouche à table…

– Arrête maman, j'me sens pas bien…

– Pas étonnant ! Il y avait quoi dans ce bol ?

– Arrête, je te dis, y a quelqu'un à la cave !

Pause. Elle me dévisage, s'efforce de sourire :

– N'importe quoi ! Tu regardes trop la télé…

– Y a quelqu'un en bas, je te dis !

– Comment tu le sais ?

– J'entends des bruits…

– Tu es descendue voir ?

– J'ai peur…

Frémissement de narines. Moue crispée. Maman n'est guère plus rassurée que moi. Je la connais par cœur. Elle prend sur elle. Elle est la mère. Elle a son rôle à jouer. Elle ôte son manteau comme un soldat part au combat.

– OK, j'y vais.

Elle est forte, ma maman. Temps suspendu. Ses talons dans l'escalier. Le clac de la minuterie. Puis… un cri. Que dis-je ? Un hurlement :

– Aaaahhh ! Au secouuurs Mariooon !

POUM ! Silence de plomb. Ma maman forte. Qu'est-ce qui se passe ? Ma maman… morte ? Mon cœur s'affole. Elle m'a appelée. Marion, c'est MOI, figée, nulle, paralysée, inapte zéro pointé.

– Mon... mon mon... bou hou hou... je parviens tout juste à pleurnicher.

Une idée. Une seule. Urgente. Du secours, je suis incapable d'en fournir. Il faut que j'aille en CHERCHER. Je me jette dehors. Il pleut. Obscurité. On se croirait dans un film d'horreur. Arbres décharnés. Pas un chat. Pas un rat. Pas un tueur. Ou peut-être que si ? Caché derrière une haie ? Le complice de l'autre, celui de la cave ? Je crois voir un cycliste au loin. Oui ! Il roule vers ici, plié en deux dans son ciré. Courageux. Forcément. Je me plante au milieu de la chaussée, les bras faisant des grands moulinets. Il s'arrête, bien obligé. Oups ! Le cycliste est UNE cycliste. Elle relève sa capuche. Pas jeune. Dégoulinante.

– Vous voulez quoi ?

– Ma mère vient d'être attaquée dans notre cave. Je vous en supplie, venez m'aider...

– At... attaquée... Mais... mais par qui ?

– Si je le savais, je m'appellerais James Bond !

La pauvre femme me toise, ahurie. Pourquoi tant d'agressivité ? Je ne le sais pas moi-même. La panique m'égare. Soudain, des phares au loin ! Papa !

– Laissez tomber, c'est pas grave ! je jette à la dame en déguerpissant.

Je m'engouffre dans le jardin, je course la voiture,

je tape au carreau avant que papa ne la rentre dans le garage.

–Hein ? sursaute-t-il.

–Il est arrivé quelque chose à maman, à la cave, viens vite...

Il blêmit, se précipite. Il l'aime, sa Christine. Moi aussi...

Une demi-heure, pas mal de claques et un verre de cognac plus tard, maman revient doucement à elle. Au début, je n'ai même pas osé suivre mon père à la cave. Je suis restée bloquée, paralysée au milieu du salon, attendant-redoutant-les nouvelles. (Existe-t-il des stages de COURAGE ? Si oui, je crois que je devrais m'inscrire !)

– Bêtes de cauchemar... J'peux pas les voir... Porte-malheur... grommelle ma mère en boucle, couchée sur un matelas pneumatique (il n'y a pas QUE des rebuts dans notre cave) sous une couverture que je suis montée chercher. Papa lui caresse les joues comme à un bébé.

– Calme-toi ma chérie, calme-toi...

Il se penche vers mon oreille et me confie :

–Ta mère est allergique aux chauves-souris. Pendant notre voyage de noces en Sicile, on a dormi dans un grenier où il y en avait un nid. Elle a fait un

malaise terrible, il a fallu que je l'emmène à l'hôpital, en pleine cambrousse, en pleine nuit…

– J'aurais trop voulu la voir ! je m'exclame.

– Qui ça ?

– Ben, la chauve-souris d'ici !

Papa me lance un regard de cobra.

– Je l'ai CHA-SSÉE, la chauve-souris d'ici ! CHASSÉE ! Elle ne reviendra JA-MAIS !

À cet instant la voix de mon frère résonne au-dessus de nos têtes :

– Y a quelqu'un dans cette maison ?

– On est à la cave, viens ! répond papa.

Une aile noire… Deux ailes noires… Un masque noir s'encadre dans l'escalier :

– Happy Halloween, les citrouilles ! ricane un genre de… chauve-souris Batman dégénéré d'un mètre quatre-vingt-sept.

Maman se redresse, puis retombe, les yeux révulsés :

– Aaarrrggghhhh !

– Dégaaage ! ordonne papa à son fils en bouchant les yeux de sa moitié.

– Ben dis donc, bonjour l'humour ! s'exclame mon frère en reculant.

Il a l'air tellement vexé d'avoir raté son effet que j'ai presque pitié de lui :

– C'est pas contre toi, c'est la chauve-souris, je t'expliquerai…

Magic Marion

1. Yeeesss !

Quatre jours que je suis en vacances (de Noël). Dans quatre jours ce sera la fête (de Noël) et franchement… la vie au 25 rue des Acacias (autrement dit : chez moi) n'a rien d'un CADEAU !

Un petit échantillon ?

Samedi. Premier jour des vacances, QUI juge opportun d'arriver ? Mon bulletin dans la boîte aux lettres ! (M. Mazaud, notre affreux CPE – ce n'est pas pour rien qu'on le surnomme Sado –, préfère confier ses missives-missiles à la Poste plutôt qu'à nos mains propres !) Résultat ? Remontage de bretelles en règle par mes parents. Durée ? La journée entière.

Dimanche. Mon sale bulletin digéré (ou du moins rangé), j'espère passer à autre chose (de plus amusant, ce ne sera pas difficile). Hélas ! Papamaman ont un programme pour TOUTE la famille : lessivage de la cuisine « qui prend le gras depuis quinze ans, ça ne peut plus durer ! ». Moi je trouve que ça pourrait durer encore (au moins) une quinzaine de quinzaines d'années, mais vu la nervosité avec laquelle maman nous distribue éponges et balais, je n'insiste pas (sauf sur les taches de gras bien sûûûr, enfin... quand elle me regarde !). Même mon Charles de frère, GRAND spécialiste de la débine face aux corvées, n'y échappe pas, ça me console (un peu).

Hier lundi. À peine recouchée après mon petit déj', QUI vois-je débouler dans ma chambre avec des yeux d'étrangleur ? Charles (encore lui, je n'ai qu'un frère mais il compte pour 10, 100, 1 000) !

– C'est TOI qu'as mangé le dernier yaourt à la myrtille ?

– Y avait pas marqué Charles Girardon Réserve Personnelle dessus, que je sache !

– Et y avait marqué Marion Girardon Private Collection, peut-être ? (Il m'éneeerve avec sa frime anglichomaniaque...)

– Le frigo est autant à moi qu'à toi !

– Autant à MOI qu'à toi, tu veux dire ! Alors pourquoi ce serait TOI qui te taperais tous les bons trucs ?

– Ho ça va hein, côté morfal, t'es sans rival !

– Et toi côté relou t'es championne, espèce de... de... moucheronne !

À défaut de pouvoir le jeter dehors (151 cm contre 187, même dans mes rêves les plus fous je n'essaie pas), je file m'enfermer dans la salle de bains. On ne se parle plus jusqu'à...

... mardi après-midi. Circonstances de l'incident : je rêvasse devant la télé quand une odeur de fromage pourri agresse soudain mes narines. Le temps que je me retourne, deux immondes chaussettes marronnasses m'atterrissent en pleine figure.

– Au secours ! hurle-je, m'ejectant du canapé comme d'un hélicoptère en flammes.

– C'est TOI qu'as balancé mes chaussettes ? rugit Charles.

– Quoi... tes chaussettes ?

– Je les avais mises au sale et je viens de les retrouver à la poubelle !

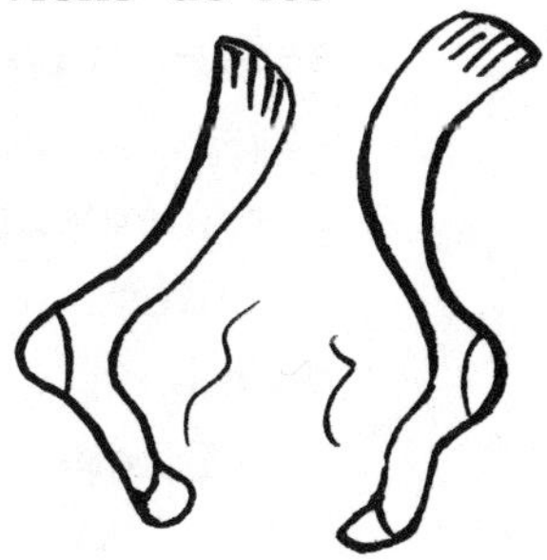

– Parfaitement ! C'est MOI et tu sais pourquoi ? Parce que j'en ai marre de tes chaussettes qui puent tellement qu'elles contaminent toute la lessive. La semaine dernière, mon pull bleu, on aurait dit qu'il sortait d'une porcherie !

Deux poignes d'acier m'arrachent du sol :

Je suis secouée comme une poupée entre les pattes de King Kong. Rarement vu mon frère dans une telle colère. J'ai peur. Et s'il m'étranglait ? N'importe quoi ! pouffe ma Petite Voix...

N'empêche, j'aime autant lâcher (et qu'il me lâche, surtout) !

Au terme d'une négociation serrée, j'obtiens de jeter les socks... au lave-linge (moins dégoûtant que de les frotter À LA MAIN, ce que mon tortionnaire de frère prétendait me faire faire). Il m'observe d'un air méfiant sélectionner le programme, verser la lessive, l'assouplissant (parfum lavande, si seulement...).

– T'es sûre que tu sais faire marcher la machine, au moins ?

– Évidemment ! Je l'ai déjà fait plein de fois, pas toi ?

– Euh... Non...

Une idée me vient :

– Tu connais l'expression laver son linge sale en famille ?

Pas de réaction.

– Ça veut dire qu'on se bagarre une bonne fois et après STOP ! enchaîne-je.

– J'vois pas le rapport...

– C'est simple pourtant : si on arrêtait de se disputer toi et moi, on pourrait faire des trucs vachement plus intéressants...

Rictus plein de dédain :

– Ah ouais ?

– Mettons... je pourrais t'expliquer les programmes du lave-linge, et toi euh... me montrer comment remettre la chaîne de mon vélo quand il déraille...

Énorme éclat de rire :

– C'est toi qui dérailles, ha ha ha !

– Myriam qui est dans ma classe, elle s'entend super bien avec son frangin, je te signale, poursuis-je stoïquement, elle lui apprend des recettes de cuisine, ils s'entraînent pour le triathlon, il lui explique les...

– Touit touit touit touit...

Mon téléphone sonne. Coup d'œil à l'écran. Camille. Je décroche :

– Attends, je monte dans ma chambre (à l'abri des Scud fraternels).

– Ça va ? me lance gaiement ma copine.

– Booof…

– T'sais quoi t'sais quoi ?

– Nan, mais je vais savoir, je sens !

À tous les coups elle va m'annoncer encore un scoop de sa vie mirifique, histoire de m'enfoncer un peu plus LA TÊTE SOUS L'EAU, style elle a dîné avec le chanteur de Too Boo (mon groupe préféré), s'est fait offrir un scooter plaqué or ou le dernier phone de la mort…

– Je pars demain faire un stage de plongée en Martinique et…

– Ch'uis au courant ! je soupire (elle a passé des heures à me bassiner avec les poissons qui l'attendent dans les lagons bleus)…

– Tu me laisses finir s'te plaît ? Ce que tu ne sais pas, c'est que le groupe de heavy metal australien que mon père coproduit débarque à Paris et qu'il est obligé de s'occuper d'eux et tout et… bref, papa ne vient plus avec moi.

– Ah…

Qui dois-je plaindre ? Camille ? Son père ? Et MOI, qui me plaindra ?

– Donc, sa place est LIBRE. Et c'est une place échangeable. Tu me suis ?

– Euh...

– Ça veut dire que la place de papa, elle est pour TOI, Marion !

– Nooon ?

– Siii ! Départ après-demain jeudi. On va s'éclater comme des folles ! Les plus belles vacances de notre vie ! T'es chez toi, là ?

– Ben oui...

– J'arrive !

YEEESSS ! Le cri de joie que je pousse déchire l'air... et provoque l'irruption de mon frère :

– Qu'est-ce qui se passe ?

– Je pars faire un stage de plongée sous-marine en Martinique avec Camille !

Le visage de Charles se transforme en masque... de dépit :

Bras croisés, air buté, il ressemble à un enfant boudeur :

– Et les parents ? Tu leur as demandé leur avis ? Ils sont d'accord ? Ça m'étonnerait !

Oups. Dans mon enthousiasme je n'ai pas pensé à ce détail.

– Et pourquoi ils seraient pas d'accord d'abord ? Un cadeau pareil ! Rien à payer ! Juste à dire OUI !

– Sauf que c'était pas prévu, pis ça peut être dangereux, y a des requins là-bas, des barrières de corail, des barracudas, les bouteilles d'oxygène ça tombe en panne et les...

La puissance toxique de ce type m'étrangle. Je ne veux plus l'entendre. J'envoie un texto à Camille :

VIENS PAS CHEZ MOI C MOI KI VIENS CHEZ TOI

Une heure plus tard, tranquilles dans le vaste living des Moquin (nom de famille de Camille), nous mettons au point notre tactique. Appelons-la : COMMANDO APÉRO. Procédure : encercler mes parents dès leur retour du boulot. Objectif : leur extorquer un OUI à mon séjour antillais sans échappatoire possible.

– Temps n°1

Camille téléphone à son père. Ça donne à peu près ça :

– Hé papa, on est invités à prendre l'apéritif chez

les parents de Marion. Faut que tu leur VENDES le stage de plongée en mode super-méga-rassurant. Pas question qu'ils disent non, t'entends ? Allez rentre vite ! Je t'attends !

– Temps n°2

On prépare un kit-apéritif 4 étoiles. Chez ma copine, rien de plus facilc. Noix dc cajou, chips haut de gamme, saucissons variés, large choix de sodas, alcools et amuse-gueules en tout genre : les placards de sa cuisine ressemblent à une épicerie de luxe – le contraire des miens. On y fait notre marché. Puis on range le tout dans un joli cabas que je me charge de rapporter à la maison incognito (Camille ayant une fâcheuse tendance à trouver Charles TROP CRAQUANT TROP BEAU GOSSE ET SUPER MARRANT EN PLUS – euh... on parle du même ? – j'ai dû déployer une énergie de malade pour la convaincre que notre plan doit s'accomplir dans le plus grand secret, sans qu'il y mette son vilain nez...).

18 h 33. Dix minutes que je suis rentrée. Tout est paré. Apéro planqué dans l'armoire du salon. J'entends Charles bouger en haut dans sa chambre, mais j'ai agi si discrètement que lui n'a pas flairé ma présence.

18 h 37. Dès le premier grincement de la grille, je textote à Camille :

MES REMPS SONT LÀ ARRIVE VITE MAGNE

18 h 41. Maman s'écroule dans un fauteuil au cri de « Machard – c'est son boss – m'a tuée », papa avale une aspirine en soupirant « et moi j'ai un mal de tête à crever » quand… DRING, on sonne !

– Oh nooon ! Qui vient nous embêter à cette heure-ci ? gémissent mes parents en chœur.

Je me précipite à la porte : Camille est plantée sur le paillasson, joviale, flanquée de son père cravaté (une première, je ne l'ai jamais vu qu'en tee-shirt ou chemise à fleurs).

Je les fais entrer. François Moquin s'avance, main tendue, sourire conquérant :

– Chère madame, cher monsieur, comme c'est gentil à vous de nous inviter ainsi…

Gloup gloup… Pendant que mes parents font des tronches de poissons pris à l'hameçon, Camille et moi dégainons nos armes. Plateaux. Bouteilles.

Porto ? Whisky-soda ? Glaçons ? Une p'tite tranche de saucisson, Mamounette ?

19 h 13. Adjugé ! Le père de Camille replie la brochure *Plongée en Martinique* qui lui a servi à emballer mes parents comme deux sardines dans un sac plastique.

– À nous le grand bleu ! me glisse ma copine avant d'ajouter, mutine : Ton frère est là ? J'aimerais bien lui faire coucou…

Grrr ! Ça la reprend ! Je la pousse doucement mais fermement vers la sortie :

– Ben oui mais non, parce que moi, tu vois, comme je te l'ai DÉJÀ dit : j'aime mieux PAS !

2. *Bienvenue au Paradis-sur-Mer*

Je ne m'appesantirai pas sur les heures précédant mon départ. Disons simplement que Charles, dévasté par le succès de ma stratégie à laquelle il n'a rien capté, déploie un max de maléfices.

Quelques exemples en passant ?

– Mercredi matin, il me glisse, perfide : « Dommage que tu partes : j'ai une soirée avec Félix samedi, je voulais t'emmener » Comme par hasard ! Je ne me laisse pas prendre à des ficelles aussi grossières – Félix, je le précise, est son meilleur ami et le plus irrésistible garçon qu'il m'ait été donné de croiser sur terre, son seul défaut étant de ne pas faire suffisamment attention à moi, mais ça, c'est une autre histoire, on en reparlera peut-être...

– Après quoi mon frère pique mes tongs et mon maillot pour les jeter… à la poubelle ! Évidente allusion à l'affaire des chaussettes, que je me garde bien de relever.

– Puis il vide un flacon de shampooing dans ma trousse de toilette que je viens de remplir (amoureusement) et que j'ai laissée (imprudemment j'avoue) quelques instants sans surveillance au bord du lavabo. Âge mental (lui) : deux ans. Nettoyage (moi) : deux heures.

Je reste d'une zénitude absolue. Je ne suis pas à ça près. À vrai dire je suis déjà loin. Au-dessus des nuages et des contrariétés…

Au moment de partir, cependant, entre deux bisous frisquets, je balance au creux de son oreille la petite phrase que je rumine depuis la veille :

– Tu me traites de naine, mais c'est TOI le nain, tu es un être bas et mesquin, je te plains…

Paroles qui me valent un violent pinçon, auquel je réponds par une baffe à laquelle il réplique par une rafale de coups de poing auxquels je réagis par des cris qui arrachent à notre mère ce hurlement :

– STOP ! ÇA SUFFIT ! Charles, dans ta chambre !

Pendant sept jours on ne va plus entendre vos disputes, ça va nous faire des vacances, je vous jure !

Orly Sud. Hall des vols Caraïbes. Dès qu'elle m'aperçoit, Camille accourt et m'embrasse comme du bon pain :

– Je suis TROOOP contente de partir avec toi, Marion ! Rien ne peut me faire plus plaisir, t'es ma meilleure copine, je t'adore.

J'en rougis presque. J'adore qu'on m'adore.

– Alleeez, tu préférerais partir avec ton papa quand même ! minaude-je, entre fausse modestie et espoir d'un rab d'adoration...

Gagné ! D'un bref coup d'œil, ma copine vérifie que son père est occupé à parler avec mes parents, puis enchaîne :

– Sûrement pas ! Mon père, je le vois trop. Toi, jamais assez ! Tu sais combien de pays j'ai visités avec lui ? On a fait le compte tout à l'heure dans le taxi...

– Te laisse pas impressionner, dis un chiffre énorme ! me souffle ma Petite Voix :

– Dix ?

– Trente-sept !

Aïe. Camille et moi, on ne boxe pas dans la même catégorie. Quand j'ai tendance à l'oublier, la réalité se charge de me le rappeler. Elle gâtissimée. Moi sous-équipée. Qu'importe. L'euphorie l'emporte et nous emporte. Embarquement immédiat. Au revoir maman, au revoir les papas... Le vol passe comme une fusée. Juste le temps de piapiater, zig-zapper entre les programmes télé (chacunc notre écran incrusté dans le siège de devant, la classe !), déguster nos copieux plateaux-repas (foie gras, salade de mesclun, veau aux champignons, camembert, tiramisu : quand François Moquin prend des billets d'avion il ne choisit pas l'option sandwich, ma parole), étudier (surtout moi) la brochure entrevue à la maison et que Camille a eu la bonne idée de glisser dans son sac. Anémones de mer, hippocampes, poissons-papillons-perroquets-chevaliers qui ont l'air habillés par des créateurs de haute couture, plongeurs bras dessus bras dessous, affichant des sourires banane, « United-colors-of-le-bonheur-sous-les-cocotiers »...

Je vais vivre tout ça, moi ? J'ai du mal à y croire !

À l'aéroport de Fort-de-France, une vague angoisse me saisit : et si personne ne vient nous chercher ? On va où ? On fait quoi ? Inquiétude de courte durée : avant que nos bagages n'arrivent sur le tapis roulant, Camille me balance un coup de coude :

– Regarde là-bas, on est attendues !

De l'autre côté d'un couloir vitré, je lis ce message sur une ardoise brandie par une Antillaise en short et polo blancs :

BONJOUR CAMILLE !
BONJOUR MARION !

La dame tourne la tête de l'autre côté. J'en profite pour la scanner. La quarantaine, jambes musclées, allure sportive, cheveux très courts, baskets argentées, lunettes noires à montures strass sur le front, téléphone collé à l'oreille, elle parle, parle, parle, regarde sa montre… Dix minutes plus tard, on est en face d'elle. Elle nous tend la main :

– Marie-Jo Saint-Éloi, directrice. Vous avez fait bon voyage ?

Sans attendre la réponse, elle se dirige vers la sortie. On lui emboîte le pas, flanquées de nos valises à roulettes... Elle ne tarde pas à nous distancer puis se retourne, tapant dans ses mains :

– Hop, hop, hop ! On bouge le popotin ! Les autres stagiaires nous attendent pour le dîner.

– Le dîner ? Mais... on... l'a pris dans l'avion ! bredouille ma copine.

– Va falloir vous mettre à l'heure, les Parisiennes ! Quand il est minuit à Paris, ici il est six heures du soir. Un stage doit toujours démarrer par un moment de convivialité. Donc vous allez RE-dîner !

Camille me fait des yeux... plus petits que le ventre. Elle n'aime pas qu'on la commande. Disons surtout qu'elle n'y est pas habituée. Mais la directrice semble encore moins habituée à ce qu'on lui résiste. On aboutit dans un parking où elle nous ouvre un rutilant 4x4. La radio (Fréquence Caraïbes, animateurs garantis 100 % bouillants et musique assortie) démarre en même temps que le moteur que Marie-Jo fait rugir comme un lion. Pas pour longtemps. Dès la sortie de l'aéroport, on se retrouve dans d'impressionnants embouteillages qui nous laissent le temps d'admirer (?) le paysage... (et à la directrice celui de lancer moult coups de klaxon et invectives : Vas y pépère ! On prend racine, là ! Tu dors ma parole ! Alleeeeez ! Avance, abruti !)

Barres d'immeubles, supermarchés, embouteillages, à part les pubs locales et la végétation tropicale, la banlieue de Fort-de-France ressemble fort... à la nôtre. Jusqu'à ce qu'on aperçoive la BAIE. Plage blanche. Mer turquoise. Infinie beauté. Souffle coupé (en tout cas le mien)...

Au fur et à mesure qu'on s'éloigne de la capitale, les paysages deviennent plus beaux et le pied de la patronne plus lourd sur l'accélérateur – nous avons 25 km à faire cap au sud, c'est à peu près la seule info qu'elle consent à nous donner. On traverse à toute berzingue des villages de cartes postales où la vie semble faite pour traîner – enfants jouant sous les palmiers, criques écrasées de soleil, maisons aux couleurs de bonbons. Notre périple s'achève par une série de dérapages plus ou moins contrôlés le long d'une route à flanc de falaise.

– Je vais gerber mon dîner d'avion ! murmure ma copine, agrippée à sa ceinture de sécurité.

– Veinarde, ça va te faire de la place pour le dîner de bienvenue ! trouve-je la force de ricaner, bien qu'au bord du malaise moi-même.

Enfin la voiture franchit une arche fleurie surmontée d'un panneau peint dc poissons bariolés nageant autour de ces mots :

HOTEL CLUB ANSE BOUILLON
BIENVENUE AU PARADIS-SUR-MER !

Au milieu d'un jardin ébouriffé de fleurs multicolores se dresse une vaste maison coloniale, à deux étages, d'un blanc immaculé. Coursives, auvents, colonnes, toiture ourlée de dentelle de bois, fauteuils de rotin, rideaux froufroutants : on se croirait en Louisiane ou dans une pub pour le riz incollable (ou les deux).

– La maison s'appelle Villa Joséphine. Vous y prendrez vos repas. Venez par ici ! ordonne Marie-Jo.

On la suit. Le terrain descend en pente douce vers

une plage de rêve qu'on devine entre les arbres. Une dizaine de petites maisons, murs de bois et toits de chaume, y sont réparties. La directrice en désigne une :

– Vous dormez à Case Colibri, le bungalow aux volets jaunes. La porte est ouverte. Hop hop hop, filez poser vos affaires et remontez vite pour le dîner. Dix minutes maxi.

En découvrant notre logis, j'explose de joie : deux lits douillets avec jolis draps en madras, une salle de bains toute moderne et qui fleure bon la vanille, un réchaud, un frigo et même une terrasse rien que pour nous, avec hamac, chaises, table et parasol :

– Le panneau de l'entrée ne ment pas : c'est le PA-RA-DIS !

– Mouais, mais y a pas la télé... tempère Camille-la-blasée.

Dix minutes (pétantes) plus tard, à peine recoiffées (ma copine voulait se changer mais je l'en ai empêchée : pas question d'arriver en retard à la convocation de Marie-Jo), on débarque Villa Joséphine. Une doudou plantu-rieuse nous accompagne vers un grand salon :

– Bienvenue les Miss, un ti-punch ? Sans alcool bien sûr, hi hi hi !

Avant d'avoir dit oui, on écope chacune d'un verre embué de fraîcheur et rempli d'un liquide orangé. Toutes les têtes se tournent vers nous. Combien ? Beaucoup. Le sourire de Camille se fige. Je bois pour me donner une contenance. Gorgée aux saveurs inouïes : coco, citron, sucre, cannelle, menthe fraîche, grenadine… il y a du paradis là-dedans (aussi). La directrice expédie les présentations. On serre successivement la pince de :

Patrick et Solange, couple d'enseignants (sauve qui peut !) bretons, lui barbiche poivre et sel, elle lèvres pincées et (beaucoup trop) longue chevelure ;

un garçon d'une quinzaine d'années intitulé Mikaël, front boutonneux, oreilles de Mickey (tiens, je viens de trouver son surnom) ; dentition appareillée d'acier, yeux bruns enfoncés derrière des lunettes (d'acier également, mochissimes) ;

le même garçon d'une quinzaine, etc. – à se demander si le ti-punch est réellement sans alcool – mais celui-ci s'intitule Guy-Paul (pour moi il sera Guignol, c'est pas gentil, je sais, mais c'est comme ça : il faut bien se détendre), frère jumeau du premier.

Marie-Jo prend un ton publicitaire pour déclarer à la ronde :

– Six stagiaires pour trois moniteurs : c'est le Contrat-Qualité-Anse-Bouillon ! Davantage de stagiaires égale foutoir, moins de monos égale arnaque, comme chez la plupart de nos concurrents ! Et la mono n°1, c'est MOI !

Dans la foulée, on fait connaissance avec le mono n°2, M. Raoul, papy à bretelles, jeune (?) retraité de l'armée, « un as, y a pas deux pédagogues comme lui sur l'île… » assure la directrice en lui tapant dans le dos.

Camille me lance un regard de noyée :

– Ça craint…

Je pose sur son épaule un bras (qui se veut) rassurant :

– On est juste un peu fatiguées, ça va être SUPER, tu vas voir…

Elle ne m'écoute plus. Elle fixe un miroir au-dessus de la cheminée. Puis se retourne. Moi aussi, du coup. Un grand black vient de faire son entrée. Carrure d'athlète. Démarche de félin. Dreadlocks tressées de perles. Collier dents de requin sur débardeur à trous-trous. Sourire charmeur, éclatant de blancheur…

Et voici notre n°3: Frankyyy! piaille Marie-Jo.

On dirait une animatrice télé de troisième zone introduisant un invité dans une émission (de même zone).

3. Plongée

La directrice a prévu un plan de table qu'elle met à exécution dès qu'on pose les pieds dans la (magnifique) véranda-salle-à-manger. Hop hop hop, avec ma veine, je me retrouve à côté de Patrick-l'enseignant, qui m'attaque d'emblée (sans que je lui aie rien demandé, on s'en doute) avec un cours magistral sur l'histoire-géo des Antilles. Question : s'il était prof de maths, est-ce que ce serait pire ? Réponse : pas sûr… Autre question : fera-t-il une interro écrite à la fin ? Réponse : vu comme il est au taquet, ça se pourrait bien ! À ma gauche, pour tout arranger, j'ai droit à Mickey (jumeau n°1, remember ?), lequel m'explique (à grand renfort de postillons) à quel point il est content de faire ce stage avec moi, il ne me connaît pas mais il a l'impression qu'on va bien s'entendre (ah bon ?), il est passionné de Scrabble et de badminton et il aime aussi beaucoup construire des maquettes d'avion (je vois le genre, vraiment pas mon genre). Dans la foulée il se met à me raconter son frère. Avec les jumeaux, c'est terrible : on en a deux pour le prix d'un ! Guy-Paul (Guignol, je n'en démordrai pas), lui, sa passion ce sont les échecs et la science-fiction, bonjour l'intello, il ne fait pas assez de sport, c'est embêtant, les articulations de ses genoux vont s'ankyloser et après, ça peut mal finir, dans la famille ils ont un oncle qui a souffert de… blablabla…

En attendant, c'est moi qui souffre de devoir écouter tout ça, ou du moins de faire un peu semblant…

SOUPE Z'HABITANTS
(aux légumes locaux,
goûts bizarres qui secouent les papilles)
POISSON SAUCE CHIEN
(le nom fait peur,
en fait c'est juste une vinaigrette à l'oignon)
CRABES FARCIS
(qu'ont-ils fait pour mériter ça ?)
ACRAS DE MORUE
(beignets pas cracras
mais qui mettent le feu à la bouche)

BOUDIN CRÉOLE ET SA PURÉE D'IGNAMES
(appelez les pompiers)
FLAN COCO, TARTE BANANE, SORBET ANANAS…

Le dîner de bienvenue est l'œuvre d'Edmonise (la doudou au ti-punch du début). Personnellement, une tisane m'aurait suffi, mais la cuisinière met tant de gourmandise à nous gaver qu'il n'est pas question d'y couper. À l'autre bout de la table, contrairement à moi, Camille a l'air de bien s'amuser. D'un côté ça me rassure, je préfère la voir rire que pleurer, d'un autre côté ça m'agace : pourquoi l'herbe semble-t-elle toujours plus verte de son côté ? Placée entre Franky et Guignol (à qui elle tourne ostensiblement le dos), elle est en grande conversation avec le mono. Ce qu'il lui raconte semble la passionner. Ma montre marque 1 h 37 (du matin, heure de Paris, j'ai oublié de la régler). Je baille de moins en moins discrètement. J'aimerais tant revoir mon lit douillet. Marie-Jo, PITIÉÉÉ, DODOOO ! Enfin, le festin finit par finir. Bonsoir bonne nuit : chacun rentre dans sa case. La nuit caraïbe nous enveloppe. Le jardin, éclairé de torches, est plus féerique que jamais…

– Ch'uis naze ! éructe-je en me jetant sur mon lit sans même chercher ma brosse à dents.

Camille a les yeux qui brillent :

J'y vais fort, c'est sûr, mais... c'est un test.

Le résultat ne se fait pas attendre :

– T'es malaaade ? Il est super-beauuu ! beugle Camille.

Aïe aïe aïe ! Quand elle dit qu'un mâle est beau, on est mal...

– Et super-calé ! enchaîne-t-elle. Il connaît la mer comme sa poche. Il a un accent... j'adore son accent. On dirait du chocolat chaud. Il m'a raconté sa vocation. Il a perdu ses parents à onze ans, il s'est fait tout seul, c'est un type ex-tra-ordi-naire !

Ouille ouille ouille, quand elle trouve un type ex-tra-ordi-naire, on risque l'enfer. Si je ne l'arrête pas, elle est capable de parler de ce Franky toute la nuit...

– OK, on verra ça demain si tu veux bien, pour l'instant, je dors ! abrège-je en me tournant vers le mur.

Je dors ? Dans mes rêves ! Dix minutes plus tard (après s'être consciencieusement lavé les dents, *elle*) ma copine ronfle comme un bébé. Moi je ne ferme pas l'œil. Les amoureux de Camille font la farandole dans ma tête. Depuis que je la connais, combien de fois l'ai-je vue craquer ? Incomptable. Elle est indomptable. Je me souviens d'un Benjamin dont elle a même tenté de me coller le cousin dans les bras, un genre de Mickey (peut-être pire je l'ai oublié le plus vite possible). Il y a eu Helmut, un ténébreux Allemand. Et aussi un inconnu croisé dans le local à poubelles de son immeuble, sur lequel elle a fantasmé des jours durant, sans jamais réussir à le revoir. Et Matthew McLaughlin, un nouveau brièvement passé au collège. Et Barnabéo, un Italien qu'elle avait rencontré à un concert, euh… quel concert déjà ? Au fait… il ne s'appelait pas plutôt Bernardo celui-là ? Ou… Bartoloméo ? Je m'endors en comptant les amoureux comme on compte les moutons.

Vendredi 24 au matin, Camille me secoue :

– Eh ben Marion, tu fais la grasse mat' ?

Je cligne des yeux, telle une baleine prise dans les phares d'un sous-marin (j'ignore si les baleines clignent des yeux et si les sous-marins ont des phares, mais l'image me plaît...). Ma copine est déjà en (top mode rose) maillot de bain, peignoir et sandales assorties. Quelque chose me dérange. Ah oui... le souvenir de la soirée d'hier. Un petit déj' plus tard – pantagruélique mais que je laisse intact, j'ai tout sauf faim – on se regroupe sur ordre de Marie-Jo à la Cabane Plongée au bord de la plage. De dehors, ça ressemble à une maison de pêcheur. Dedans à une salle de classe qui sent la mer. La patronne est sur l'estrade, entourée de ses deux adjoints. Dans son style énergique, elle nous fait la démo du matériel qu'on va utiliser : combinaison, palmes, masque, gilet auquel on accrochera les bouteilles d'oxygène. Il va falloir respirer par un tuyau, comme les malades à l'hôpital, je le sens pas trop. Je lève le doigt :

Il se fiche de moi. Agréable ! Ça fait glousser Camille. J'apprécie moyen. La dirlotte enchaîne par le briefing sur les signes qui nous serviront à communiquer sous l'eau. Surtout avec les monos. « Pas question de prendre la moindre initiative sans avertir votre enseignant, capté ? » Donc. Résumons. En langage codé, cercle avec le pouce et l'index : tout va bien. Main qui balance de gauche à droite : problème. Main sur la gorge : je n'ai plus d'air. Index en haut : je veux remonter. Remonter ? Genre : remonter d'urgence ? Ça arrive, ça ? Et si justement j'y arrive pas ? Et si je m'entrave dans une épave ? Et si un barracuda me poursuit ?

– Hop hop hop on fait les équipes ! annonce la patronne.

Tout le monde se lève. Je sens mes jambes mollir. Mikaël me colle :

– On se met ensemble ?

J'évite de justesse un big postillon.

– Euh...

– Deux hommes avec moi ! Patrick ! Guy-Paul ! braille Marie-Jo.

– Deux filles avec moi ! barrit Franky en écho.

Camille frétille :

– Moi moi moi !

Et moi moi moi ? Ma copine ne pense pas à MOI ? Une vague d'amertume me submerge. Je compte

jusqu'à 10, si à 10 elle ne... Aaahhh ! Quand même, elle me fait signe :

– Viens Marion !

Je la rejoins. De toute façon c'est ça ou me retrouver en équipe avec Mickey et M. Raoul. Je ne suis pas en super-forme mais pas kamikaze quand même.

Harnachée comme un scaphandrier (il me semble que le « beau » Franky a mis plus de cœur à aider Camille à s'habiller que moi, mais ma Petite Voix est formelle : pas de parano on reste concentrée !), je pénètre dans les flots derrière ma copine qui le suit à la trace. L'eau sous mes doigts est à peine froide. Protégé par la combinaison de plongée, mon corps sent juste... le confort de s'immerger sans frisson ni chair de poule. En trois coups de palmes, je n'ai plus pied. On nage un moment. La mer devient plus foncée. Je pense aux milliards d'hectolitres qui glougloutent sous ma petite personne. Faut pas que j'y pense trop. Soudain, Franky nous fait signe de nous enfoncer. Sa tête disparaît. Celle de Camille aussi. Trois deux un... il faut que j'y aille. Trois deux un... pas le choix, j'y vais. J'enclenche ma bouteille. J'entends mon cœur battre. Ma respiration grésille comme un vieux disque sur un gramophone. Il y a des bulles partout.

Camille s'éloigne vers les profondeurs. Des lianes vertes me frôlent. Algues ? Vénéneuses ? Je pense à mes parents. Qu'est-ce que je fais ici ? Je pense aux murs de notre cuisine graisseuse, les reverrai-je ? Mais non, graisseux ils ne le sont plus puisqu'on les a nettoyés ! Je deviens bête. Mon cerveau manque déjà d'oxygène, peut-être ? Et mon frère ? Que fait-il en ce moment ? Il aimerait tant être à ma place ! J'aurais peut-être dû la lui laisser ? Bloup clok glop... Je ne vois plus Camille. Ni Franky. Même pas le bout d'une de leurs palmes. Je suis seule au monde. Seule sur terre. Seule sous la mer. Je suis un grain de sable dans l'univers. Il me semble voir un poisson à pois. Il danse ou quoi ? Et cette anguille à longs poils fluorescents qu'est-ce que c'est que ça ? Hallucination ? Je crois que je manque d'air. Je manque d'air, c'est clair. Quel est le signe à faire, déjà ? De toute façon personne ne me voit. J'ai peur. J'ai très-très peur. Je ne veux pas finir dans ce bouillon.

Je veux rentrer chez moi. À Issy-les-Moulineaux ! Je suis d'accord pour tout ! Même refaire des maths avec Fulmio ! Ouiiii parfaitement ! Au secours ! Mes jambes molles s'affolent, se mettent à palmer comme des furies ! Issue de secours ! Emergency ! Où est la surface ? Au loin, des rayons de lumière irisent l'eau. C'est par là, forcément. J'y vais ! J'y fonce ! Je remonte toute seule comme une petite grande. Le soleil m'aspire. Je sors la tête des flots, je crache mon tuyau, je respire. Ouf ! De l'air ! Du vrai ! Pas en bouteille ! Les autres peuvent bien faire ce qu'ils veulent, moi je sauve ma peau !

4. Solution tous problèmes

Quelques instants plus tard, assise dans le sable, le dos collé au mur brûlant de la Cabane Plongée, je retrouve mon souffle. Assez vite, en fait. Plus vite que je ne pensais. Douceur d'être en vie. Cette plage somptueuse, cette mer d'huile turquoise pour moi toute seule. N'empêche : toute seule, je le suis… méchamment ! Camille se fiche pas mal de sa meilleure amie adorée, on dirait ! Et Franky le mono vedette ? Ce n'est pas le sens des responsabilités qui l'étouffe, celui-là !

Quelque chose bouge entre les vagues. Des têtes apparaissent… Serait-ce eux ? Me chercheraient-ils, un peu, quand même ? Même pas ! Trois silhouettes sortent de l'eau : Marie-Jo, Patrick (le prof barbichu) et Guignol (le deuxième jumeau). Dès qu'elle m'aperçoit, la patronne se précipite :

– Qu'est-ce que tu fais là, toi ?

Il y a du reproche dans sa voix.

– Je... rien... chuis juste un peu fatiguée.

– Fatiguée ! À ton âge ? Tu blagues ? C'est Franky qui t'a dit de remonter ?

Si je prétends que oui, elle saura que je mens.

Si j'avoue que non... que va-t-il m'arriver ?

– C'est-à-dire...

– Tu l'as prévenu, au moins ?

– Ben...

Je pique du nez. Je me sens comme une... mauvaise élève (sensation connue, trop connue).

– Oui ou non ? rugit Marie-Jo.

Je hoche négativement la tête. La directrice pousse un « kkkssss rrraaaahhh » furibard et repart dare-dare vers le rivage, non sans nous avoir ordonné de « rester là, tous tant que vous êtes, que personne ne bouge de cette plage, compris ? ».

– Elle a l'air vénère... observe placidement Guignol en la regardant disparaître au milieu des flots.

Patrick lève les yeux au ciel :

– Jeune homme, épargnez-nous votre verlan ! Tout au long de l'année scolaire, je me bats pour chasser ce sous-langage de la bouche de mes élèves, or je me trouve présentement en vacances, j'aimerais donc être également en vacances de verlan, si possible !

Guignol-le-fana-de-science-fiction, regarde le prof comme s'il était... un petit homme vert jailli d'un ovni. Ça ne refroidit pas Patrick qui embraie aussitôt (sans que personne ne lui ait rien demandé, on s'en doute) sur un cours magistral à propos de la faune sous-marine, de la flore sous-marine, de la biosphère sous-marine... heureusement (!?!) interrompu par la réapparition de Marie-Jo, suivie de M. Raoul et Mickey. À leur vue, l'enseignant bondit sur ses petite jambes poilues :

– Mais où est ma compagne, où est Solange ?

– Une seconde ! Elle arrive ! grogne la patronne.

– De plus en plus vénère, la Marie-Jo ! pouffe le jumeau dans le dos du prof (Guignol aurait-il de l'humour ? En un sens ce serait logique...)

Mickey court vers nous, surexcité :

– J'ai réussi à toucher un hippocampe !

L'ultime trio refait surface : Franky, Camille, sourire planant, et Solange, sirène aux cheveux dégoulinants. Les yeux lançant des étoiles (de mer), ma copine a juste le temps de m'expliquer qu'elle vient de vivre la plus fantaaastique expérience de sa vie...

Marie-Jo l'interrompt sèchement :

– Silence ! Ce qui s'est produit ce matin ne s'était jamais produit et ne doit jamais se reproduire dans MON club. Une stagiaire, Mlle Girardon pour ne pas la nommer, a quitté son groupe de plongée sans avertir son moniteur. L'équipe de Raoul et celle de Franky nageant à proximité, ce geste a causé une GRAVE confusion. M. Raoul surveillait Solange. Franky aussi, la prenant pour Marion. Résultat ? Une stagiaire surveillée deux fois et l'autre pas du tout ! Cette situation a duré près d'une heure. L'inconsciente aurait pu se noyer dix fois. Je suis atterrée. Il va falloir vous reprendre, je vous préviens. Surtout toi, Girardon, tu m'entends ?

Je le crois pas ! Elle va me mettre trois heures de colle pendant qu'elle y est, non ? Venir jusqu'ici pour se faire engueuler de la sorte ! Devant tout le monde ! Pire qu'au bahut, par Sado et Fulmio réunis ! J'ai envie de mordre. Je me contente de (mordre) l'intérieur de mes joues. Quand la dirlotte termine sa sortie, je sens le goût salé du sang sur ma langue, pour dire l'intensité de ma rage…

– T'as été trrrrop naze de remonter ! me lâche Camille, de retour dans notre bungalow.

Pile la phrase qu'il fallait pour me faire exploser :

– C'est bien ce que je te reproche ! Soi-disant

que je suis ta meilleure amie adorée. Ben dis donc, qu'est-ce que ça doit être, les autres !

Mains sur les hanches, elle proteste :

– Hééé, doucement, n'oublie pas que tu es ICI grâce à MOI ! Je t'ai INVITÉE !

– Ouais ouais t'as le pouvoir d'achat ! On le sait ! On risque pas de l'oublier ! La ramène pas trop quand même, OK ? Ton père gagne plus que mes deux parents réunis : t'y es pour rien et moi non plus, que je sache !

Ma violence me surprend moi-même. J'ai l'impression d'être en train de me disputer avec Charles. En pire parce que je n'aurais jamais cru en arriver à ce point avec ma meilleure amie. On échange un regard de quinze tonnes. Silence. J'ai une boule dans la gorge. Peur soudaine de me mettre à pleurer. Il ne faut surtout pas que je pleure… J'éclate en sanglots :

Camille hésite... puis me prend par le cou, caresse gentiment ma joue. Je chiale de plus belle.

– Allez, Marionnette (maman m'appelait comme ça quand j'étais petite. Camille peut-elle le savoir ? Bé non je lui ai jamais dit... Donc elle l'a trouvé toute seule, la traîtresse !). On ne va pas se disputer. Ce soir c'est Noël, en plus. Allez on oublie. Repose-toi un peu dans le hamac, tiens, je te prête ma musique !

Casque high-tech sur les oreilles, bande-son digne des meilleurs DJ (le père de Camille produit des disques, elle a toujours de la super musique en avant-première), bercée par le doux roulis du hamac, je sens le calme me gagner, puis la torpeur m'envahir et enfin rrrommm pissshhhh, le sommeil me terrasse en pleine terrasse...

Clip clak clik clap ! C'est quoi ce bruit ? J'entrouvre un œil. Image floue de talons claquant sur le plan-

cher. Glissés dans des sandales dorées : les pieds de Camille. Ziiip ! Que trafique-t-elle ? La voilà qui se contorsionne pour baisser une fermeture Éclair dans son dos. Enlève une minirobe orange. Enfile un short en dentelle noire. Relève ses cheveux en chignon. Esquisse un pas de danse face au miroir de la salle de bains. Décroche un cintre. Plaque une longue robe mauve devant elle pour juger de l'effet produit… Je continuerais bien à l'espionner entre mes cils, mais si elle découvre mon manège, elle ne va pas aimer DU TOUT. Inutile d'attiser le feu. Je m'étire et toussote :

– Tu fais quoi ?

– Je me prépare pardi ! C'est la fête ce soir : big réveillon Villa Joséphine, avec tous les clients de l'hôtel et plein d'invités. On va danser toute la nuit. Buffet, sketchs, karaoké. Ça va être génial : Franky va jouer du ukulélé et chanter des chansons qu'il écrit lui-même…

– Qu'il ecrit LUI-MÊME ! ricane-je. Il a tous les talents, TON Franky, décidément…

Ma copine hausse les épaules :

– C'est pas MON Franky, d'abord ! Et d'abord, tu ferais mieux de te préparer toi aussi : la fête commence dans moins d'une heure !

– Et si j'ai pas envie ?

– Quoi pas envie ?

– Pas envie d'assister au Festival Franky ?

– Tu vas pas recommencer ! T'es vraiment pénible quand tu t'y mets !

– Tu sais ce que t'es, toi ? À t'amouracher du premier venu ? Un cœur d'artichaut !

Je suis debout, index menaçant :

– Tu regrettes ? C'est ça ? Parfait ! Ben t'as qu'à... t'as qu'à... faire comme si j'étais pas là ! D'ailleurs... D'ailleurs... Je vais... je suis bientôt plus là, je me tire, SALUT !

Je tremble. Mon cœur cogne. Ma bouche est sèche

comme un tas de sable. J'attrape mon sac et quitte la case en claquant la porte. Elle ne claque même pas, d'ailleurs. Petit portillon de rien du tout. Zut j'ai oublié de mettre mes tongs. Je m'en fous. Je ne reviendrai pas en arrière. Jamais ! Je descends vers la mer au pas de charge. Camille va-t-elle me courir après ? Me rattraper ? Je me retiens de me retourner. Je ne lui ferai pas cet honneur. Je traverse la crique face au soleil qui commence à décliner. Au bout : une barrière de rochers. Je vais la franchir. C'est décidé. Avant de perdre de vue notre case, je jette (quand même) un œil derrière moi. Rien n'a bougé. Rien ne bouge. Camille doit être en train de se maquiller en se trémoussant, de se trémousser en se maquillant... Pfff... Pourquoi suis-je venue me fourrer dans ce piège antillais ? Derrière les rochers (périlleusement franchis mais franchis) s'étend une immense plage de sable blanc. Je marche droit devant moi. Personne ne me voit. Tout le monde est trop occupé à préparer la fête, sans doute. Bonjour le Noël pourri. Je regrette les réveillons glauques chez Mamika. Je veux me perdre. Comme une petite poucette sans cailloux.

Ne plus parler à personne. Au loin, entre deux falaises, apparaît un petit clocher, tache verte sur le ciel sans nuage. Au fur et à mesure que j'avance, j'aperçois, au bord du rivage, deux ou trois bateaux, rouge sang, jaune d'or claquant… À leur aplomb, des petites maisons, de pêcheur sans doute, murs en bois brut, toits de tôle ondulée. Des filets sèchent ici et là. C'est beau comme un décor de théâtre. Un escalier monte de la plage vers une ruelle tortueuse, bordée de fleurs. Je m'y engage. Une fillette me fait coucou derrière un volet. Je tente un sourire. Elle se cache. Je continue mon chemin. Un peu plus loin, un panneau pendu de guingois à un balcon m'accroche l'œil. Je m'approche :

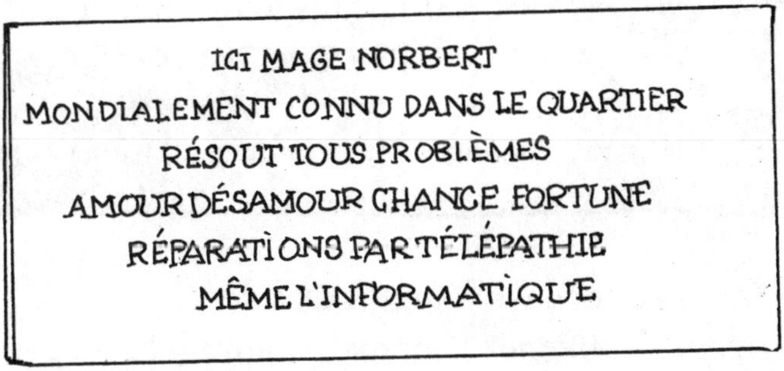

Assis derrière un rideau antimouche, un vieux Martiniquais m'observe. Son œil frise sous son chapeau de paille.

– Alors ti-fi, quequ'chose ça va pas ?

Et lui, je lui demande comment il va ? Je me regarde dans le reflet d'une vitre. Hirsute. Pieds nus. Regard revolver…

– T'as soucis moi je vois ça, t'as gros souci ti-fi là ! insiste-t-il.

– C'est vous, le mage Norbert ? Vous lisez dans les pensées ou quoi ?

Il pointe sa canne vers le panneau :

– Tu sais lire aussi, toi ?

– C'est vrai ce qui est écrit ? Vous résoudez… pardon vous ressoudez… euh… vous résolutez… je veux dire vous solutionnez tous les problèmes ?

Le vieux hoche la tête, sûr de lui :

– Pa ni problème ! Je prépare un quimbois spécial pour toi. Tu fais boire le quimbois à ton amie qu'est tôktôk. Illico presto elle oublie son galant, garanti cent pour cent !

– Sans blague ? Cent pour cent garanti ? Mais… c'est quoi : un quimbois ?

– « Tiens, bois » ça veut dire. Tu peux pas connaître. Quimbois c'est des breuvages magiques secrets, très très secrets...

– Mais... c'est payant ? Ça coûte combien ?

Il me tend une main fripée entre les lamelles du rideau de plastique :

– Donne 20 euros...

20 euros ? Il va où, lui ? Il veut pas une Carte Gold, aussi ? Je m'appelle pas Camille Moquin, moi ! Je fouille mon sac de plage. Coup de chance, mon porte-monnaie y est. Sauf que... il ne contient que 3,87 euros tout compté... Je pose mes pièces dans la main du vieux :

– J'ai pas tout à fait 20 euros mais... je peux vous donner tout ce que j'ai... tente-je.

Les doigts se referment sur ma ferraille :

– Ça va !

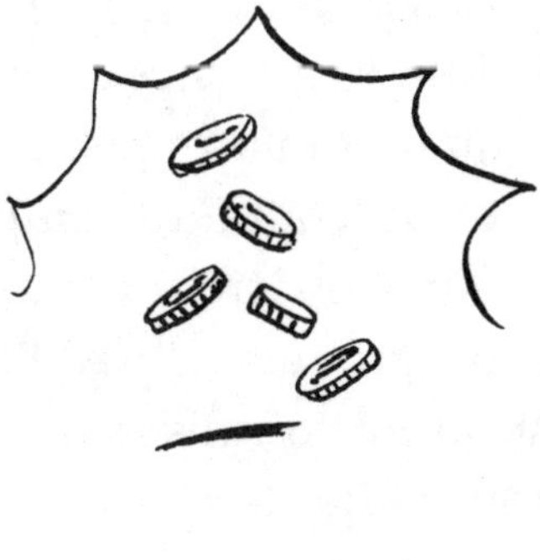

5. Qui boit quoi?

Le soleil rougeoie au-dessus des flots quand je reprends le chemin d'Anse-Bouillon, mon quimbois en poche. Pendant sa – longue – préparation, le mage m'a interdit d'entrer dans la maison, de peur que je l'espionne sans doute (et si je lui piquais toutes ses recettes et que j'ouvre un stand de quimbois face au bahut, je ferais peut-être – enfin – fortune ?). Après quoi, il m'a remis, l'air solennel, un vieux (mini)-pot de confiture rempli d'un liquide épais, de couleur verdâtre, en me précisant que si la mixture ne produisait pas l'effet escompté, il suffirait que je lui fournisse quelques rognures d'ongles et une touffe de cheveux (!) du galant et qu'il en mijoterait une autre, plus puissante ! Ça alors ! Ce quimbois-ci n'est plus cent pour cent garanti, finalement ? Je renonce à creuser le sujet. Je préfère croire aux pouvoirs du mage Norbert et à notre magique relation... Dès que je suis hors de sa vue, j'ouvre le pot et plonge le nez dedans. Pouah ! Ça sent un mélange de terre, d'herbe et de poisson moyennement frais. Pas ragoûtant. Je presse le pas. Mon cerveau est en ébullition. Mes pieds (qui commencent à fatiguer) s'enfoncent dans le sable sec. Je me sens un peu sorcière. Si seulement j'avais un balai volant pour arriver plus vite à l'hôtel ! J'imagine déjà Camille slurpant mon breuvage et déclarant illico presto que Franky est un zombi.

« Slurpant ton breuvage ? Vite dit ! Moi je me demande comment tu vas t'y prendre pour juste lui en faire avaler trois gouttes ! » glousse ma Petite Voix, cette punaise.

Je la traite de tous les noms et lui intime l'ordre de se taire IM-MÉ-DIA-TE-MENT... Miracle : elle OBTEM-PÈRE ! Serait-ce un premier effet du quimbois ?

La barrière de rochers RE-franchie (au péril de ma vie dans la demi-obscurité mais la motivation me donne des ailes), je décide de passer d'abord par la Case Colibri. Si je me pointe à la fête dans l'état où je suis, c'est MOI qu'on va prendre pour une zombi(e). Miss Mimi, le parfum de Camille, sature l'air (et mes poumons). Elle s'est versé le flacon sur la tête avant

de partir ou bien ? Pour m'habiller, le choix est vite fait. Je ne possède qu'une seule et unique tenue « chic », à savoir une robe blanche à bretelles que maman adore, que je trouve nunuche, mais pour jouer les empoisonneuses, le look nunuche est à coup sûr le plus adapté (tactique « bon Dieu sans confession »). Signe du ciel (ou du mage Norbert ?), la robe a une poche où le pot de confiote tient pile poil. Je plaque sagement mes cheveux au gel, poudre mes joues de rose mignon (merci au vanity-case top-achalandé de Camille) et c'est parti...

Il y a de l'ambiance, Villa Joséphine : au fur et à mesure que je traverse le jardin, mes tympans vibrent crescendo d'une musique boum-boum à faire swinguer les cocotiers. Au bout de l'allée, la grande maison scintille comme un arbre de Noël géant. Quand la dirlotte met des guirlandes, elle n'y va pas de main morte (pas plus que pour le reste) ! J'aperçois des silhouettes qui dansent jusque sur la terrasse. J'entends des rires. Des bruits de verres. Je capte les paroles de la chanson :

On veut danser danser danser
On veut zouker zouker zouker
Oh oui oui oui c'est la folie lie lie

La vie c'est pas pour faire la tête
La vie c'est fait pour faire la fête
Oh oui oui oui c'est la folie lie lie

Quel programme !

Quelqu'un s'est-il demandé où j'étais passée ? Apparemment non.

Ça m'arrange (pour cette fois). Je me faufile parmi les fêtards. Just call me Marion-Passe-Muraille… Une biguine méga-chaloupante succède au zouk de folie-lie-lie. Les danseurs enchaînent sans mollir. Moi-même, toute stressée que je suis, je me déhanche presque sans le vouloir. Je repense aux réveillons tristounets chez Mamika. Napperons, petites bougies, carillons et sourires coincés… On en est loin. Aux antipodes. Pas un gramme de glauque ici. La fête pulse comme le sang dans les veines. Si le Père Noël déboulait de la cheminée, il zoukerait aussi, à mon avis… (Et le petit Jésus ? Pas exclu…) Dans un coin de la piste, les jumeaux, face à face, sont lancés dans une sorte de… biguine-rap. Mickey est si absorbé qu'il ne me voit pas, ça m'arrange là encore. Un peu plus loin, Patrick entraîne Marie-Jo dans une… comment dire… biguine tendance tango désarticulé. Je cherche Camille des yeux. Elle n'est pas en train de danser. Pas à côté du buffet. Je finis par la repérer, dehors, sous l'auvent. Toute vêtue de dentelle noire (short/chemisier à volants), maquillée-coiffée comme une star, elle trône sur une balancelle. Assis à côté d'elle, Franky joue en effet du ukulélé (ou fait semblant ? vu le volume sonore ambiant, on n'entend aucun son sortir de son instrument...). Quel romantisme ! Ma Petite Voix (tiens, la revoilà !) part d'un ricanement diabolique :

– Hi hi hi ! Ça ne va pas durer...

Je m'approche de ma copine, tout sourire :

– Coucou ! Ça va ?

Elle me regarde avec des yeux ronds. Plaisanterie ? Nouvelle attaque ? semble-t-elle soupeser (si elle savait).

– Et toi, ça va mieux ? T'es calmée ?

Je me colle à son oreille :

Moi qui ne sais pas mentir, on dirait qu'elle me croit. Deuxième effet du quimbois ? Mage Norbert, ta force soit avec moi ! Je pousse mon bouchon :

– Et si on trinquait à notre amitié ? Bouge pas, je vais chercher à boire...

Franky s'en mêle, sourire de tombeur et voix de velours :

– Vous êtes trop jolies toutes les deux ! La blonde en noir, la brune en blanc, je sens que ça va m'inspirer une chanson...

Ouaaah le ploubadour ! (mixte de « troubadour » et de « plouc », je viens de l'inventer, ça lui va comme une dent de requin, s'il croit qu'il va m'amadouer avec ses compliments à la noix, il se met les doigts dans les dreadlocks) J'aimerais bien trinquer avec vous... ajoute-t-il. On va noyer notre souci, Marion.

Quel souci ? Camille lui aurait-elle raconté notre vie ?

– Hein ? Quoi... Je... J'comprends pas... bredouille-je.

Les grosses dents, le gros rire, ça recommence :

– Ben ce matin la plongée ! Ta remontée sauvage, tu as déjà oublié ? Pas moi, je me suis fait gronder par Marie-Jo à cause de toi, mademoiselle !

– Ah désolée... Trois verres, alors, TROIS ! je lance, plus pressée que jamais d'accomplir mon... projet.

Cap sur le buffet. Je fends la foule, tel un rugbyman. « Noyer notre souci ». Tu crois pas si bien dire, Franky ! Trois verres. Il me faut un plateau. J'en chope un petit, rond, argenté. Parfait. Trois verres. Je les pose dessus. Bon début. Et maintenant... Je mets quoi dedans ? Vu la couleur du quimbois, il me faut du foncé... Limonade, eau gazeuse... pas question. J'avise deux saladiers contenant une sorte de soupe de fruits.

– Planteur Anse-Bouillon ! Spécialité maison ! m'annonce un serveur.

– Y a de l'alcool dedans ? m'inquiète-je. (la situation est déjà assez saoulante comme ça).

– Dans ce saladier-ci, oui. Dans celui-là, non !

Je tends mon plateau :

– Sans alcool, pour trois, s'il vous plaît, merci !

Paf. Une grosse louche dans le premier verre.

– Euh... Pas trop plein si possible ! C'est que j'ai encore du boulot, moi. Au fait, comment je vais être sûre de refiler le « bon » verre à Camille ? Il me faut un signe distinctif.

– Vous... vous avez des pailles ?

Le serveur fait une drôle de tête. « Les clients ont de ces idées ! » semble-t-il penser...

– Tu peux penser ce que tu veux, mon vieux, les clients sont rois, alors aboule tes pailles et basta ! commente sèchement ma Petite Voix (elle n'a pas tort, pour une fois)...

Il se retourne, fouille dans une caisse, en sort un paquet de pailles pastel.

– Je peux choisir les couleurs ?

Il me tend la boîte, l'air las, comme à une gamine capricieuse. Je tire une paille rose (ce sera pour Camille), une bleue et une jaune.

Après un passage par les toilettes – ni vu ni connu, enfermée à double tour, couvercle du siège rabattu en guise de labo de sorcière, je fais mon mélange, impec, couleur neutralisée, odeur masquée par le planteur aux senteurs exotiques – je m'élance au cœur de la fête, l'œil rivé sur mon plateau, paille rose au centre, idée fixe en tête : éviter toute bousculade, renversade, vautrade... Un rock électrise à présent la piste. Pas de raccourci : pour rejoindre Camille, il me faut la traverser. J'avance sur des œufs, rasant les murs. Je contourne Patrick en sueur jerkant tout seul comme un lutin cinglé. Il me voit. Il me sourit. Au secours ! Il ne va pas m'inviter à danser ? Pire que ça, il avance la main vers mon plateau et chope le verre à paille rose !

– Je meurs de soif ! Je peux ?

Et SLURP ! Ma potion magique disparaît derrière sa barbiche ! Je me jette sur lui, tente de lui arracher le verre des mains :

– Touchez pas à ça ! C'est à MOI !

Il ne lâche pas, cet abruti ! Moi non plus. Bras de fer.

– Rendez-moi ce verre je vous dis, bon sang, MERDE !

– Qu'est-ce qui vous prend ? Surveillez votre langage, jeune fille !

Dans la bagarre, ce qui reste de mixture part en SPLASH sur ma robe ex-blanche. Trop pour mes nerfs. Je fais demi-tour en titubant, en catastrophe, en désespoir...

Au bout d'un couloir, Edmonise m'arrête :

– Eh ben doudou, qu'est-ce qui t'arrive ?

Elle me prend le bras. Je m'écroule sur son épaule :

– J'en ai maaaaaaarrrre !

– Chut... Faut pas parler comme ça, doudou. C'est Noël ! Viens dans la cuisine : on va nettoyer ta robe...

Après un énergique détachage, Edmonise me prend la main :

– De quoi tu en as marre ? Dis-moi...

– C'est parce... que... C'est parce... que... ma copine est amoureuse de Franky et du coup elle me laisse tomber comme une vieille chaussette ! hoquette-je.

Edmonise hoquette aussi. Mais de rire.

– Amoureuse de Franky ? Ha ha ha hi hi hi ! Elle est en GRAND DANGER, ta copine, alors : Franky est fiancé à ma fille Rita, et ma fille Rita, c'est la plus terrible tigresse du quartier ouh là là ! Ta copine va la connaître : Rita vient ici ce soir après son travail, peut-être même qu'elle est déjà là...

Et pis... logue (épilogue)

Retour à la fête. Rita est là en effet. Du moins, je devine que Rita est la beauté cuivrée avec qui Franky danse langoureusement au milieu de la piste. Ouh là là. Il en a oublié notre projet de trinquerie. Vu les baisers de cinéma qu'ils échangent, ça se comprend.

Patrick aussi m'a oubliée. Pas pour la même raison : dans un recoin de l'escalier, il est en pleine dispute avec Solange. Gestes de menace, affolantes paroles : « hystérique », « mythomane », « tu ressembles à ta mère » capte-je au vol. Troisième effet du quimbois ? Le mage Norbert a de quoi être content. Malgré une légère – et bien involontaire – erreur de cible, l'objectif désamour est atteint.

Et Camille ? Elle n'a pas bougé de sa balancelle.

Ce qui a bougé, c'est... Mickey et Guignol assis à côté d'elle. Pleure-t-elle ? Se mange-t-elle les mains ? Se roule-t-elle par terre ? Même pas ! Elle parle et sourit comme si de rien n'était.

Quatrième effet du quimbois ?

En me voyant elle fait un grand signe :

Je fonce chercher QUATRE verres de... jus d'orange tout simple. Et on trinque. À l'amitié ? À quelque chose qui ressemble à un joyeux Noël, en tout cas.

Dans les jours qui suivent, Camille ne me parle plus de Franky.

Ni de Rita. Est-elle gênée ? Vexée ? Moins envoûtée que je ne l'ai cru ? Sa discrétion me va à merveille. On passe de trop bons moments pour que je prenne le risque de les gâcher en rouvrant un dossier qui fâche...

On oublie d'autant plus facilement notre monovedette que, dès le lendemain, Marie-Jo change les équipes. Edmonise lui aurait-elle raconté ma crise de Noël ? Ça ne m'étonnerait pas...

Franky s'occupera donc désormais des jumeaux.

Solange et Patrick plongeront avec M. Raoul (a-t-il AUSSI des talents en conseil conjugal ? ça tomberait à pic, si j'ose dire).

Camille et moi avec... la patronne.

Au début on tord le nez. Surtout moi.

Mais... les poissons nous donnent vite tort.

Coachée serré par la dirlotte, je plonge de plus en plus profond sans flipper et ce que je découvre est... à la hauteur.

Je découvre aussi le Scrabble. Grâce à Mickey. À Issy, je refusais d'y jouer. Ça me faisait trop penser à un contrôle d'orthographe-vocabulaire. Ici, sur la plage, au soleil, drinks et sorbets made in Edmonise à l'appui, ça change tout. Je progresse vite. Mickey n'en revient pas. Surtout lorsque, la veille du départ, je marque 144 points en plaçant en compte triple un mot rare : quimbois.

– C'est quoi ? demande le jumeau n°1.

Je fais l'étonnée :

– Tu connais pas ?

Camille, quant à elle, se prend de passion pour... la science-fiction.

Par miracle ? Non, par l'intermédiaire de Guignol, évidemment.

Il lui prête un pavé qui se passe en l'an 3013 et qui l'occupe bien.

Pas à cent pour cent cependant. À l'aéroport de Fort-de-France, après avoir quitté les jumeaux qui s'embarquent pour Genève, elle me lâche :

– Ils sont bien gentils, mais n'empêche, j'aurais préféré que ton frère vienne avec nous, ç'aurait été MAGIQUE !

Je souris poliment :

– Ah oui ? À ce point-là ? Écoute, j'ai une idée : une autre fois, si ton père organise, mettons... une ascension de l'Anapurna à mains nues, tu inviteras Charles, OK ? Mais... sans moi !

Pipeau blues

– C’est qui ce zombi avec sa valise à roulettes ?

En ce matin venteux, Arthur Cabrin est le premier à repérer une présence inhabituelle dans la cour du collège. Forcément : Arthur a une tête de plus que tout le monde. Moi, du haut de mon mètre cinquante et un, il me faut plusieurs minutes et un début de torticolis avant de parvenir à apercevoir ce qui aimante les regards. Mazaud, notre redoutable principal, est en grande conversation avec un étrange personnage.

Cheveux gris ébouriffés, cape genre déguisement de Zorro, pantalon couleur moutarde, une main sur une valise, l’autre faisant de grands gestes, l’homme parle, parle, parle… Sado l’écoute, l’air presque intimidé, se reculant discrètement quand l'inconnu s'agite trop.

– On dirait un extraterrestre qui a perdu sa soucoupe ! lance Julie.

– Ou un marionnettiste qui vient proposer un spectacle, pouffe Camille.

J'applaudis.

– Ouais !

Un spectacle à la place du cours de maths, ce serait trop bien !

– Et si c'était le fiancé de Hardy ? renchérit Myriam (petite précision : Hardy, notre prof d'anglais, est plus proche de l'âge de la retraite que de celui du mariage).

La sonnerie interrompt nos ricanements. Un autre genre d'extraterrestre traverse la cour au pas de charge : Fulmio notre prof de maths. Arrivé à notre hauteur, il marque un temps d'arrêt en tapotant sa montre :

– Montez en classe ! Pas de perte de temps, nous avons beaucoup de travail !

Une heure et demie plus tard, tout à la joie d'avoir évité d'être interrogée (et donc d'avoir un zéro de plus) en maths, vu que j'ai passé le cours adroitement dissimulée (c'est pratique, parfois, de mesurer 1,51 m) derrière le large dos d'Arthur Cabrin, je savoure le spectacle de Fulmio rangeant ses affaires pour nous quitter. Satisfaction supplémentaire : l'heure qui suit s'annonce tranquille, l'ex-nouvelle prof de musique, Mlle Brifon, créature triste et pâlichonne, n'ayant fait qu'une seule apparition le lendemain de la rentrée, avant de nous gratifier d'un congé maladie qui dure depuis (cet unique contact avec nous aurait-il suffi à la rendre malade ?).

Je me cale confortablement au fond de ma chaise en vue de piquer un roupillon quand la porte s'ouvre d'un coup. Sado s'y encadre. Une rumeur électrique parcourt les tables. Il n'est pas seul. Un bruit de roulettes le suit : le zombi et sa valise !

Sado s'avance.

– Bien. Comme vous le savez, nous avons eu, ces dernières semaines, quelques soucis qui vous ont privés de cours de musique. Je suis donc heureux d'accueillir M. Galureau qui remplacera Mlle Brifon, en attendant que l'état de santé de celle-ci s'améliore.

Sur ces paroles, Sado tourne les talons, comme impatient de laisser ledit Galureau aux commandes. Ce dernier ôte sa cape d'un geste virevoltant, découvrant un gilet de satin noir brodé de fleurs multicolores, avant de nous lancer :

– Où en étiez-vous en solfège ?

Silence. Soupirs. Qui va oser lui annoncer qu'on en était euh... nulle part ? Personne, apparemment. Le prof nous dévisage.

– Gammes majeures, gammes mineures, notes tonales, notes modales… Ça vous dit quelque chose ?

Heureusement, on a Nicolas Fulbert : notre premier-de-la-classe mélomaniaque, qui passe ses mercredis à jouer du violon et embraie sur Mozart quand on lui parle de Too-Boo, prend le micro (on le lui laisse bien volontiers). Dièses, bémols, croches et demi-tons sortent de sa bouche en rangs serrés. Le nouveau prof de musique sourit d'aise. Sauvés ! Pas pour longtemps. Le zombi ouvre à présent sa valise et en sort un genre de pipeau en plastique beigeasse.

– Bien sûr, on a dû vous demander de vous procurer une flûte semblable à ceci…

Brouhaha négatif.

– Comment !?! Vous n'avez pas d'instrument d'étude ? Aucun d'entre vous n'en a !?!

Nicolas semble hésiter avant d'avouer d'une petite voix :

– Moi j'en ai plusieurs, mais… chez moi !

– Heureusement, je suis prévoyant ! observe Galureau, en brandissant un sac de supermarché qu'il confie à Fulbert avec ces mots : Veuillez procéder à la distribution !

Nicolas passe donc dans les rangs, sac ouvert, afin que chacun y pioche une flûte comme on pioche un bonbon. J'ai l'impression de me retrouver en maternelle, quand on nous distribuait des crayons. Devant moi, Laura se tortille sur sa chaise.

– Excusez-moi, monsieur, mais... elles ont déjà servi, vos flûtes ?

Le zombi hausse les épaules.

– Ce n'est pas un thermomètre que je vous prête, mademoiselle ! Si les microbes vous inquiètent, vous frotterez l'instrument à l'alcool. Ou bien vous en achèterez un neuf, ce que vous auriez dû faire depuis longtemps, je le répète ! Ah là là ! Jeunes gens d'aujourd'hui ! Vous consommez frénétiquement la musique à grand renfort d'engins électroniques fort coûteux jusqu'à l'indigestion, vous piratez sans vergogne, mais UN SEUL d'entre vous est-il capable de produire trois notes harmonieuses sur un de ces instruments basiques, qui ne coûtent que quelques euros ?

Sans attendre de réponse, Galureau porte sa flûte à ses lèvres et se met à jouer. Un son fragile et fort à la fois, mélodie entraînante, nostalgique, envahit la classe. On se regarde. Certains ont l'air gêné. La plu-

part sont scotchés. Arthur Cabrin essaie de rire mais il a du mal. La musique est la plus forte. Je pense au musicien du conte, celui qui attire les rats hors de la ville en les envoûtant de sa flûte. Quand le prof s'arrête, le silence est… inouï.

– Quelqu'un connaît cette mélodie ? Qui l'a composée ? interroge-t-il.

Nicolas Fulbert lève le doigt :

– Chopin ?

– Gagné ! Et comment s'appelle ce morceau ?

– Une valse ?

– Perdu ! Une maaaaaa…

– Une madrigal ? lance Stéphanie Pioche, qui commence à s'agacer de voir son éternel rival marquer des points.

Le zombi se prend la tête entre les mains.

– « Madrigal » est masculin, mademoiselle ! « Ânerie » est féminin, en revanche, et vous venez d'en dire une !

La Pioche pique du nez. Cassée ! Galureau

démarre sur Chopin, sa vie, son œuvre… J'apprends que le morceau qu'il vient de nous jouer s'appelle une ma… zurka !

– Chopin en a écrit beaucoup, pour piano évidemment. J'ai transcrit celle-ci pour flûte à titre d'exercice, opus 68 n°4 en fa mineur ! Nous allons travailler les six premières mesures et vous les reprendrez chez vous pour le prochain cours… Tenez !

Là-dessus, il sort une pile de feuilles qu'il nous distribue.

C'est ainsi que je me retrouve, le soir même, sur mon lit, la flûte d'un côté, la partition de l'autre et la mélodie de Chopin dans la tête. Le prof nous a bien expliqué comment déchiffrer les notes, comment les retrouver sur l'instrument… Je l'approche de ma bouche. Je fais semblant de jouer. Je me regarde dans la glace. Je me rêve en virtuose. Récital Marion Girardon. Un deux trois, respirons à fond. Comment on fait un do, déjà ?

Je souffle au hasard. Le son part en vrille, rauque, titubant, tel un skieur ivre dérapant sur le verglas. Pourquoi était-ce si beau dans la classe, et dans ma bouche si laid ? Nouvel essai. Rafale de fausses notes. Boum boum boum. Des coups frappés contre ma cloison me font sursauter.

– Hé ho ! T'as fini de massacrer « Bonne nuit les petits » ? J'ai du boulot moi ! hurle la voix de mon frère.

Quel culot ! En trois enjambées, je suis dans sa chambre.

– Vu le nombre de fois où tu me casses les oreilles avec ton saxophone, tu peux la boucler !

– Excuse-moi, ricane-t-il, mais le jour où tu m'entendras sortir des couacs comme ceux que tu viens de faire, on en reparlera...

– Entre parenthèses, tu ferais mieux de m'aider au lieu de me dire des vacheries, ça changerait !

– T'aider à quoi ?

Deux minutes (et dix ans de saxophone) plus tard, les six premières mesures de la mazurka de Chopin sortent de ma flûte, intactes, fluides, apprivoisées par les lèvres de Charles, qui joue comme on lit, comme on parle. C'est dégoûtant. J'en ai marre. La musique est un langage et moi je reste sur le bord, muette.

– C'est quoi le problème ? me lance-t-il, tout content de lui, en me rendant l'instrument.

– J'sais pas... Tu... Tu pourrais pas me montrer comment on fait les notes ? Ou... les marquer sur la flûte ?

– Tu délires ? Tu veux pas une flûte qui joue toute seule, aussi, pendant que tu y es ?

Je suis furieuse. Jalouse. Vexée. Mon pied part tout seul en direction du derrière de mon abominable frère.

– C'est comme ça que tu me remercies ? bondit-il. Ben dis donc, on dit que la musique adoucit les mœurs, mais...

– Frimeur ! Crétin ! Pauvre type ! Bâtard ! Minable !

Ma série de jurons est interrompue par papa qui monte quatre à quatre.

– Qu'est-ce qui se passe, Marion, tu es folle ?

Je me plaque contre le mur, haletante. Mon frère affiche ce petit sourire moqueur qui me donne régulièrement envie de le trucider.

– J'apprécierais que ma très chère sœur évite de me vriller les nerfs à coups de pipeau quand je révise ma physique.

– De pipeau ? Quel pipeau ? grimace notre père.

– C'est une flûte d'étude, d'abord ! Je dois travailler une mazurka de Chopin pour mon nouveau prof de musique au collège !

Papa soupire, l'air fatigué.

– Écoutez. Votre mère a la migraine et moi un dossier d'impôts, alors du calme, OK ? Quant à toi, Marion, tu as sûrement des choses plus importantes à faire que de jouer du pipeau !

Papa sort. Charles lui emboîte le pas. Me voilà seule, la rage au ventre. Ma flûte d'étude : du pipeau ! Je vais leur montrer ce que j'en fais, moi ! D'un geste hargneux, je saisis l'instrument aux deux bouts et je le fracasse contre mon genou, comme un vulgaire bout de bois. Aïe ! Le plastique vole en éclats pointus. Mon jean est troué. Le sang perle en dessous. Génial, les soirées musicales !

Le lendemain, devant le collège, le premier que je croise est... Nicolas Fulbert, un casque sur les oreilles. Inutile de lui demander ce qu'il écoute. Du Mozart sans doute. Mais il vient vers moi, comme s'il avait lu dans mes pensées.

– Tu sais ce que j'écoute ?

– Nan !

Sans s'arrêter à mon air renfrogné, Fulbert ôte l'un de ses écouteurs pour me le coller sur l'oreille. Un son fragile et fort à la fois, mélodie entraînante, nostalgique, m'envahit des tympans aux orteils. Chair de poule. Onde de choc.

– La mazurka de Galureau !

– Euh... De Chopin, plutôt ! Tu aimes ?

– C'est... C'est beau !

– Je peux te faire une copie si tu veux ! J'ai l'enregistrement de l'intégrale des mazurkas...

Soupir. Moi j'ai comme une flûte en travers du gosier.

– Pffff ! ça m'énerve !

Fulbert me regarde bizarrement.

– Qu'est-ce qui t'énerve ?

Je ne vais pas lui raconter ma vie quand même ! Mais les mots sortent de ma bouche, comme malgré moi :

– J'ai cassé ma flûte !

– Hein !?! Comment t'as fait ? Pourquoi ?

– J'ai voulu jouer, j'y arrivais pas, mon frère s'est foutu de moi et... (ici, mime du geste fatal « bout de bois brisé sur genou ») CRAC !

– C'est nul !

C'est... vrai. Nul est le mot. Je suis nulle. Même Fulbert s'en aperçoit.

– Je peux... t'en prêter une, de flûte, murmure-t-il au bout d'un moment.

– T'es gentil mais il me faudrait aussi le mode d'emploi ! Je suis incapable de sortir une note...

– Pour ça aussi je peux t'aider, si tu veux.

Je regarde Fulbert d'un œil nouveau. Il est presque craquant, avec son sourire gêné.

– Tu ferais ça ?

– Puisque je te le propose…

– Mais… où ? Quand ?

– Chez moi, j'ai une salle exprès pour la musique, ma mère est prof de piano. On peut faire autant de fausses notes qu'on veut, les murs sont habitués ! T'as qu'à venir demain, 7 impasse du Moulin.

– Je… Je… Merci, je veux bien !

Le lendemain, je me sens bizarre en arpentant l'avenue Gambetta. Qui aurait cru que Chopin m'organiserait un rendez-vous avec Fulbert ? Que diraient les copains, s'ils savaient ? Heureusement, je ne croise aucun visage connu. L'impasse du Moulin est minuscule. C'est la première fois que j'y viens. Une dizaine de maisons bordées de quelques arbres dont les feuilles trahissent déjà l'automne. Le n° 7 n'a pas de sonnette.

Je frappe. J'attends. Rien. J'ouvre. L'entrée ressemble à un musée, bourrée de vieux instruments de musique accrochés aux murs, suspendus au plafond : violon, hautbois, guitare, banjo, trompette, accordéon… Personne. J'avance. Au milieu de la pièce principale trône un piano à queue, tel un géant dans une maison de nains. Je tends l'oreille. Il me semble entendre le son d'un violon au sous-sol.

– Il y a quelqu'un ?

Nicolas arrive, son violon à la main.

– Excuse-moi, le sous-sol est insonorisé, on n'entend rien.

– T'es tout seul ?

– Le samedi après-midi, ma mère donne des cours à domicile.

– Et ton père ?

– Il est mort quand j'avais trois ans.

– Oh excuse-moi !

– Tu pouvais pas deviner.

Effectivement, Fulbert et moi, on n'a jamais beaucoup parlé. Ce jour-là, guère plus… Do, do dièse, do, si, sol, si bémol : des dizaines de fois, il m'a fait recommencer. « Mets ton doigt ici, pas comme ça, comme ça… » Petit à petit, les notes sont sorties, de plus en plus claires, quasiment jolies.

Avant de partir, je lui ai demandé :

– Pourquoi tu m'aides comme ça, Nicolas ?

– On m'a appris à aimer cette musique, j'ai envie de faire passer…

Sur le chemin du retour, un doute m'assaille, soudain. Est-ce bien moi qui ai joué ? J'ai envie de vérifier. Au coin de la rue des Maraîchers, je m'arrête et je sors de ma poche la flûte que Nicolas m'a prêtée. Personne en vue. C'est parti. Do, do dièse, do, si, sol, si bémol : ça marche ! Chut ! Une dame s'approche. Je range vite ma flûte. Stupeur, elle se plante devant moi et me lance un euro. Au même instant, je reçois une tape sur l'épaule :

– Alors petite, on fait la manche maintenant ?

Charles-le-Maudit ! Je ne l'ai pas entendu arriver sur ses rollers. Je le poursuis. Il est déjà loin. En un sens, ça vaut mieux. Je risquerais de lui casser la flûte de Nicolas sur le dos.

Mots casés

Partir pour le bahut le lundi matin, l'hiver, dans la pluie, le froid, l'obscurité, c'est sûr que c'est dur…

Mais partir quand il fait beau, je crois que c'est pire !

Huit heures moins huit. Je longe la rue des Acacias telle une forçate marchant vers le bagne. Les lilas explosent de fleurs, le ciel est bleu comme une piscine, les oiseaux chantent et moi je vais m'enfermer face à des profs plus relous les uns que les autres…

Clic clac clic clac, ma seule consolation est d'admirer mes nu-pieds pailletés scintillant au soleil. Ma mère a accepté de me les offrir en récompense d'un incroyable 10 (sur 20 mais bon, pour moi 10 vaut quasiment 20…) obtenu à l'interro de maths. Elle m'a bien sûr conseillé de « ... ne surtout pas les porter pour aller au collège, tu les bousillerais, Marion ! ». J'ai dit d'accord pour avoir la paix, en sachant bien que je n'en ferais rien. Les nu-pieds sont faits pour se mettre les pieds en vacances, à défaut de la tête...

Clic clac clic clac, c'est déjà ça. Ma petite vengeance du lundi est de m'habiller COMME IL ME PLAÎT... Aucun commentaire à redouter. (je me lève avant tout le monde, vu que mon frère ne commence qu'à dix heures ; quant aux parents, ils n'ont pas d'horaires aussi cruels que ceux que l'on nous inflige à nous, pauvres collégiens)

– Hou hou, Marion !

Boulevard Gambetta, Juanito me fait de grands signes, assis sur « son » banc, celui où il m'attend souvent, au coin de « sa » rue, la rue des Saules...

– Ça va ?

– Bof...

Il se lève et m'emboîte le pas.

– Plus que trois semaines ! sourit-il.

– Encooore trois semaines, tu veux dire ! je grogne.

Va-t-il remarquer la beauté de mes pieds scintillants ?

– Au fait, tu connais le test de la bouteille ?

Je pense à mes pieds. Il me parle d'une bouteille. Juanito et moi, j'ai parfois l'impression qu'on ne vit pas sur la même planète.

– Euh... non !

Sans me demander si j'ai envie de le connaître (la réponse serait non, je suis de mauvais poil), il ouvre son sac à dos, en sort une feuille, un crayon et dessine la forme d'une bouteille dont il noircit le bas...

– C'est quoi, ça, pour toi ?

– Ben une bouteille !

– OK, mais y a quoi dans cette bouteille ?

– J'en sais rien moi, peut-être du jus d'orange, peut-être de l'eau...

– Mais y en a... beaucoup ?

– Moyen...

Juanito me regarde d'un air désolé. J'ai l'impression d'être une demeurée.

– Quoi, qu'est-ce qu'il y a ?

– Elle est à moitié vide ou à moitié pleine cette bouteille ? insiste mon copain.

– Ben à moitié vide, enfin !

Juanito se tape sur les cuisses.

– J'en étais sûr. Marion, tu es pes-si-miste !

– Je vois pas le rapport, c'est idiot ton truc !

– Pas du tout ! Quand tu montres ce dessin aux gens, y en a qui disent que la bouteille est à moitié vide et d'autres à moitié pleine... Et pourtant c'est la même bouteille, mais les pessimistes voient le côté vide, et les optimistes le côté plein, comme les trois semaines de bahut qui restent : je les vois courtes, et toi longues...

– Mmmhhh...

Trop clair pour être tout à fait faux. Ça me plaît et m'énerve à la fois, cette histoire...

– J'ai envie de vérifier. Tu me passes ton dessin ?

Camille, Julie, Myriam et Laura sont en grande discussion sous le préau du collège. Je cours vers elles en agitant la bouteille dessinée :

– Hé les filles ? C'est quoi ça ?

Arthur Cabrin déboule aussitôt.

– Vas-y, c'est le test de la bouteille, t'as trouvé ça sur cretins.com Marion, tout le monde connaît : si tu la vois vide t'es pess...

– Moi, je connais pas ! proteste Julie.

– Trop tard, merci Arthur ! je peste.

Le grand Cabrin (il est le plus grand de la classe et de loin) ne se laisse pas démonter.

– J'ai un truc mille fois plus marrant ! lance-t-il, hilare.

– C'est quoi ? C'est quoi ?

Exit la bouteille. Arthur raconte que son cousin passe son temps à jouer aux mots casés en cours...

– Les mots croisés débiles, là ? s'écrie Juanito. Ça nous fait une belle jambe...

– Rien à voir ! C'est un jeu que lui et ses potes ont inventé ! Ça se joue à plusieurs ! On se fait un max de

thune et on se marre trop.

Gagner des sous en rigolant ? Ça m'intéresse ! Je me rapproche. Arthur explique que chaque joueur choisit un mot qu'on ne dit pas en cours normalement, que tous les joueurs recopient la liste, misent 1 euro et que celui qui réussit à « caser » le plus de mots à haute voix devant le prof rafle la mise.

– Ah oui !

Les yeux brillent. Le cercle se resserre.

– Discretos... ordonne Arthur.

On est neuf à jouer : Arthur, Camille, Juanito, Laura, Julie, Myriam, Sylvain, Pierre Mouillaud... et moi évidemment (j'ai toujours le projet de m'offrir le Ziphone de mes rêves et toujours aussi peu de moyens, alors neuf euros, c'est bon à prendre !).

Quelques minutes plus tard, la liste s'établit comme suit : Esquimau, Choucroute, Obsolète, Éléphant, Minijupe, Ésotérique, Embrayage, Épée, Pince à linge. Nous échappons à « claquemurer » : « On sait même pas ce que ça veut dire, alors laisse tomber, Camille ! » ; à « crotte de nez » : « Tu veux qu'on se fasse virer du cours, Sylvain, ou quoi ? »

Arthur a vu juste : pendant qu'on est en train de recopier la liste, Stéphanie Pioche (la meilleure de la classe) surgit derrière le marronnier sur lequel je suis appuyée.

– Qu'est-ce qui se passe : il va y avoir une interro en histoire-géo ou quoi ?

– Euh...

Mouillaud s'interpose entre la crackesse et moi.

– Ouais, et si t'as pas vingt tu seras virée, il paraît !

– Pfff ! Ce que tu peux être bête, mon pauvre, soupire Stéphanie.

Mouillaud n'a pas le temps de chercher une réplique, ça sonne. Dans l'escalier, Arthur nous glisse une ultime consigne :

– Attention ! Les mots, il faut les sortir dans l'ordre ! Et soyez attentifs : si vous répétez un mot déjà casé, vous êtes é-li-mi-nés !

Mme Daudon, notre prof d'histoire-géo, illustre à merveille le mot « soporifique ». Quand je suis encore endormie, inutile de compter sur elle pour me réveiller. Si je suis réveillée, en revanche, elle m'endort illico... Cheveux bruns coupés ultracourt depuis peu (elle arborait jusque là un chignon sinistrissime), souliers plats, jupe plissée grise en toute saison, polo bleu marine, en laine l'hiver, en coton l'été, son look respire l'ennui autant que ses cours :

la seule fantaisie qu'elle s'autorise est un collier de perles.

Ponctuelle, calme et terne, elle nous attend, debout devant le tableau. Dès qu'on est assis, elle tape deux fois dans ses mains et c'est parti pour le robinet d'eau tiède...

– Bien. Nous allons parler aujourd'hui de la politique d'aménagement du territoire français.

Échange de regards des conspirateurs. Qui va plonger le premier ? Arthur, je l'aurais juré. Il lève son bras d'un mètre de long :

– Madame, madame ! En 3e, y en a qui disent qu'à la fin de l'année on a le droit de manger des Esquimau pendant votre cours, c'est vrai ?

– Monsieur Cabrin, nous parlons aujourd'hui de la politique d'aménagement du territoire français, voulez-vous m'expliquer la pertinence de votre question, s'il vous plaît ? rétorque Daudon.

– Oui, c'est quoi le rapport avec la choucroute ? lance mon voisin Mouillaud, ravi, en barrant discrètement le mot « choucroute » sur sa liste.

La prof a une grimace de contrariété.

– Monsieur Mouillaud... Personnellement, je n'utilise jamais ce type d'expression et je vous demande de vous en abstenir également, du moins pendant mes cours. Bien. Prenez vos classeurs. Donc, nouveau chapitre. Deux facteurs ont conduit le gouvernement à engager une politique d'aménagement du territoire dans les années d'après-guerre, quels sont-ils ?

Au troisième rang, Laura s'agite comme si elle dansait la tektonik.

– Je sais ! C'est parce que l'ancien aménagement était ob-so-lète, madame !

La prof hoche la tête, perplexe.

– Je ne veux pas vous décourager, mademoiselle Midron, car on ne vous entend pas souvent participer, mais c'est une réponse, comment dire, trop vague, trop...

– Quand même, avec tous les éléphants dans la politique, ça bouge pas trop ! appuie Myriam.

– Ma tante dit que comme aménagement, y a des ministres qui veulent construire un musée de

la minijupe, c'est n'importe quoi ça, non ? enchaîne Julie.

Elles sont trop fortes ! Comment font-elles ? Je n'y arriverai jamais ! J'ai l'impression de voir mon Ziphone s'envoler à tire-d'aile.

Sur l'estrade, Mme Daudon se gratte la tête.

– Qu'est-ce que vous racontez, mesdemoiselles ! ? !

Camille s'y met, pointant un doigt accusateur.

– C'est vrai, c'est complètement ésotérique ce qu'elles racontent ! On n'arrivera jamais à finir le chapitre, et après pour l'interro, bonjour les dégâts...

Daudon fixe Camille, hébétée. C'est l'instant que Juanito choisit pour se lever.

– Madame je peux aller me laver les mains ? Je me suis mis plein de cambouis en réparant l'embrayage de ma moto...

C'en est trop ! La prof tape du pied.

– Pas question ! Ça suffit ! Sortez vos stylos ! Puisque c'est comme ça, je dicte ! Le premier qui parle au lieu d'écrire, chez M. Mazaud ! (Notre redoutable-redouté CPE : il punit plus vite que son ombre.) Alors, les deux facteurs qui ont conduit le gouvernement à engager une politique d'aménagement du territoire en France dans les années d'après-guerre, sont : la suprématie de Paris ET l'opposition entre, d'une part le Nord et l'Est, qui ont profité de la révolution industrielle, et d'autre part le Sud et l'Ouest ruraux...

C'est l'horreur. Elle ne va plus s'arrêter. Les autres ont déjà casé sept mots. Moi zéro. Si je ne saisis pas ma chance tout de suite, c'est fichu. Alors que si je me lance, je peux peut-être gagner. Qu'est-ce que je risque ? Tant pis, j'y vais, je fonce :

– Ceux du Nord ils disent ouais venez vous battre, nous on a des épées, vous vous avez des vieilles pinces à linge, vous arriverez à rien du tout !

– Bien joué Marion ! murmure Arthur en faisant le V de la victoire.

À mon tour de barrer sur ma liste : « épée » et « pince à linge ». J'ai gagné ! Je suis si occupée à savourer mon triomphe que je ne remarque pas la prof qui me fonce dessus.

– Marion Girardon, qu'est-ce que c'est que cette feuille sur laquelle vous venez d'écrire ? Non non, n'essayez pas de la cacher dans votre manche ! Donnez-moi ça !

Aïe, ouille, au secours. Elle me prend le bras, ma liste tombe, je suis perdue. La prof parcourt ma feuille en marmonnant entre ses dents :

– Esquimau, choucroute... Je comprends ! Vous jouez aux « maudits mots dits ».

– Hein ? Quoi ? Non m'dame ! Sûrement pas ! De quoi vous parlez ? protestent des voix ici et là.

Mains sur les hanches, regard revolver, Daudon a soudain des airs de Calamity Jane.

– Vous me prenez pour une débutante ? Vous croyez que je n'y ai pas joué avant vous ? Vous croyez que vous avez inventé la poudre, bande de... blancs-becs ! ? !

D'un pas furieux, elle marche vers le tableau et écrit : MAUDITS MOTS DITS.

– Voilà comment on appelait ce jeu, de mon temps. Et vous, comment l'appelez-vous ?

– Mots casés, susurre Arthur.

– C'est moins bien... Le niveau baisse, déclare la prof sèchement. Vous jouez de l'argent, en plus ?

Silence de plomb.

– Dépêchez-vous, dites-moi la vérité sinon je vais chercher M. Mazaud.

Arthur sort les neuf euros de sa poche comme on rend les armes. Daudon rafle la mise, réfléchit... puis elle la lui rend.

– Vous utiliserez cet argent pour acheter des Esquimau à partager. Et n'oubliez pas de m'en apporter un, en salle des professeurs. Mon parfum préféré est citron. Bien, reprenons...

Votez pour nous

– Moi je dis que ouiii ! s'époumone Nicolas Fulbert au premier rang.

– Et moi je dis que nooon! je m'égosille au dernier...

La tension monte en 4e B (autrement dit dans ma classe).

Les bras s'agitent, les sacs se bousculent, les chaises tanguent. Objet du débat: notre bourreau prof de maths (alias Fulmio, pas encore arrivé à 8 h 33, fait rarissime) a-t-il ou n'a-t-il pas annoncé une interro pour ce mardi matin ?

D'un côté Fulbert-le-crack affirme que ouiii (logique, pour lui chaque interro égal une bête de note de plus à son palmarès), soutenu par quelques têtus accrochés à leurs bonnes résolutions de rentrée.

De l'autre côté... tous les autres, écrasante majorité composée de ceux qui écoutent les cours d'une seule oreille, de ceux qui n'ont pas noté, n'ont pas d'agenda, pas de stylo, pas envie... Bref.

Fulbert n'en démord pas :

– Levez le doigt, ceux qui ont entendu M. Fulmio dire qu'il y aurait...

Personne ne lève le doigt pour la bonne raison que le crâne du prof de maths (partiellement chauve, strié de mèches grasses finement peignées) vient d'apparaître dans l'embrasure de la porte.

– Tronche de mérou, buée sur les lunettes, mauvais présage... pronostique Juanito (presque aussi nul que moi en maths).

– Tu dis ça pour rigoler ?

Il n'a pas l'air. Je fixe le cartable de Fulmio en essayant d'imaginer quel genre de coup fourré va en sortir, quand la porte de la classe s'ouvre à nouveau. Mazaud (dit Sado en raison de ses tendances sadiques bien connues), notre redoutable-redouté CPE, marche vers le tableau :

– Bonjour jeunes gens ! Comme vous avez pu le lire dans le Bulletinfo d'octobre, c'est aujourd'hui que vous allez élire vos délégués. Les candidats ont jusqu'à 12 h 30 pour se déclarer. Le vote aura lieu pendant la dernière heure de cours...

– Yeeessss, on va faire moins d'anglais ! exulte Juanito (qui est encore plus nul que moi dans la langue de Shakespeare).

Deuxième bonne nouvelle : à peine Sado reparti, Fulmio se lance dans une tirade enflammée sur l'importance des délégués, l'apprentissage de la démocratie bla bla bla... Les minutes défilent allégrement. Laura me fait un « pouce en l'air » :

– Pour l'interro, c'est sauvé !

À la récré, toute la classe se rassemble autour de Nicolas Fulbert, Pierre Mouillaud et Arthur Cabrin. Les trois se sont déclarés candidats et semblent ultramotivés :

– Mon programme est clair, martèle Fulbert. Davantage de contrôles oraux comme écrits, c'est notre intérêt à tous, le niveau de ce collège doit abso-lu-ment monter, je vais me battre pour ça, vous pouvez compter sur moi !

– Pfff, je soupire, et pourquoi pas plus de colles, aussi ?

– Ouais, des colles le dimanche, t'y as pensé ? grince Camille.

– On s'en fout du niveau, Fulbert ! brame Pierre

Mouillaud, ce qu'on veut, c'est plus de sport. Piscine, volley, badminton, tennis, boxe, judo, voilà ce que je propose, moi ! Votez musclé, votez Mouillaud !

– Ça risque pas que je vote Mouillaud ! ricane Julie derrière sa main.

Arthur (candidat n°3) prend le micro :

– Attends Mouillaud, tu te crois au Club Med ou quoi ? Le seul programme ré-a-liste, c'est le mien : j'exige l'installation d'un but de foot dans la cour et l'autorisation d'apporter des ballons dignes de ce nom, y en a marre des balles en moumou, on n'est plus en maternelle ! Votez malin, votez Cabrin !

Stéphanie Pioche (la première de la classe) regarde Arthur avec consternation :

– C'est tout ce que tu as à dire, mon pauvre ami ?

– J'suis pas ton ami, d'abord ! marmonne Arthur, l'air mauvais.

– Ne votez pas en l'air, votez Fulbert ! se dépêche de placer Nicolas d'un ton de futur ministre prêt à se battre pour chaque voix (pas la peine de te fatiguer, Nico, sûr que Pioche votera pour toi, crack et crackesse, même combat...).

Je tourne les talons : rien à attendre de cette mascarade. Laura me suit, les deux « pouces en bas ». Myriam lui emboîte le pas. Julie prend Camille par le bras :

– Viens, on dégage !

– Vous allez où ? nous lance Juanito.

– Parler d'autre chose que vos débilités ! je rétorque.

– Vous êtes grave nazes, les mecs, avec vos programmes ! complète Camille.

Arthur manque de s'étrangler :

– Hein !?! C'est vous qu'êtes grave nazes, les nanas !

Retournement de Mouillaud. Face à l'ennemie, il se rallie brusquement à son rival :

– Cabrin a raison ! Vous avez quoi à proposer, les filles ?

Fulbert ne nous laisse pas dire un mot :

– Mais rien voyons ! Si les femmes avaient un rôle à jouer en politique, ça se saurait !

– Plaît-il ? Je rêve ! Retenez-moi ! Glurps !

– Je le crois pas ! s'étranglent cinq voix (Camille-Julie-Laura-Myriam-moi).

Le phénomène n'arrête pas Fulbert.

– Parfaitement ! Pourquoi y a-t-il moins de femmes que d'hommes aux responsabilités, à votre avis ? On a beau mettre des quotas, rameuter des candidates de derrière les fagots, elles font des scores minables !

– Il est fou ! Ça va pas la tête ? Quel sale macho !

Fulbert fait l'unanimité. Contre lui. Toutes les filles sont scandalisées. Même Stéphanie Pioche. Même Zoé Murnon qui plane pourtant à cinq mille mètres au-dessus des nuages ou Rachel Benino dont on n'entend jamais la voix tellement elle est timide. Trop, c'est trop.

– Tu veux que je te dise pourquoi y a pas plus de femmes aux manettes, Fulbert espèce de… de… p'tite tête qui te prends pour une grosse tête ?

– Euh… bredouille le crack, surpris par la violence de ma contre-attaque.

– Parce que les hommes arrêtent pas de nous barrer la route, han han ! j'assène.

– Exactement ! Bien dit ! Bravo ! approuvent des voix (pas seulement féminines) dans mon dos.

Camille se plante à son tour sous le nez de Nicolas :

– Et tu veux savoir pourquoi les hommes passent leur temps à nous barrer la route comme des oufs ?

– Allez, on se calme ! tente de tempérer le doux Sylvain Grimal.

En pure perte. Je porte l'estocade :

– Parce que vous avez trop peur qu'on vous double !

Drrriiinnnggg… La sonnerie stoppe nos élans. Pas pour longtemps. Dans l'escalier qui remonte vers la classe, une idée me vient. Je tape l'épaule de Camille :

– Pssst ! Et si on faisait une liste de filles ?

– Super ! J'en suis ! Moi aussi ! Moi aussi ! s'enthousiasment Julie, Laura et Myriam.

– On réfléchit chacune dans notre coin en cours de français, j'ordonne. Il nous restera une demi-heure à midi pour nous déclarer candidates, faut pas traîner…

Pendant que Carier (prof de français) disserte du *Roman de Renart*, je prends frénétiquement des notes… pas tout à fait sur le même sujet. En quelques secondes, il me vient un genre de slogan :

NE VOUS TROMPEZ PAS DE BULLETIN :
LA LISTE POUR LA BELLE VIE, C'EST AU FÉMININ !

Dans la foulée, je gratte deux pleines pages de super idées. Le hic, c'est que mes copines sont largement aussi inspirées que moi. À la fin du cours de français, au terme d'un rapide dépouillement, on arrive à un total de 42 propositions, qui vont de : « S'engager pour les droits de l'homme » (Myriam), à « Pouvoir amener son chien en cours » (Laura) en passant par : « Tri sélectif dans le collège » (Julie),

« Papier WC moelleux parfumé » (Camille, glamour jusque dans les détails) ou « Fêter les anniversaires » (moi : j'ai de crémeux souvenirs du primaire, pourquoi ne pas faire durer le plaisir ?).

– On n'arrivera jamais à faire tout ça ! s'inquiètent mes colistières.

Moi, au contraire, je me sens parfaitement calme... et dopée :

– Pourquoi pas ? « C'est jamais d'avoir trop de rêves qui coince, c'est de ne pas en voir assez ! »

– Qui a dit ça ? demande Camille, impressionnée.

– Moi, hé hé ! Vous savez quoi ? Si on est élues, on mettra toutes nos idées sur des papiers pliés dans un chapeau. On en tirera une chacune, on se battra pour. Et dès qu'elle sera réalisée, on en tirera une autre et ainsi de suite tout au long de l'année...

– Et si une idée n'est pas réalisable ? s'inquiète Myriam, pragmatique.

– On dit « pouce » et on en prend une autre !

En attendant, au dernier cours de la journée, après un préambule de Hardy (our english teacher) sur : « What's the english word for "élections" ? And "suffrage universel" ? And "majorité" ? And and and... ? », on finit par voter...

Score sans appel : quatorze voix sur vingt-six pour la liste au féminin ! Dans une ambiance de meeting (Mouillaud et Juanito nous portent en triomphe), Mme Hardy nous félicite comme si on venait d'être élues reines d'Angleterre.

– *Congratulations girls, fabulous job, woman is the future of mankind** !

Fulbert est nettement moins euphorique. Lèvres pincées, il griffonne nerveusement sans dire un mot. Arthur Cabrin, quant à lui, reste prostré-couché sur sa table… jusqu'au moment où (pendant une accalmie) il lâche ce cri du cœur :

– C'est dégueulasse !

Hardy bondit dans sa robe vert pomme-Granny-Smith :

– Qu'est-ce que j'entends, monsieur Cabrin ? (Quand elle parle français, l'heure est grave.)

– Y a des garçons qu'on voté pour les filles ! gémit Arthur, écœuré.

– Et alors ? *What is the problem ? Democracy has no gender***, jeune homme !

---

* Félicitations, les filles, boulot sensationnel, la femme est l'avenir de l'homme !

** La démocratie n'a pas de sexe.

– Dans tous leurs trucs, y a rien sur le sport !

– Siiii ! s'insurge Myriam (notre athlète), y a « randonnée de classe à pied dans Paris » !

– Et sur le foot, y a quoi, hein, hein ? rugit Cabrin à grands coups de menton.

Je me lève, pleine d'autorité :

– Pour l'instant, nous n'avons pas de proposition concernant strictement le foot, en effet, mais nous sommes prêtes à écouter, discuter, négocier, nous sommes pour la parité, nous !

Camille se lève à son tour :

– Absolument ! Il suffit de prendre rendez-vous avec notre ministre de la Concertation et de la Communication : Marion Girardon.

Bûche de Noël

Ça ne finira donc jamais ? En ce vendredi 11 décembre, je brave le petit matin glacé pour avancer, une fois de plus, vers un massacre annoncé. De quoi parlait l'interro que Fulmio, notre bourreau prof de maths, nous a infligée mardi dernier, déjà ? Je ne sais plus... Tout ce que je sais, c'est qu'en lui remettant ma copie j'avais une violente sensation de vide « cafouillembrouillaminable », qu'il a dû passer le week-end à la zébrer de rouge et qu'il va me la rendre dans quelques minutes, agrémentée à coup sûr d'une énième BULLE, laquelle plombera mes vacances et videra la hotte du Père Noël (je vois d'ici mes parents effondrés sur mon bulletin...). Par instants, en mobilisant toute mon imagination, je réussis à me persuader que ce ne sera peut-être pas si catastrophique que ça… À force d'écrire n'importe quels chiffres, je suis peut-être tombée juste… Chaque jour des milliers de gens cochent au hasard des grilles de Loto et certains gagnent le jackpot, non ? « Sauf que toi t'es MARION-MANQUE-DE-POT, pas MARION-JACKPOT » me rétorque la Petite Voix (rabat-joie) qui niche au cœur de ma tête… Gggrrr… « Tu me laisses une chance, OK ? On verra bien… », je temporise. « Sûr ! Et ça va pas être beau à voir ha ha ha ! »

Ça la fait rire. C'est effrayant. Une ennemie squatte mon cerveau. Je rumine en gravissant l'escalier qui conduit à ma salle de torture, pardon… de classe. 8 h 29 à la pendule de l'étage. Ma montre affiche à peine 8 h 25…

Avec ma veine coutumière, Fulmio va décréter que je suis en retard et mes ennuis commenceront encore plus tôt que prévu… Je pousse la porte. Surprise, tout le monde est assis à sa place mais il souffle un vent de folie imprévu à cette heure en ce lieu : c'est que l'estrade est (délicieusement) vide !

– Ben… Fulmio est pas là ? je questionne, ahurie.

– Panne d'oreiller ! ricane Camille.

– Panne d'autobus ! pouffe Juanito.

– Panne d'ascenseur ! glousse Julie.

Cette hypothèse inspire Arthur :

– Ouaaah, trop bien ! Vous imaginez Fulmio coincé entre deux étages avec une blonde super pulpeuse ?

– N'importe quoi, corrige Laura, Fulmio ne prend pas l'ascenseur. Je suis sûre qu'il habite un bunker !

– Peut-être qu'il a mis son chat au micro-ondes et que ça a explosé... C'est pour ça qu'il est en retard, hasarde Pierre Mouillaud, hilare.

La suite est coupée par des moulinets d'Arthur (le plus grand de la classe, le seul dont les yeux atteignent la vitre donnant sur le couloir) :

– Ssshhhtttt ! Fermez-la !

Je pique du nez. C'était trop beau pour durer... Mais au lieu de voir surgir Fulmio, c'est Mazaud-dit-Sado, notre sadique CPE, qui s'encadre dans la porte.

– Bonjour jeunes gens ! lâche-t-il sèchement.

– ... jour... ou... ou... m'sieur... eu... eu... répond l'écho.

– Votre professeur de mathématiques a eu un problème... continue Sado.

Silence. Le CPE semble prendre un malin plaisir à faire durer le suspense.

– … il a glissé en sortant de sa baignoire !

On dirait le début d'une de ces histoires de « maîtresse en maillot de bain » qui nous faisaient mourir de rire à l'école primaire. Mais Sado n'a pas l'air de blaguer !

– Fracture du bassin, quatre semaines d'immobilisation, énonce-t-il.

« Yeeesss, ma bulle au frigo jusqu'à la rentrée de janvier ! », telle est ma première pensée.

– Cachez votre joie… chuchote Arthur derrière moi.

Je me mords les joues pour ne pas rigoler quand la voix de Sado me fige :

– Mademoiselle Girardon a un commentaire à faire ?

– Non non aucun aucun m'sieur !

L'œil noir se détourne. Je respire.

– Bien. Veuillez sortir vos livres et m'indiquer où vous en êtes…

Sado affûte ses lunettes. En un clin d'œil, nous voilà avec quatre pages d'exercices à faire sur-le-champ. Je n'aurais pas assez de toute l'année si je voulais m'y attaquer. Pas de souci : j'essaie juste d'avoir l'air d'essayer et je gribouille n'importe quoi :

ça, je sais faire. Quand on se retrouve en récré, les vannes se lâchent :

– Fulmio dans son bain... le clip ! braille Arthur.

– Un mérou barbotant dans du vieux jus crade ! je complète.

– Avec de la buée plein ses lunettes ! précise Julie.

– Mais non, rectifie Camille, ses lunettes, il les enlève, c'est pour ça qu'il s'est vautré !

– Hé j'ai une idée ! lance Mouillaud. À son retour, on lui offre un flacon de bain mégamoussant. Comme ça, rebelote la glissade et à nous la belle vie jusqu'en juin !

– Il aurait pu mourir, n'empêche ! dit Myriam. C'est arrivé à une copine de ma grand-mère : boum gadin en sortant de sa baignoire, paf crise cardiaque, couic terminé !

– Boum paf couic ! reprend Arthur, hilare. L'enterrement de Fulmio ? Qui pleurerait ? Pas moi !

– Ni moi !

– Fulmio is dead ! Champagne pour tout le monde !

Tout le monde se marre et moi avec. Si fort que j'en ai mal à la gorge. Tout le monde ? Pas exactement. À l'écart du groupe, Juanito nous regarde... consterné.

– Vous vous rendez compte de ce que vous êtes en train de dire ? articule-t-il.

– Fais pas ton petit saint ! grogne Camille.

– Surtout vu comment t'es nul ! renchérit Julie.

– Je suis peut-être nul, admet Juanito, mais je n'ai jamais souhaité la mort de quelqu'un, et encore moins RIGOLÉ à ce sujet !

– Remarque on est un peu bêtes, concède Mouillaud. Si Fulmio mourait, y aurait un remplaçant de toute façon !

Juanito hausse les épaules :

– C'est pas la question, banane ! Ça vous ferait RIRE que quelqu'un souhaite votre MORT ?

– C'est peut-être déjà arrivé !

– Ça arrive TOUS LES JOURS si ça se trouve !

– Et on le sait pas !

– Et on s'en fout ! clament tour à tour Arthur, Camille, Pierre Mouillaud et Laura.

– Eh ben moi, je ne m'en fous pas ! rétorque Juanito. Et vous savez quoi ? J'ai honte de vous avoir comme copains !

Sa voix est grave, sincère, bouleversée. Je ne l'ai jamais vu comme ça. À la réflexion, je le comprends un peu. Je pourrais même être d'accord mais bon…

Il tourne les talons. Je ne vais pas lui courir après au risque de me prendre la dose de vannes…

N'empêche, au fil de la journée, les arguments de Juanito me courent après, eux... Et ils me rattrapent. Peut-on vraiment souhaiter la mort de quelqu'un ? Est-ce que ça arrive à des gens normaux ? Et d'abord QUI est normal ? MOI ? Et si nos rires attiraient le malheur ? Sur Fulmio ? Sur... nous ? Sur MOI ?

La nuit suivante, je me réveille en sursaut au milieu d'un cauchemar barbare où je suis en train d'assassiner Fulmio à la tronçonneuse... dans un ascenseur. Sa tête rebondit sur les parois en faisant gicler du sang noir bouillonnant... Impossible de me rendormir. Je descends boire un verre de lait et lire un peu... Mais le magazine sur lequel je tombe contient un dossier sur... LES TRONÇONNEUSES ! Je le lâche comme si un scorpion était caché à l'intérieur. Retour au lit. Désolation. Rumination. Je regarde interminablement s'égrener les minutes fluo de mon réveil quand, à 07 h 07, un projet germe dans mon esprit torturé : il faut que j'efface toute cette HORREUR par un truc intense, un acte héroïque : JE VAIS ALLER VOIR FULMIO à l'hosto ! Il est sûrement à Carnon (il habite Issy et c'est là qu'atterrissent quasiment toujours les malades du secteur).

Je me lève, enfile le premier jean qui me tombe sous la main. La maison dort encore. Tant mieux : aucune envie de raconter ma vie. Je griffonne en vitesse un mot bidon : «Je sors chercher un cahier chez Myriam, je vous rapporte des croissants» (ceci pour faire passer cela.) Je m'éclipse. Froid de loup sur grand ciel bleu. Tout ce que j'aime. Rue des Maraîchers, la boulangerie lâche des effluves alléchantissimes. Et si j'achetais les croissants maintenant? Je mangerais le mien en chemin, ça me donnerait des forces. Arrivée à Carnon, j'en ai avalé... trois (sur quatre)! La brune de l'accueil trouve Fulmio en deux clics : 4e étage, chambre 47. Odeurs d'éther.

Plus j'approche, plus j'ai le trac et plus je suis fière à la fois : qui oserait faire ce que je fais à part MOI? «TOI!» rétorque illico ma Petite Voix... À travers le hublot 47, j'aperçois un lit de métal, un drap jaune pâle, une masse allongée... Je frappe timidement. Pas de réponse. J'entre. Une touffe de cheveux noirs dépasse côté oreiller. Fulmio ronfle avec un bruit de forge. Cinq minutes s'égrènent. Dix. Et si je toussais pour le réveiller? J'hésite... quand brusquement la porte s'ouvre. Une grosse dame aux cheveux blancs-violets, boudinée dans une tenue couleur caca d'oie, entre à petits pas. Elle ressemble à... Fulmio déguisé en femme. En me découvrant elle sursaute :

– Qui êtes-vous, mademoiselle ?

– Euh... une élève de M. Fulmio, je bredouille, je suis venue lui souhaiter un bon rétablissement et... (inspiration subite) lui apporter un croissant !

La dame me dévisage, ramollie, fondue :

– Oooh comme c'est gentil ! Je suis la maman de Norbert (Fulmio s'appelle Norbert, ça alors) ! Ça ne m'étonne pas que les élèves apprécient mon garçon : il est si sensationnel. Je suis trés touchée. Puis-je vous embrasser ?

Sous le drap, la masse remue. Fulmio se redresse, frotte ses yeux. Il a du mal à croire ce qu'il voit (je le comprends, moi aussi) : sa pire cancresse embrassant sa môman ! En repartant, je le trouve presque un tout petit peu gentil. Serait-ce parce qu'il m'a promis de ne pas compter ma bulle d'interro ?

Alerte au rat

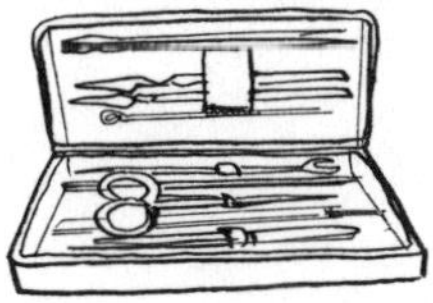

J – 1. TROP hâte d'être à demain ! Je suis invitée à... danser tout l'après-midi au Toto's Club, pour le tournage du nouveau clip de Lucien Boum-Boum-Saint-Gilles, le roi du rock biguine ! C'est le père de Camille qui le produit. Il y aura trois cents danseurs, paraît-il : amis, fans, professionnels et amateurs mêlés. Et parmi eux : MOI, Marion Girardon ! Ce vendredi matin, sur le chemin du collège, malgré le manque de sommeil et la pluie, je suis déjà euphorique : plus que sept heures de cours... et la fêêête ! Dans la cour, je me dirige vers Camille pour régler quelques détails essentiels, du genre : « Quel parfum comptes-tu mettre demain ? »... quand, brusquement, je la vois se détacher, blême, d'un groupe de 4e A (nous, on est en B).

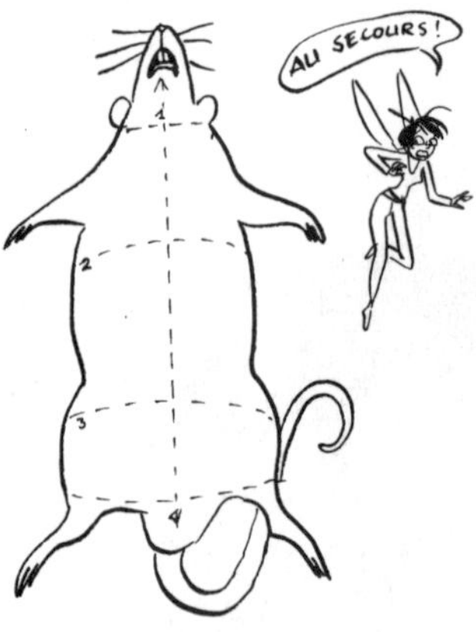

– Je le crois pas, c'est… inhumain ! murmure-t-elle.

– Quoi ? Le clip est annulé ? je m'affole.

Pas de réponse…

– Parle ! Y a quoi, y a quoi ?

– Coa Coa Coa ! ricane Arthur. Miss Camille fait sa chochotte parce qu'on va disséquer un rat pendant le cours de Formal. Les 4e A l'ont fait hier, cet aprème c'est nous, c'est tout !

– C'est… une blague ? je m'étrangle.

– Formal est le genre à blaguer, d'après toi ? gémit Camille.

Euh… très honnêtement… non ! Mlle Formal est notre prof de SVT, une quinqua à serre-tête, semelles de crêpe et mâchoires serrées, qui ne sourit jamais et plaisante encore moins !

– Mais… Pourquoi on devrait faire… ça ?

Arthur hausse les épaules comme si c'était l'évidence même.

– Pour étudier les organes du rat EN VRAI, pardi !

Ma bouche en reste grande ouverte :

– Attends, tu veux dire que Formal va nous faire ouvrir un VRAI rat en VRAI, comme ça, juste après la cantine ? T'inventes pour nous faire gerber ou quoi ?

– J'invente rien ! affirme Arthur avec un sourire en coin.

Bertrand Portier (de 4e A) passe par là. Autant je me méfie d'Arthur, autant Portier est le type même du... type fiable à cent pour cent.

– C'est vrai que vous avez disséqué un rat ? je lui lance.

Sourire banane du crâne d'œuf :

– Absolument, c'était passionnant ! Tu veux voir les photos ?

Avant que j'aie le réflexe de hurler nooon, l'infâme Portier me colle sous le nez une image plus gore que gore : un rat, que dis-je, un cadavre de rat, ouvert comme une trousse, la peau épinglée autour de lui, tripes à l'air, écorché, sanguinolent, immonde...

– Alors ici, explique Portier avec délectation, tu peux observer les outils qu'on utilise pour effectuer la dissection : la pince, le scalpel, la sonde cannelée...

Joachim Glandoui, un autre relou de 4ᵉ A, vient à la rescousse, tout ravi :

– Quand on coupe la peau ça fait crouic... Et les intestins, comment ils sont boudinés là-dedans, pas croyable ! Une fois déroulés, ils font trois fois le tour !

J'ai l'impression de voir des tripes entre les dents de Glandoui. Du sang sur ses mains. Sur celles de Portier aussi. Deux monstres... Des... monstres déguisés en collégiens !

Camille me saisit le bras :

– Viens, on reste pas là !

– On va où ? je sursaute.

– Ben en classe, c'est l'heure ! Pour le reste, on va aviser...

Je lui emboîte le pas. Fulmio est déjà en place, il a l'air en pleine forme. Aurait-il disséqué un rat au petit déj' ? En maths, en général, je rame. Aujourd'hui pire que jamais. J'ai comme... un rat à la place du cerveau !

8 h 57. Camille me fait passer un mot :

J'arrête pas de penser au RAT. On ne PEUT pas laisser sacrifier une bête innocente !

8 h 58. Je réponds :

OK mais on fait quoi, on sèche ? T'as vu ce qui est arrivé à Basile Mulard ?

(Précision : ce gros malin de 3e C, abonné aux « absences injustifiées », s'est retrouvé le mois dernier en conseil de discipline puis viré trois jours. Vu mon dernier bulletin et la tête de mes parents face audit bulletin, très peu pour moi !)

9 h 01. Camille me lance un regard noir et cette phrase :

– Sécher ne règle pas le problème, voyons !

Ah bon ? Moi, ce qui me dérange surtout dans le découpage du rat, c'est d'y assister, mais... dur à avouer à ma copine la défenseure des animaux en détresse.

9 h 03. Devant mon silence, nouveau mot :

Il faut qu'on fasse une pétition !

À la fin du cours de maths, on met la dernière main à notre texte de protestation :

« NOUS, ÉLÈVES DE 4e B, REFUSONS LA DISSECTION D'UN RAT PRÉVUE À 14 HEURES EN COURS DE SVT. C'EST UN ACTE BARBARE, COUPABLE ET CRIMINEL. NOUS N'EN SERONS PAS COMPLICES. »

En descendant en récré, pétition sous le bras, on se sent un peu transfigurées... Camille Moquin, ministre du Droit des Rats, et moi, euh... son chef de

cabinet. Stylo en main, je suis prête à recueillir en masse les signatures des copains. Oups ! À part Juanito qui signe d'emblée, l'accueil n'est pas celui qu'on espérait.

– Ça va pas la tête, vous voulez nous faire sacquer ou quoi ? bondit Julie.

– Si on est tous solidaires, personne ne se fera sacquer ! assure Camille.

– Formal se retrouvera toute seule à disséquer sa pauvre bête et basta ! j'appuie.

– Je ne suis pas du tout d'accord ! proteste Stéphanie Pioche (la grosse tête de notre classe). Cette dissection est au programme et je n'ai aucune intention de passer à côté, d'autant plus que j'envisage de m'orienter vers la biologie !

– Moi je veux faire vétérinaire ! renchérit Nicolas Fulbert (notre deuxième grosse tête).

– Moi, claironne Arthur, j'ai toujours trucidé des lézards, des oursins, des libellules, des crapauds, bref tout ce qui me tombait sous la main, mais j'ai jamais réussi à choper un rat ! Pas question de louper ça !

– C'est trop marrant, en plus ! commente lamentablement Sylvain Grimal.

Grimal ! Le pâle Grimal lui-même est un bourreau masqué !

La suite de la matinée se déroule dans un brouillard épais. Camille a le regard dans le vague, communication coupée. Mes boyaux font des nœuds. J'ai l'impression que chaque minute me rapproche de l'instant fatal où on va disséquer… non pas un rat, mais MOI !

Midi. Ma décision est prise. Je la glisse à l'oreille de Camille :

– Le rat est forcément en salle des profs, dans le casier de Formal ou quelque part. On sèche la cantine, moi j'ai pas faim : pendant ce temps-là, on se débrouille pour faire disparaître la bêbête ! Et voilà ! Couic, la dissection ! Tu viens ?

Elle me regarde comme si je parlais chinois :

– Euh… Non… J'me sens pas bien… J'rentre chez moi !

Elle qui refusait de sécher me lâche… lâchement. Tant pis. La tête haute, je me dirige vers l'escalier. Premier étage. Couloir à droite. Bureau du CPE : vide (ouf). Couloir à gauche. Aucun bruit. 3,2,1... j'y vais. Sauve qui peut : des voix !

– Les merguez, moi je les fais au four, je trouve ça moins gras...

– Ah oui ?

Je me planque derrière un rideau. Deux profs inconnus sortent sans me repérer... Coup d'œil de contrôle. Personne. J'entre. Odeur de café. Sur la table, des carrés de chocolat : elle est pas belle, la vie des profs ? Bon, c'est pas le tout : moi, je suis venue chercher le RAT, où peut-il être ? PSCHFLAAASH ! Soudain : un bruit de chasse d'eau. Y a des toilettes dans cette maudite salle ! Et qui en sort, tirant sur sa jupe, s'essuyant les mains ? Formal ! FORT MAL, oui ! À ma vue, elle se fige :

– Qu'est-ce que vous faites là, Marion Girardon ?

Que dire ? Qu'il y a le feu ? Que je viens livrer des macarons ? Que je ne suis PAS Marion Girardon ?

– Je… Euh… C'est vrai qu'on va disséquer un rat ?

Stupeur et fureur tordent la face de la prof :

– Vous osez pénétrer en salle des maîtres et me questionner sur le contenu de ma pédagogie ? Quel toupet ! Un mot de plus et j'appelle M. Mazaud !

Sauve qui peut ! Si elle fait ça : adieu le roi du rock biguine, bonjour le samedi de colle ! Je bafouille une volée d'excuses et disparais plus vite qu'une fusée. Une seule issue : assister à la dissection, ne plus dire un mot, fermer les yeux, serrer les fesses, me rendre invisible, que Formal m'oublie à jamais…

À jamais ? Pas tout à fait. À 14 heures, en pénétrant dans le labo, j'ai l'impression de marcher vers… la mort. L'odeur qui plane me serre la gorge. Ça sent l'hôpital… Souvenir d'une visite à Mamika, avec son fémur cassé et ses tuyaux plantés dans le nez.

Arthur m'accueille d'un :

– Alors Marion, prête à éventrer le raton ?

Pourquoi Arthur est-il si blanc ? Plus blanc ou moins blanc que le rat que Formal sort d'un sac en plastique, là-bas, au loin ? Tout est décidément blanc, incroyablement très très blanc…

Juanito me secoue le bras.

– Marion ! Hou hou ! Ça va, Marion ?

Quand je reprends mes esprits, la pendule de l'infirmerie marque 15 h 03.

– Il est où, le RAT ? je tremble.

L'infirmière m'explique que je me suis évanouie et me conseille de me reposer encore un peu. Je ne demande pas mieux. Puis mon fidèle Juanito vient prendre de mes nouvelles. Elles sont bonnes. Triplement bonnes, même :

– Primo la dissection est finie, SANS MOI !

– Deuxio, la prof d'histoire-géo est absente, je vais donc pouvoir rentrer CHEZ MOI.

– Tertio, dans moins de vingt-quatre heures : le dance-floor sera À MOI !

39°2 le matin

Bbbbrrrooonnn… Bbbrrrooonnn… Pourquoi cette sirène dans la brume du petit matin ? Où suis-je ? Ce paquebot tangue affreusement. Et d'abord, comment se fait-il que je me retrouve prisonnière ici alors que je sors de la piscine ? Rrraaahhh… Des moustiques m'ont piquée. Quel jour est-il ? Il faut que je me sèche. Je vais appeler le capitaine pour lui dire que ça ne va pas du tout… Qu'ils arrêtent le manège, bon sang ! Et qu'ils mettent de la lumière, on n'y voit rien ! J'entends des bruits de vaisselle au loin, ça doit être des cloches. Qui joue de la cymbale à cette heure-ci ? Soudain, un éclair m'aveugle.

– Marion !?! Tu as vu l'heure ?

Ma mère ! Maman est à bord ! Elle tangue, elle aussi, la main sur l'interrupteur. Ma chambre l'entoure.

Les seuls petits bateaux dans l'histoire sont ceux de mon papier peint. Tout cloqués. Je les reconnais.

– C'est quoi... euh... l'heure qu'il est-il ? parviens-je à articuler en claquant des dents.

Maman s'approche de moi. Elle semble terrifiée. Aurait-elle peur de sa propre fille ? J'avais très chaud et j'ai très froid soudain.

– Oh mon Dieu ma chérie...

Elle a l'air complètement triste pour moi.

– Tu as des boutons partout, regarde !

Elle prend mon bras, le soulève et me le colle sous le nez. Il est couvert de boutons rouges. On dirait un tableau de bord de fusée.

– Au secours ! C'est quoi ?

– Je ne sais pas mais tu es malade, c'est clair. Il faut prendre ta température.

Avec maman, tout commence, continue et s'achève à coups de thermomètre. Depuis que je suis toute petite, je déteste. Mais pas la force de protester. J'ouvre la bouche et puis... pfff... les mots retombent comme des chiffons.

– Bernard, viens voir ! crie maman dans le couloir.

Papa arrive au pas de course, en chaussettes, nouant sa cravate.

– Hou la vache !

Où, la vache ? mugit une voix dans ma tête.

Je m'attends à voir surgir un zébu, un tapir, une girafe… Je me croyais sur un paquebot, n'importe quoi ! En fait, je suis sur l'arche de Noé…

– Je ne peux rien faire pour t'aider, Christine, je suis déjà en retard !

– Ne t'inquiète pas, chéri, je gère...

Mes parents s'embrassent.

39°2. Le thermomètre est formel. Maman aussi : primo il faut que j'avale illico une double dose d'aspirine, et deuxio elle va appeler Gruber, notre médecin attitré, pour qu'il vienne m'examiner sans tarder.

– Quel jour on est ?

– Mardi. Ne t'inquiète pas. Je m'occupe de toi…

J'ai l'impression d'avoir huit ans ou même six ou même deux. Ce n'est pas complètement désagréable. Mardi... mardi. Ça se passe comment un mardi, déjà ? Cours d'anglais... Cours de maths... Il me semble voir Hardy et Fulmio planer quelque part dans la stratosphère. J'essaie de rassembler mes idées mais elles s'envolent tous azimuts.

– Je vais aussi appeler ton collège pour dire que tu

es malade. Et mon bureau pour prévenir que je serai en retard. Ça tombe bien : Machard est à Périgueux aujourd'hui… marmonne maman.

Machard... Machard... Ah oui c'est son chef, ça me revient !

Elle sort. Je soulève ma couette. J'inspecte mes jambes. Elles sont à pois. Mon ventre aussi. Je tâte mon cou. Mon crâne à travers mes cheveux. Cloquée de partout. Je suis peut-être en train de me transformer en monstre, en alien… Et si je ne redevenais plus jamais Marion Girardon ? Big frissons. On gratte à ma porte. Des ricanements résonnent dans le couloir.

– Hargh hargh hargh... Oyez braves gens, la peste bubonique est parmi nous…

Je ne suis pas en train de délirer. Une silhouette à la Quasimodo bondit face à mon lit. Sous une cape qui ressemble comme une sœur au plaid du canapé du salon, une énorme bosse dans le dos, la tête couverte d'une charlotte de douche en plastique rose, mon atroce frère me tend une main recroquevillée :

– Touchez mon moignon, donzelle, il porte bonheur, il guérit la gale, la lèpre, les furoncles, les écrouelles...

Quelle horreur ! Trop pour moi. J'avais deux ans. Je n'ai plus que six mois. Je m'écroule en larmes.

– Mamaaan ! Charles il fait que-eu-eu m'embête-e-e-er !

– ... que m'embêê-bêê-bêêter! bêle mon frangin grimaçant, avant d'ajouter: tu peux toujours chialer, elle t'entend pas, elle est au téléphone mon-hon-mon-hon-hon!

Manque de chance: elle a raccroché. Elle monte l'escalier et rien qu'à son pas, je sens que ça va chauffer pour Charles-le-Cruel. Youpi, je ne me trompe pas! Maman, furibarde, se plante au milieu de la chambre et désigne la porte:

– Tu n'as rien d'autre à faire que d'embêter ta malheureuse sœur? Sans compter que sa maladie a toutes les chances d'être contagieuse, je te signale!

À ces mots, Quasimodo s'enfuit de toutes ses immenses jambes. Bête. Méchant. Et trouillard en prime. Si je n'étais pas aussi naze, je le poursuivrais

pour lui souffler mes miasmes dans la figure. Oh et puis non. Moi je suis INTELLIGENTE. Et GENTILLE. Et COURAGEUSE. La preuve ? le médecin vient de sonner et je n'ai même pas peur…

VA-RI-CEL-LE. Lunettes d'écaille au bout du nez et stéthoscope en collier, Gruber ne met que quelques minutes à établir le diagnostic :

– Tu en as pour dix jours, m'annonce-t-il avec le sourire tranquille du vieux toubib qui en a vu d'autres. L'éruption va connaître un pic dans quarante-huit heures. Tes taches rouges vont se transformer en petites bulles remplies de liquide transparent, puis ça cicatrisera et tout disparaîtra en quelques semaines. À condition que tu ne te grattes pas, attention ! C'est long et un peu désagréable mais il n'y a aucun danger.

– Je vais… redevenir comme avant ? chevrote-je, fixant mon bras qui me semble plus impressionnant qu'il y a une heure : on dirait un saucisson coupé dans le sens de la longueur.

– Mais oui ! Tu seras même plus belle qu'avant parce que tu vas te reposer comme une reine et que toute la famille va te chouchouter !

(Ah bon ? Même mon frère, docteur ?)

Gruber a vu juste. Dans la demi-heure qui suit, je suis chouchoutée par maman comme rarement. Elle range ma chambre, aère, tapote coussins et oreillers... Mon affreux classeur de maths qui traînait par terre disparait dans un tiroir en compagnie de mon livre d'anglais et de mon agenda. Adieu leçons pas apprises et exercices pas faits, bon débarras !

– J'y vais, salut ! crie Charles depuis le rez-de-chaussée.

C'est ça ! Qu'il y aille ! Bye bye et bon débarras again !

– Attends, je descends te faire un bisou ! lui répond maman.

Embrasser ce monstre ! Comment peut-elle ? Folie de l'amour maternel... Heureusement, elle me revient vite, armée d'un somptueux plateau où trônent un bol de Cherry Chocos (mes céréales préférées), un verre de jus d'orange frais (la pulpe ne ment pas) et trois tartines épaisses et dorées comme dans une pub télé, l'ensemble agrémenté d'un petit bouquet de fleurs, de quelques journaux et... du téléphone sans fil :

– Je le pose sur ta table de nuit, que tu n'aies pas à te lever si ça sonne...

Neuf heures. Au bahut, les cours ont commencé depuis vingt-cinq minutes déjà… Elle est pas belle, la varicelle ?

– Surtout s'il y a quoi que ce soit, tu m'appelles, hein ! me sussure maman en me caressant le front.

– M'embrasse pas Mamounette, tu vas attraper la varicelle !

– T'inquiète pas Marionnette ! Je l'ai eue depuis longtemps. Les médecins vérifient quand on attend un bébé…

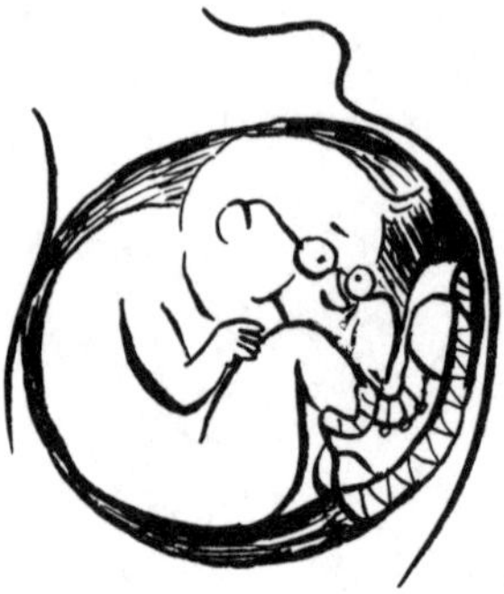

Un bébé… Charles a été un bébé, le premier ! Tout en sirotant mon jus d'orange, je pense à ses pieds (baskets puantes en 47 fillette) dans le ventre de notre mère. Pouark. Ça pourrait me couper l'appétit. Ce serait dommage. Concentrons-nous plutôt sur ces Chocos chéris. Ne sont-ils pas gouleyants ? À souhait ! Je les engloutis jusqu'au dernier. Ainsi que les tartines. Et mes boutons, au fait ? Toujours là. Est-ce qu'ils me démangent ? Pas plus que ça… Une douce torpeur m'envahit. J'entends un oiseau chanter. Dans combien de jours le printemps ? Trop dur à calculer. Mais… pas beaucoup, je le sens. En attendant, dix jours de lit, ça nous met… genre début avril. Y a des vacances début avril, non ? C'est marqué dans mon agenda. Le tiroir est trop loin, bien trop loin... RRRrr-rhhh... Je glisse dans le sommeil avec volupté...

Drrriiinnnggg ! Pas de doute, c'est le téléphone. Pourquoi si fort ? Ah oui c'est vrai ! Thermomètre... Gruber... Plateau de petit déj'... Ma main tâtonne sur la table de nuit. Drrriiinnnggg ! Une seconde, ho, chuis malade, moi !

– Marion ? C'est Camille !

– Ah... Il est... euh... quelle heure ?

– Cinq heures du soir !

– Oh la vache ! (encore elle ?)

– Qu'est-ce qui t'arrive ?

– J'ai la varicelle !

– Veinarde ! T'as échappé à un pur numéro de Fulmio : interro surprise, correction deux par deux. Personne n'a eu la moyenne, du coup il nous en a donné double dose de boulot !

Je ne peux pas m'empêcher de sourire. J'ai honte mais c'est si doux de ne pas être dans le coup.

Faisons mine de compatir.

– Oh mes pauvres !

– Et Hardy a piqué une crise parce qu'il y en avait six ou sept qui n'avaient pas fait leurs exercices sur le prétérit.

– C'est quoi le prétérit, déjà ?

– Le temps qui fait imparfait et passé simple en anglais ! La varicelle t'efface le disque dur ou quoi ?

(Pour pouvoir être effacé, il faudrait d'abord qu'il soit enregistré : sur le prétérit, c'est pas gagné)

– Bref, continue ma copine, on a eu beau pleurer à Hardy que Fulmio nous avait déjà gavés, elle a dit qu'elle en avait rien à faire et bingo...

– Oh mes-pauvres-mes-pauvres... (moi aussi je mets double dose)

– Je devrais pas te dire ça mais t'as de la chance d'être malade, je t'assure ! Bon, je rentre vite chez moi bosser...

Quelques minutes plus tard, j'entends la clé dans la porte.

– Qui est-ce ? (Pitié, pas Charles !)

– C'est moi ! (Voix de papa, ouf !)

Il monte quatre à quatre, débarque dans ma chambre, me regarde... mais je sens bien que ce sont mes cloques qui l'intéressent.

– Je suis parti très tôt ce matin, mais tu vois, je rentre plus tôt ce soir exprès pour toi ma choupette, comment ça va ?

Avouer ou ne pas avouer que j'ai roupillé toute la journée ?

– Bof...

– Tu as pris ta température ? (Oh non, il ne va pas s'y mettre, lui aussi !)

Sauvée par le gong : on sonne à la porte. Papa descend quatre à quatre.

– Voilà voilà j'arrive !

Qui est-ce ? Mystère. J'entends bien une voix, plutôt masculine, des mots échangés, mais impossible de deviner qui est là. En tout cas, ça parle, parle, parle... Et ça dure, dure, dure...

– Merci encore, c'est vraiment adorable ! lance papa en refermant la porte.

Il remonte.

– C'était qui ?

– Ton camarade Juan Gonzalez. Je ne l'ai pas laissé monter : il ne sait pas s'il est immunisé. Il t'a apporté ton travail. Il se propose de faire de même tous les soirs jusqu'à ce que tu sois rétablie. Je lui ai demandé de voir avec le professeur principal comment tu pourrais participer aux contrôles de fin de trimestre... Il va essayer. Quel garçon épatant ! Pourquoi fais-tu cette tête ?

Aaarrrggghhh ! Quelle tête, papachounet !?! J'ai juste l'impression d'avoir la RAGE en plus de la varicelle ! À cet instant, la porte claque en bas.

– Maman ? hurle la voix de Charles, stressé.

– Elle n'est pas là, qu'est-ce qu'il y a ? demande papa.

– J'ai... J'ai... des boutons partout ! Je crois que j'ai chopé la maladie de Marion !

La voix de mon frère adoré tremblote comme s'il allait pleurer. C'est bizarre, je me sens... un tout petit peu mieux, moi !

Bouches et oreilles

On a beau s'enfoncer dans l'automne monotone... Fulmio a beau nous assommer de boulot... Hardy a beau me prédire un avenir tout en *black* si je n'apprends pas *fast and furiously* ses listes de verbes irréguliers aussi hautes que la tour de Londres... rien ne peut m'atteindre. La semaine est finie et j'ai décidé de laisser de côté tous mes soucis.

Oui. Je veux TOUT oublier sauf de M'AMUSER! Et ça commence dans une demi-heure. J'ai rendez-vous au café du Centre avec Camille, Arthur et Juanito, lequel tient absolument à nous faire découvrir d'urgence la «belote coinchée». Késako? Un jeu de cartes que lui a appris son cousin. Fous rires garantis, à ce qu'il paraît. La belote coinchée. Quel nom! Ça sonne idiot, ça l'est certainement. Ce sera parfait...

Je troque mon pull gris pourri contre le pull rose « spécial bonne humeur » que Camille m'a rapporté de son dernier voyage en Chine… j'accorde au moins trois coups de brosse à mes baskets et au moins six coups de brosse (à cheveux, pas à chaussures, je précise) à ma tignasse, je complète ce traitement de faveur par trois gouttes du divin parfum Pink Lolita dont j'ai réussi à me faire offrir un échantillon à la parfumerie du centre commercial Thiers avant-hier et, cerise sur le gâteau, j'étale avec le plus grand soin une couche de gloss coloris cherry sur mes lèvres… Si avec tout ça je ne passe pas un SUPER après-midi, c'est à désespérer !

Le café du Centre est bondé. L'écran géant suspendu au mur de la grande salle marche à fond : match de rugby oblige. Je ne comprends rien au ballon ovale (et à peine davantage au ballon rond) mais j'adore l'ambiance.

– Hello Marion ! gesticule Arthur, le premier à me repérer (du haut de son mètre quatre-vingts, il a une vue surplombante). Je me fraie un passage entre les supporters pour rejoindre mes copains.

– Oh, t'as mis mon pull, il te va bien ! sourit Camille.

– Ouaah, super bien, même ! renchérit Juanito qui est déjà en train de battre les cartes. (L'avantage avec Juanito, c'est que quoi que je fasse, il approuve. Ça dure… depuis le CP. Fidèlement, patiemment amoureux de moi, il attend le jour où j'en ferai autant, ce qui n'est pas près d'arriver : je ne l'aimerai jamais que d'amitié, sacré Juanito.)

Pour l'instant, mon copain se lance dans l'énumération des (nombreuses) règles de son fameux jeu. À la première, j'écoute bien. À la troisième, un peu moins. À la cinquième, j'essaie vaguement de m'accrocher. À la septième, je n'essaie même plus. Je me dis que je me débrouillerai, que je suivrai les autres, que je ferai semblant... Juanito me connaît par cœur. Méfiant, il me secoue le bras :

– Hé, à quoi tu rêves Marion ? T'as capté ? Si un adversaire annonce un contrat et que toi, tu penses qu'il va chuter, tu dis : « coinché » en tapant du poing sur la table, comme ça...

Poum. Démonstration.

– Ah, OK… je sursaute.

– Si c'est toi qu'as raison, enchaîne Juanito à fond dans son sujet, tu doubles tes points. Mais si l'ad-

versaire est sûr de lui et qu'il dit « surcoinché » en tapant DEUX fois sur la table (poum poum, double démo, mais ce coup-ci je ne sursaute pas : je l'ai vu venir, pas si bête hé hé...) et qu'il réussit son coup : il quadruple ses points, pigé ?

– Ah ouais ouais ouais ! j'affirme, en essayant d'avoir l'air crédible.

Deux donnes et une dizaine de « coincheries-contre-coincheries » plus tard, le tout sur fond de coups francs-pas-très-francs et d'essais transformés à hauts cris et coups de trompette par l'équipe de rugby d'Agen opposée à celle de Toulouse (la salle étant divisée à parts égales entre partisans de chaque camp), notre belote vire à la Bérézina... Camille louche sur les cartes d'Arthur qui planque des atouts dans sa manche, tandis que je glousse :

– Carreau, c'est plus fort que pique ou c'est l'inverse du contraire ?

Ça ne fait pas rire Juanito :

– Mais arrêêête, Marion ! T'es nulle ou tu le fais exprès ?

Arthur en rajoute une louche dans le genre bigleux-neuneu-de-service :

– En noullité, elle est plous forte qué lé roquéfort, cette nana !

Je rigole tellement que, si ça continue, je vais faire pipi dans ma culotte... Je me précipite vers les toilettes :

– Attendez-moi trois secondes, je reviens !

Sous-sol. Odeur de pamplemousse. À peine me suis-je enfermée dans un des WC que j'entends des pas, des bruits d'eau et deux filles qui parlent derrière la porte :

– Montre... Montre... Montre la photo !

– Tiens, regarde...

La première voix ne me dit rien, mais la deuxième ressemble fort à celle de cette pimbêche de Coralie Mussery qui passe sa vie à minauder autour des garçons (et en particulier autour du Félix de tous mes rêves...).

– Hein ? C'est LUI, Charles Girardon ? s'exclame la voix n° 1.

Que vient faire mon frère dans cette galère ?

– Il est supersympa, je l'adore ! claironne Coralie.

Je rêve ? « Supersympa », mon bourrin de frangin qui me torture la vie et qui pue des pieds ? Supergrand, à la rigueur. Mais supersympa, alors là Coralie, pardon tu fais erreur, tu te fourres le doigt dans l'œil jusqu'à...

– Alors la fille que tu m'as montrée, c'est sa SŒUR, tu dis ? Je le crois pas !

Sur le point de tirer la chasse, je me fige. La sœur de Charles... Mais... Mais... Il n'en a qu'une : c'est MOI !

– Pourquoi je te raconterais des bobards ? réplique Coralie. Elle s'appelle Marion, elle est en 4e, elle est toute petite, avec une tête de fouine, coiffée comme un dessous de bras, c'est une pure « no staïle », tu la remarques même pas tellement elle ressemble à rien. Elle traîne toujours avec Camille Moquin et une bande de nazes : Juan Gonzalez, Laura Midron...

Je suis pétrifiée. Poignardée. Mon cœur bat à deux cents à l'heure. La sueur dégouline de mon front, de mon dos. Si c'est une blague, elle est atroce. Mais ce

n'est pas une blague. Je regarde par terre. Le carrelage humide m'attire comme un aimant. Et si je tombais ? Évanouie. La tête contre la cuvette. Ou dedans, carrément. Tirez la chasse… Qui tirera la chasse sur moi ? Qui fera taire ces deux affreuses ? Qui leur fera avaler leurs langues pleines de poison ? Si j'avais du cran, je les dézinguerais. Mais je n'ai pas de fusil. Et pas de cran. C'est tout le contraire. Je me ratatine. Rêve de me transformer en cafarde et de m'enfuir le long des tuyaux pour aller me cacher, pleurer, mourir…

Les pas s'éloignent. Elles sont parties. « Bouge Marion, sors de ce cloaque, va rejoindre les autres, sinon ils vont croire qu'il t'est arrivé quelque chose ! » me souffle la Petite Voix qui habite dans ma tête.

Elle en a de bonnes : il M'EST arrivé quelque chose ! Bon, cela dit, je ne vais pas finir mes jours ici. Je débloque le verrou et je remonte, chancelante, désaccordée.

Juanito m'accueille d'un :

– Qu'esse tu fabriques ? On a joué deux parties depuis que t'es partie !

– Gaffe : je deviens superbon ! plastronne Arthur.

– M'en fous pas mal ! je crache.

Camille lève le nez de ses cartes :

– Ben, qu'est-ce qui t'arrive, Marion ? T'es toute blanche !

À peine assise, je me relève :

– Je... je me sens pas bien, je rentre chez moi.

J'imagine les commentaires de mes copains après mon départ : « Elle est à l'ouest Marion, elle est space, elle est grave... »

Grave, oui. C'est tout à fait le mot.

En rentrant à la maison je me plante devant la glace et je me trouve GRAVE. « Tête de fouine... » « Cheveux en dessous de bras... » : elles ont raison, les poisons. J'ai même un gros bouton sur le nez. Elles ne l'ont pas vu, celui-là ! Comme un clown. Un clown triste. Je le gratte. Je le transforme en cratère saignant. Na ! Bien fait pour moi ! Je serai toujours

une naine à jambes courtes et gros popotin. Tout le contraire de Coralie. Jamais personne ne me remarquera... Même mes yeux sont inintéressants. Tiens, les voilà qui se mettent

à pleurer. J'en ai marre, c'est trop injuste. Du fond de moi monte un tsunami de chagrin que rien ne peut arrêter ni contenir.

– Eh ben, sœurette, qu'est-ce qui t'arrive ?

Charles ! Il ne manquait plus que lui ! Sauve qui peut, ma voix se met à sangloter :

– Bouh bouh bouh... Ta copine Coralie Mussery... j'étais aux toilettes du café du Centre et je l'ai entendue derrière la porte dire des horreurs sur moi.

– Sans blague !?!

Il n'a pas l'air de blaguer. Il semble sincèrement choqué.

– Quelle morue ! C'est elle, la nulle ! marmonne-t-il entre ses dents.

Il décroche son téléphone.

– T'appelles qui ? je m'inquiète (au point où j'en suis, que va-t-il ENCORE m'arriver ?).

– Mais pour qui elle se prend ? Ces derniers temps, elle m'a fait deux ou trois trucs que j'ai pas aimés, mais ce coup-là c'est la goutte d'eau, attends, elle va comprendre.

Moi, pour l'instant je ne comprends pas où il veut en venir...

– Allô Coralie ? meugle mon frangin. Ouais, c'est Charles, là. Je voulais te dire : ce soir, à la pizzeria, je réserve pour neuf au lieu de huit ! J'ai invité ma sœur Marion à dîner avec nous : elle est super comme fille, ma sœur, je serais content que tu la connaisses mieux, comme ça, après, tu pourras en parler comme il faut à tes copines…

J'aimerais trop entendre ce que Coralie-poison répond. À mon avis juste : « beu deu gueu », car Charles raccroche aussitôt. Il m'adresse un sourire vengeur. Je n'ai pas rêvé. Mon frère a pris ma défense ! C'est inédit. Révolutionnaire. Quel plaisir ! Et quel dommage qu'il ne me dise pas plus souvent que je suis « SUPER COMME FILLE » ! C'est peut-être un début, remarquez. En attendant, ce soir, je vais me retrouver face à Coralie et… ça ne me rassure qu'à moitié :

– Quelle… quelle tête je vais faire ?

– T'inquiète, je te lâcherai pas, et Félix sera là aussi. Je vais le briefer : la Coralie, on va lui faire sa fête, c'est ELLE qui ne saura plus quelle tête faire…

Félix ? Je retrouve confiance en la vie. À nous deux, Coralie : au dessert, je te dirai peut-être MERCI…

Fast food c'est fou

1. Un été mal embarqué

– Alors, on fait quoi, finalement, cet été ?

Les jambes en travers du canapé, la télécommande sous les doigts de pied, mon cher frère lance, ou plutôt relance le sujet. Personnellement, je l'avais déjà lancé dès février. En mars, j'avais insisté. En avril, j'ai accentué la pression. En mai, je suis passée aux suggestions. Les tropiques ? L'Amérique ? Une croisière ? Une île, au moins, quelque part ? Devant l'absence de réponse claire, j'ai fini par renoncer. Pour l'instant, Charles n'obtient pas plus de réponse que moi. En un sens, ça me rassure. Mais lui ne renonce pas. Il baisse le son de la télé et augmente celui de sa voix :

– Donc, pour les vacances, le programme ?

Le regard gêné que papa jette à maman m'inquiète brusquement.

– Tu ne leur as rien dit, Christine ?

– Non… Toi non plus, apparemment…

– Non… Mais vas-y, toi…

Rien de bon.

– Eh bien, cet été, on fait la cuisine ! finit par lâcher maman.

Les interminables jambes de mon frère retombent lourdement sur le parquet :

– Hein ?

Le temps que je me demande quel genre de stage diététique ou de séjour en milieu potager maman est allée dénicher pour les vacances, la voilà qui sort de son sac un dossier sur papier glacé, où une blonde au sourire niais fait semblant d'éplucher des légumes au milieu d'une cuisine rutilante, le tout sous un gros titre rouge : « Cuisines Onrev ».

– Voilà, explique papa, au lieu de se priver toute l'année pour s'offrir trois semaines de vacances d'été, votre mère et moi avons pensé à un projet qui nous fera plaisir toute l'année. On refait la cuisine à neuf !

Sourire commercial de maman, qui enchaîne illico :

– On avait envisagé de la repeindre (merci je me souviens du lessivage) mais on préfère faire les choses à fond ! Placards encastrés, hotte aspirante à trois vitesses, congélateur, micro-ondes, friteuse, four avec rôtissoire intégrée…

J'ai l'impression d'avaler un œuf dur. Tout rond. Avec la coquille.

– C'est un gag ? éructe Charles.

Le sourire de maman se mue en un rictus pincé :

– Reste poli, s'il te plaît ! On vient de payer les 30 % d'acompte à la commande !

Le regard que mon frère me lance est catastrophé mais solidaire, pour une fois.

– Et nous, alors, on va faire quoi ?

– Nous ? fait mine de s'étonner papa. Eh bien, on va surveiller le chantier !

– Non… Je veux dire, Marion et moi…

– Marion et toi ? Vous n'êtes pas manchots, non ? Dès que le gros œuvre sera fini, j'espère que vous nous donnerez un coup de main pour avancer la peinture, les finitions, la menuiserie…

– Merci, mais la menuiserie, c'est pas ma spécialité, grimace mon frère avec son air suffisant de premier de la classe qui me crisperait totalement si mes capacités de crispation n'étaient pas déjà mobilisées à cent pour cent.

Maman met les mains sur ses hanches :

– Non mais, regardez-moi ces enfants gâtés ! On se paie enfin la cuisine dont on rêve depuis quinze ans...

– La cuisine dont *tu* rêves, maman, me semble-t-il utile de préciser.

– Et alors ? Vous n'y mangez pas, dans cette cuisine, peut-être ? Ce n'est pas quand vous aurez quitté la maison qu'on se mettra à la rénover !

– Ce n'est pas cet été qu'on va la quitter, la maison, on dirait ! commente mon frère d'un air lugubre.

– Vous savez combien de Français partent en

vacances, d'abord? Même pas un sur quatre ! J'ai vu ça dans un journal l'autre jour. Où est-ce que j'ai vu ça, déjà…

Tandis que maman commence à soulever les couches de journaux entassés sur la table basse, Charles grince :

– Ils n'habitent peut-être pas Issy-les-Moulineaux, non plus !

– Comment ça ! Ils n'ont pas la chance d'habiter Issy-les-Moulineaux, tu veux dire ! Avec tout ce que propose la municipalité : la piscine, le stade, le centre culturel…

– Et qu'on paie avec nos impôts ! tonne le contribuable excédé qui sommeille toujours en papa.

– D'ailleurs, je suis sûre que la mairie organise des activités, des excursions, des… hasarde maman dans la foulée.

– Peut-être même qu'on nous promènera en rangs par deux si on est sages, ricane mon frère.

– Cela dit, si Charles et Marion veulent absolument bouger, ils peuvent toujours aller chez ta mère, lance papa.

– Tout à fait ! Ce serait gentil d'aller un peu chez Mamika. Vous y alliez tout le temps, avant. Vous vous amusiez beaucoup là-bas !

– Z'ai zuste peur que mes zambes soient trop grandes pour la balanssssoire, zozote mon frère en faisant mine de sucer son pouce.

Maman hausse les épaules :

– Charles a décrété qu'il ne voulait plus y mettre les pieds ! Et, comme sa sœur répète tout ce qu'il dit…

Quel scandale ! Sous le choc, je me lève :

– Quoi ? Je répète tout ce qu'il dit, moi ?

– Tu devrais répéter un peu plus, tu aurais peut-être de meilleures notes ! pouffe mon frère.

– Et, d'ailleurs, Marion, insiste maman, si tu t'étais mieux entendue avec cette adorable Jennifer, elle t'aurait invitée en Angleterre, cet été.

– Je me suis super bien entendue avec Jennifer ! Ce n'est pas de ma faute si son père a été muté en Australie. Vrai ou faux, papa ? Mais si vous voulez me payer un billet pour Sydney, allez-y ! Je préfère ça à une rôtissoire !

– Oui, bon, tranche papa, c'est pas le tout ! J'ai faim, moi ! Alors, en attendant notre cuisine trois étoiles, qu'est-ce qu'on se met sous la dent ?

Ce soir-là, Charles, qui habituellement dévore toute son assiette, plus la moitié de la mienne, plus la totalité de ce qui reste dans le plat, a grignoté deux bouts de jambon d'un air dégoûté. Puis il est monté.

Quand j'ai poussé la porte de sa chambre, il était allongé par terre sans musique et sans lumière.

– Pfff… Ils sont fous, les parents.

Pas de réaction. Mon frère est une momie.

– Remarque, on s'était bien marrés, la dernière fois chez Mamika. Tu te souviens ? C'était juste avant que tu partes en Espagne, tu m'avais appris à jouer au poker…

Il se redresse mollement sur un coude, l'œil glauque :

– Je t'ai appris à jouer au poker, moi ?

Que l'un de mes meilleurs souvenirs n'ait apparemment laissé aucune trace dans sa mémoire n'est pas fait pour me remonter le moral. Une bouffée de nostalgie alourdie d'amertume me plombe. Mais, bravement, je poursuis :

– Si on emporte nos vélos et la tente qui est au grenier, on peut peut-être monter un plan sympa, chez Mamika…

– Écoute, ton plan sympa, tu le prends, tu le plies…

Et pour bien m'enfoncer, moi et mon mètre cinquante et un, il ajoute :

– … Et tu le ranges dans ta valise, bien au fond, avec ta poupée par-dessus, petite !

Les jours suivants, sous le soleil de juin, la classe bruisse de plans-vacances de rêve. Pour les autres, Irlande, Autriche, Côte d'Azur, Italie, Allemagne, Espagne… Moi, j'ai l'impression d'être ficelée au quai à regarder les autres appareiller. Mouillaud, ce gros bêta, part visiter la Russie. Mon copain Juanito profite du retour annuel de sa famille au Portugal pour pousser jusqu'au Maroc. Il serait tout prêt à m'emmener. Mais comment faire accepter ça à mes parents ? Là, je dois dire, c'est moi qui cale. Quant à Camille, ma meilleure amie, même si elle fait de louables efforts pour compatir à mon triste sort, ses yeux lancent des étoiles dès qu'elle me parle de son tour des États-Unis, organisé spécialement pour elle par son père et Alison, la nouvelle fiancée de ce dernier.

– Ce serait génial si tu pouvais venir, Marion. Mais tout est organisé depuis plus de six mois, tu imagines ?

J'imagine, merci.

Mais le pire, c'est cette pimbêche de Coralie Mussery, qui s'envole pour l'Indonésie dès mardi. À la dernière récréation, elle s'est approchée de moi, en crabe :

– Et toi, Marion, tu fais quoi, cet été ?

– Moi, j'ai un projet super, un... un genre de randonnée avec mon grand frère...

Le plus dur, c'est d'avoir l'air d'y croire.

2. Lâchée

Le lundi suivant, au dessert, tandis que j'hésite vaguement entre une poire et un flan, mon frère ajuste son sourire carnassier avant de lancer :

– C'est grave si je ne suis pas là, cet été ?

– Comment ça ? réagit papa en fronçant les sourcils par-dessus ses lunettes.

– Non, parce que j'ai un projet pour le mois d'août... avec Félix...

En dehors d'être le copain préféré de Charles, Félix est mon copain préféré de tous les copains de Charles. Dès que je l'ai vu – à l'époque il était en CE2 et moi en CP –, j'ai eu un faible pour lui. Avec le temps, ce faible est devenu de plus en plus fort. Il faut dire que, dans son genre, Félix est un genre

de perfection. Quand il était petit, il était trop mignon et trop gentil. Maintenant, il est carrément trop beau. Et toujours aussi gentil. Bien sûr, toutes les filles lui tournent autour. Les Coralie, les Blandine, les Sophie et les autres ne passent jamais une récré sans se pendre à son cou, et je sais très bien que moi, pauvre Marion Girardon, je ne serai jamais rien d'autre à ses yeux que la petite sœur, la toute petite sœur de Charles ; mais quand il me parle, j'oublie tout. Et quand il me sourit, j'ai l'impression de grandir d'au moins dix centimètres.

– Mmmh... de quel genre de projet s'agit-il? demande papa, méfiant

– Une randonnée en vélo ! annonce Charles, triomphant.

– T'as vu l'état de ton vélo ? lance maman. Ça m'étonnerait qu'il soit en état de faire une rando, le pauvre !

– Depuis le temps que tu dois t'occuper de le remettre en état... soupire papa.

– Vous inquiétez pas, je gère ! affirme mon frère. Les parents de Félix nous prêtent leurs super-biclous !

Et, sans laisser le temps aux parents de placer un mot, il démarre, tel un guide touristique survolté :

– Alors voilà, on s'est organisé un mégatour des châteaux de la Loire : Chambord, Chenonceau, Amboise, Azay-le-Rideau. On va étudier l'architecture romane, gothique et Renaissance. Les voûtes en ogive, les arcs-boutants, les mâchicoulis, les gargouilles, tout ça...

Le traître a préparé son coup. Il étale sur la table une espèce de dépliant, à mi-chemin entre la carte routière et le contrôle d'histoire-géo. Évidemment, maman plonge aussitôt.

– Oh ! Azay-le-Rideau ! Tu te souviens, Bernard, des tapisseries de l'escalier d'honneur ? Quelle merveille !

– Mmmhhh, commente papa, évasif. Et comment tu finances ta petite affaire, Charles ?

– No problem, j'ai trouvé du boulot jusqu'à fin juillet !

Maman s'extirpe de ses rêves de tourelles et de clochetons :

– Du travail ! Où ça ?

Là, le ton de mon frère se fait un peu moins triomphant :

– Boulevard Blanqui... Chez... Fast-Burger...

– Quelle horreur !

– Et alors ? plaide Charles. Si ça me permet de faire un voyage super intéressant ! L'argent n'a pas d'odeur, comme on dit.

– Ah si ! Justement ! L'argent de Fast-Burger, il sent la frite et la mauvaise graisse ! Et l'américanisation, aussi ! Tu sais ce qu'ils veulent, ces gens-là ? Se remplir les poches de dollars en nous faisant ingurgiter leurs cochonneries ! Et leur Coca ! Même pendant les repas ! Et tu sais ce qui arrive si tu laisses une dent...

– ... « tremper une nuit dans du Coca, y'a plus de dent », continue mon frère. Mais ça, c'est une rumeur, maman. Et puis, on n'est pas obligé de se nourrir de hamburgers et de Coca pour travailler chez Fast-Burger.

– Tu as dû en avaler une bonne quantité pour en arriver à te faire embaucher là-bas.

– Inutile de demander pourquoi Monsieur ne veut pas de carte de cantine, observe sombrement papa.

– Et moi ?

Personne ne m'a jeté un coup d'œil depuis dix minutes. Mon frère monopolise tout. Même le pot de glace vanille-cookie, dans lequel il cesse un instant de piocher à larges pelletées, pour se tourner vers moi, l'air mauvais :

– Quoi, toi ?

– Moi, je vais rester toute seule ?

Maman me passe le bras autour du cou comme si j'avais cinq ans et demi :

– Tu ne seras pas toute seule, ma chérie, tu seras avec nous ou avec Mamika…

L'image de Félix en bermuda dans un château Renaissance me donne une inspiration soudaine :

– Moi aussi, ça m'intéresse, les châteaux de la Loire !

Apparemment, j'ai mis dans le mille.

– C'est vrai, approuve maman, ce serait intéressant pour Marion aussi. C'est tellement magnifique !

L'œil de Charles se fait plus noir que l'épluchure de radis noir qui traîne dans l'assiette de papa.

– Oui, non, mais hé ! Moi, je travaille pour me les payer, mes vacances !

– Mais Marion a ses économies. Et puis, au besoin, on pourrait participer, propose maman dans un élan de générosité quasiment historique.

– Alors là, c'est dégoûtant ! explose mon frère. Si vous aidez Marion, pourquoi je me décarcasse à bosser, moi ?

Quel culot ! Quand je pense qu'une partie de mes économies est passée à lui offrir un super sweat-shirt à Noël ! Alors que lui, ce radin, m'a offert un bain moussant soi-disant à la pomme verte, qui sent la poudre à récurer. Il a dû l'acheter au rabais. Et, en plus, je ne prends jamais de bain ! Écœurant !

Après le dîner, il a fui comme une anguille. Je suis montée, il est descendu. Je suis descendue, il est monté. Quand je me suis approchée de sa porte, je l'ai entendu la fermer à clé. Finalement, je l'ai coincé par surprise en train de se laver les dents dans la salle de bains.

– Tu veux pas que je vienne, c'est ça ?

– Faudjrait peut-être me djemandjer mon avis

avant dje tenter che genre d'incruchte. Et churtout l'avis de Félixche…

Inutile de me le dire deux fois. J'ai vérifié l'emploi du temps de mon frère. Le mardi, il a cours à 8 heures. Je me suis levée à 6. Dans la pénombre, j'ai repensé à cette vieille actrice qui s'habille en rose dans l'espoir que sa vie sera moins noire. J'ai mis mon pull rose, mes baskets roses, et j'ai filé avant que mon frère n'ait pointé le nez hors de sa couette.

Le métro aérien m'emporte à travers l'aube violacée, parmi les premiers Parisiens filant, mornes, vers leur morne journée… En bas de chez Félix, la concierge en robe de chambre fleurie-fanée passe son premier coup de balai. À quel étage habite Félix, déjà ? Troisième ? Quatrième ? Tout est éteint. J'attends. La concierge me dévisage comme si j'étais fichée au grand banditisme :

– Z'attendez quelqu'un ?

Je m'éloigne, l'air de rien :
– Oui, oui… non, non…
Quelques gouttes commencent à tomber sur ma pimpante tenue d'été. J'aurais dû prendre un parapluie. Trop tard, la porte s'ouvre. Lui ? Non, un basset, truffe à ras de terre, tirant un vieux monsieur chiffonné sous un chapeau de feutre gris.
7 h. 7 h 10. 7 h 20. Je fais les cent pas sous la pluie. La seule chose qui bouge, c'est le rideau jaunâtre derrière lequel la concierge me guette à intervalles réguliers. Je commence à avoir l'air d'un caniche mouillé. Au moment où je tente de me recoiffer dans le reflet d'une porte vitrée, Félix sort du porche, en courant, une tartine à la main. Il ne m'a pas vue. Moi qui voulais avoir l'air de le rencontrer par hasard, je lui cours après comme s'il venait de me voler mon porte-monnaie :

– Félix ! Félix !

Il se retourne. Me regarde. Son regard, pour une fois, n'est pas complètement gentil...

– Marion ! Qu'est-ce que tu fais là ?

– Je sors de chez une cousine... une copine... Enfin t'en parle surtout pas à mon frère, parce que lui, il me croit chez...

– Oui, bon, tu m'excuses, mais je suis en retard. J'ai un contrôle de physique et, si je rate le bus, je suis mal.

Mal ? Pas autant que moi ! J'entreprends de le suivre à petites foulées.

– Oui, non, juste une chose : c'est super, dis donc, le projet que t'as avec mon frère, pour cet été...

– Ah... Il t'a raconté...

– J'étais là quand il en a parlé aux parents. Et, justement, maman a eu une super idée : ça te dérangerait si je venais avec vous ?

Félix met sa main devant sa bouche. Un peu comme s'il voulait y faire rentrer toute sa tartine d'un seul coup.

– Toi ? Oh non !

Au même instant, le bus apparaît au coin de l'avenue. Le beau Félix prend ses jambes à son cou sans un mot de plus.

« Toi ? Oh non ! », ça veut dire quoi ? Pas clair. Ça peut vouloir dire : « Toi ? Oh non, surtout pas ! » Ou bien : « Toi ? Oh non, ça ne me dérange pas ! »

Comme j'ai décidé de voir la vie en rose, je choisis la deuxième hypothèse…

3. *Pourquoi pas toi ?*

Félix a-t-il parlé à Charles ? En tout cas, Charles ne me parle plus depuis trois jours. Plus un mot. Plus un sourire. Même plus une vacherie, c'est tout dire. Il doit penser que son silence parle pour lui. Mais pas forcément dans le sens où il l'entend. Moi, tant qu'on ne me dit pas clairement « non », je comprends « oui » !

« Qui ne dit mot consent », le proverbe existe, je ne l'ai pas inventé…

Ce qui existe aussi, hélas, c'est l'état de mon compte en banque. À force d'égarer mes relevés et de ne me souvenir que de mes dépôts, jamais de mes retraits, un coin de ma tête s'imagine toujours que mes sous me préparent une divine surprise. Eh bien,

non. L'employée de banque à lunettes n'a rien de divin. Elle est même carrément diabolique quand elle me tend le petit bout de papier sur lequel elle a inscrit mon score, la position de mon pauvre compte en ce mercredi 26 juin : 17 euros et 49 centimes. De quoi aller jusqu'à la porte d'Orléans. Bagneux, peut-être, si le vent souffle dans le bon sens...

À part emprunter de l'argent aux parents (dur, dur) ou de braquer une banque (moins dur, mais plus risqué), on n'a pas encore trouvé mieux pour avoir de l'argent que de le gagner. C'est tout simple, il faut que je gagne l'argent de mes vacances. Tout simple à dire, mais comment faire ? Les Plessis-Crusot ! N'auraient-ils pas besoin d'une baby-sitter pour juillet, par hasard ? Si c'était le cas, ils m'auraient appelée. Ils ont peut-être perdu mon numéro. Non, ils m'ont téléphoné deux fois pour que je garde Barnabé cet hiver.

De toute façon, qui n'essaie rien n'a rien... J'essaie... Sur le répondeur, la voix veloutée de Priscilla m'indique que je la joindrai sans problème sur son portable, ou bien Patrick sur le sien, ou elle par mail, ou lui idem, ou encore eux deux sur le fax de la maison, qui se déclenchera automatiquement dès que j'appuierai sur le bouton « start ». Dommage, je n'ai pas de bouton « start », vu que nous, on n'a pas de fax (papa s'y refuse, sous prétexte qu'il est déjà assez empoisonné au bureau par toutes les technologies, nouvelles ou pas).

Profitant de la tranquillité qui règne dans le salon en cette fin d'après-midi, je compose le numéro du portable de Priscilla. De nouveau sa voix sur un répondeur. Qui m'explique cette fois qu'elle est momentanément injoignable et me propose de laisser un message ou bien de la joindre à son domicile (à son domicile ? J'en viens !) ou bien encore de réessayer ultérieurement.

D'ultérieurement en ultérieurement, j'en suis toujours au même point quand la porte s'ouvre sur Charles. Ou plutôt sur un serveur de Fast-Burger qui lui ressemble furieusement : chemise rouge, pantalon noir, nœud papillon jaune, casquette jaune et rouge à étoiles…

– C'est quoi, ce déguisement? Tu travailles au fast-food ou au cirque?

Puisqu'il ne me dit plus de vacheries, je m'y mets... Mais mon frère ne semble pas le moins du monde entamé par mon attaque. Méprisant, il me passe sous le nez:

– Quand on n'a rien de drôle à dire, on se tait!

Il ne sort de son mutisme que pour affronter les parents. Surtout maman, qui pouffe sans retenue à la vue de sa tenue de choc:

– Alors, cette première journée?

– Trop cool!

– Qu'est-ce que tu as fait?

– Tout, quelle question!

– On vous lâche comme ça, à fabriquer les hamburgers? s'inquiète papa.

– Tu parles! Flanquer un bout de semelle entre deux ronds d'éponge, c'est à la portée de n'importe qui, persifle maman en laissant tomber ses escarpins du rocking-chair.

– Alors là! s'insurge Charles, outré, j'aimerais bien que vous veniez voir comment on travaille, les normes de qualité, la philosophie E + E/R + R/S + S/C + C et tout...

– La philosophie quoi? grimace papa.

– E + E = Équipe + Efficacité. R + R = Rigueur +

Rapidité. S + S = Service + Sourire. C + C = Client + Content !

Maman se prend la tête entre les mains :

– Au secours ! Ils nous l'ont lobotomisé, en une journée !

Toute la soirée, j'ai ruminé. En tremblant et en cachette, j'ai réessayé d'appeler les Plessis-Crusot à 22 heures passées, répondeur… Le lendemain matin, à 8 heures à peine, répondeur… À quinze heures, comme Fulmio, notre bourreau-prof de maths était absent (première bonne nouvelle de la semaine), j'ai décidé de passer chez eux au retour du lycée. À défaut de répondre au téléphone, peut-être qu'ils répondent quand on sonne. Bien qu'à cette heure-ci il n'y ait sûrement personne, je sonne. Miracle ! Priscilla est là ! Tailleur gris perle et sourire d'acier, elle m'ouvre dans un nuage de parfum chypré :

– Coucou ! Comment, déjà… Sandra ?

– Non… moi, c'est Marion.

– Ça va ? Je suis en train de grignoter un petit morceau à la cuisine. Je pars pour Milan dans deux heures !

– Oh... je voulais juste vous demander : vous n'auriez pas besoin d'une baby-sitter au mois de juillet, par hasard ?

– Ah là là ! Cet été, le planning de Barnabé est full-full ! Il a un « summer-camp » de bébés-nageurs en Floride. Nous le rejoignons là-bas pour l'emmener faire une semaine de trekking au Nouveau-Mexique. Et ensuite nous revenons par l'Alaska parce qu'il a terriblement envie de voir des nounours en vrai ! Il est si sweet... Et vous, vous faites quoi, Marina ?

– Moi ? C'est-à-dire, j'aurais voulu essayer de chercher du boulot, mais...

Elle me regarde, l'air navré. Un instant, je me demande si elle ne va pas sortir un billet de sa poche pour me faire l'aumône. Mais le téléphone sonne. Et ce coup-là, elle répond !

– Hi, Stanley ! It's Priscilla... Where are you? Honolulu ! Great !

Je m'en vais sur la pointe des pieds. Remarque-t-elle le malheureux sourire que je m'efforce de lui adresser avant de refermer la porte ? De toute façon, quelle importance...

Plessis-Crusot, une croix dessus. Comment ai-je pu imaginer que ces gens puissent avoir besoin de moi ? Ils n'ont besoin de personne, eux. Avec leurs téléphones, leurs ordis multi-connectés, leurs liasses de dollars et de billets d'avion, le monde est à eux. Et moi qui n'ai même pas un ticket de métro pour rentrer ! J'erre dans les rues, déprimée... Si déprimée que j'entre dans une boulangerie au hasard pour m'acheter quelques bonbons bien chimiques, dernier rempart contre le désespoir.

– Mademoiselle, qu'est-ce qu'il vous fallait ?

La vendeuse est aussi souriante que je suis minée. En empochant mes guimauves et mes réglisses, je trouve le courage de lui lancer :

– Au fait, vous ne cherchez pas une vendeuse ?

À ces mots, elle ne sourit plus :

– Pourquoi ?

– Je sais pas... Il faut que je trouve un job... pour juillet...

– C'est moi, la vendeuse, ici ! J'ai cherché assez longtemps avant de trouver !

– Mais vous partez bien en vacances ?

– Je pars en août, quand on ferme...

C'est vrai ça ! En août, les boulangeries ferment. Issy-les-Moulineaux, son mois d'août, ses rues désertes, sa poussière brûlante, notre cuisine en chantier, et même pas un croûton de pain à se mettre sous la dent. Mon faciès décomposé semble inspirer un instant de pitié à la vendeuse. Avant de se tourner vers le client suivant, elle laisse tomber :

– Essayez la mairie, peut-être... Monsieur, qu'est-ce qu'il vous fallait ?

Au point où j'en suis, pourquoi pas la mairie ? Au fin fond d'un couloir, je tombe sur un employé barbichu planté à côté d'un pot de lierre, que j'ai l'impression de déranger (je parle de l'employé).

– Bonjour ! On m'a dit que c'était ici pour... enfin. Je cherche un job en juillet...

Il me toise comme si je lui demandais son lien de parenté avec Mickey. Le formulaire qu'il me tend est plein de grilles, de cases et de numéros. À peu près aussi engageant que les équations du quatorzième degré de Fulmio.

J'hésite.

– Si je remplis ça, ça fait quoi ?

– Ça rentre dans le fichier.

– Et ça sert à quoi ?

– Au cas où des personnes consultent le fichier. La consultation du fichier, c'est mardi-jeudi 15-17 h. Et le vendredi, ça ferme à 16 h 45.

– Mais il y a des personnes qui consultent le fichier ?

– Voyez avec le service, escalier C, bureau 849...

D'un stylo hésitant, je remplis : nom, prénom... À « numéro de sécurité sociale », je coince. Entre-temps, l'employé s'est plongé dans son programme télé. Je n'ai pas la force d'aller plus loin. Juste celle de déchirer le formulaire en deux, en quatre, en confettis. Il ne lève même pas le nez. Il s'en fiche pas mal. Ça lui fera une fiche de moins à classer...

Traînant les pieds et un cafard noir, je prends le boulevard Blanqui. Au loin, sur le gris des immeubles, un néon jaune et rouge clignote. Fast-Burger... Fast-Burger... Fast-Burger ! Est-ce que Charles y serait ? Je ne connais pas ses horaires, mais l'idée de le voir à l'œuvre me redonne un peu d'énergie. Je presse le pas. Et je souris presque en poussant la porte étoilée.

Surprise. Là où, à midi, on se bouscule pour trouver un coin de table où poser ses frites, à cinq heures de l'après-midi, la salle est vide. La musique danse toute seule, et la fille qui pousse son balai a l'air de mimer une fille qui balaie, tant le sol est impeccable. Sous les photos de hamburgers géants, un jeune Noir au sourire éclatant me regarde comme s'il m'attendait.

– Bonjour ! Kevin, à votre service !

Piqué sur sa chemise, un badge confirme : Kevin, à votre service. Je regarde sur les côtés, derrière. Pas trace de mon frère. Mais difficile de reculer. Je m'approche, tout en vérifiant la monnaie au fond de ma poche : quelques pièces y traînent...

Euh... C'est combien, un café ?

Je déteste le café, mais c'est tout ce que je peux m'offrir. Avec des gestes vifs et précis, le garçon remplit un gobelet, attrape un plateau, y glisse un set de papier, me tend le tout...

« Pourquoi pas toi ?
Tu cherches un job pour les vacances ?
Tu as envie de travailler mais pas d'expérience ?
Rejoins une équipe dynamique et sympa.
L'équipe Fast-Burger n'attend que toi ! »

Incroyable ! Je lis et je relis ces cinq lignes imprimées sur le set. « Pourquoi pas toi ? » À croire que ça a été écrit pour moi...

Face à moi, le black attend que je paie.

– C'est… c'est vrai ? Vous cherchez des gens, là, maintenant ?

Il éclate de rire :

– Tu crois qu'on met ça sur les plateaux pour faire joli ?

– Mais je veux dire… Comment ça marche ? Il faut faire quoi ?

– C'est Farid, le manager, qui fait passer les entretiens. Tu veux le voir ?

Comme au foot, saisir la balle au bond !

– Oui !

Deux minutes plus tard, un petit type style Charlot bronzé, œil nerveux et fine moustache, me tend la main :

– Bonjour ! Moi, c'est Farid, assieds-toi.

J'essaie de me mettre au diapason. Franche et décidée, je m'assieds.

– Bonjour ! Moi, c'est Marion…

Il me regarde bien en face. Je le regarde bien en face.

– Alors, Marion, tu es intéressée par un job d'été ?

Brusquement, le blabla de Charles me revient, un grand vent de culot me soulève, il faut que je gagne mes vacances, je vais gagner mes vacances.

– Disons que je suis quelqu'un de très dynamique, j'aime beaucoup le travail en équipe, et j'ai vraiment envie de mettre mon énergie au service des clients, pour que les clients soient... plus contents!

Le sourcil de Farid se soulève:

– Tu connais du monde ici?

Flairerait-il l'embrouille? Je m'empresse de nier:

– Non, non...

– Comment tu t'appelles?

Aïe! Si je dis mon nom, il risque de faire le rapprochement. Mais, si je commence par donner un faux nom, je suis mal partie. Je me frappe le front:

– Que je suis bête! Si! J'ai mon cousin, en fait! Je crois qu'il travaille ici. Mais je ne le vois pas très souvent, Charles Girardon.

Un sourire plein de sympathie éclaire le visage de Farid:

– Ah! Charles! Formidable! Super équipier, Charles!

Je ne vais pas dire le contraire. Bien que...

Je me fabrique un sourire de bonne cousine:

– Oui... très très... sympa... mon cousin Charles...

– Écoute, Marion, on a pas mal d'équipiers qui nous quittent, là. Avec l'été, gros turn-over. Si tu es aussi performante que ton cousin, tu seras vite opérationnelle. Tu peux faire un essai lundi, le 1er juillet, si tu veux…

Si je veux ? J'essaie de rester calme :

– Je… j'aimerais beaucoup.

4. Quelle surprise !

Farid me met entre les mains de son assistante-manager, Cynthia, une rousse à la bouche pulpeuse et aux ongles peints en bleu. Derrière ses jambes fuselées, je fais le tour de l'établissement : le comptoir côté pile, les caisses, les armoires à boissons, les grils, les friteuses, le « bin », où s'alignent les hamburgers prêts à être mangés... Jusqu'à un petit bureau où, entre le coffre-fort et la pointeuse, elle me montre le panneau de planning.

– Donc, si ton essai se passe bien, tu ferais quatre fois quatre heures par semaine, OK ?

J'ai l'impression d'entendre en écho une voix solennelle : « Marion Girardon, voulez-vous prendre pour juillet ce job chez Fast-Burger, pour le meilleur et pour le pire ? »

– Oui !

– Tu as bien seize ans…

Question subsidiaire ? Question suicidaire. La réponse est non, mais, puisque Cynthia semble penser le contraire, ma réponse est :

– Oui. Bien sûr.

– OK. Il me faudra quand même une autorisation parentale, pour le dossier…

– OK.

Je prends l'air tout cool… Je ne sais pas comment je vais faire, mais je vais le faire ! Au même instant, Farid passe la tête :

– Tout va bien? Cynthia, pour lundi, tu mets Marion à l'essai avec Charles Girardon, ils sont cousins...

Je voudrais crier: «Au secours, non, pitié!», mais Cynthia me prend de vitesse. Ses lèvres de star s'étirent en un sourire extasié:

– Charles? Tu es la cousine de Charles! Ah, il est génial, Charles, je l'adore...

Décidément! Ce n'est plus une embauche, c'est un pèlerinage! Ils devraient venir faire un tour à la maison, Charles tomberait peut-être de son piédestal... Mais bon, sois cynique, Marion. Si la légende de ton frère peut te servir, profites-en. Avec tout ce qu'il te fait endurer, tu ne l'as pas volé!

Cynthia ouvre une armoire, dont elle sort un chemisier rouge, une jupe noire, un nœud papillon jaune, une visière étoilée et une clé.

– Voilà ta tenue. Tu en es responsable. Elle doit rester impeccable. Ta clé de vestiaire, le B 32. Rendez-vous lundi à midi. Et... embrasse Charles, surtout, si tu le vois !

Si je le vois ? Je ne vois que lui ! Mais j'ai envie de tout sauf de l'embrasser ! Enfermée à triple tour dans ma chambre, serrée dans ma jupe, flottant dans mon chemisier, coiffée de la visière qui me donne l'air d'un oiseau déplumé, je passe mon samedi à faire des essais devant la glace de mon armoire.

À voix basse, sous un flot de musique, je répète sur tous les tons :

– Marion, à votre service. Votre commande, s'il vous plaît... Sur place ou à emporter ? Curry, oignon, Hawaï, mayonnaise, barbecue...

Je tente désespérément de me réciter les sauces que Cynthia m'a montrées. Impossible. Quand je tiens la californienne, je lâche la mexicaine. Et, si je coince la tonkinoise, c'est la tabasco qui m'échappe.

Le lendemain, tandis que maman découpe le poulet dominical, je tourne ma langue sept, dix-sept, soixante-dix-sept fois dans ma bouche. Dire ? Ne rien dire ? La question me coupe l'appétit.

– Alors ça marche, les hamburgers ? Pas encore dégoûté ?

Je sursaute. Mais la question de papa s'adresse à Charles.

– Non, au contraire ! claironne mon frère.

Le haussement d'épaules qu'échangent mes parents me cloue le bec. Urgence : ne rien dire. Si je réclame ma demande d'autorisation pour Fast-Burger, c'est mon arrêt de mort que je signe. J'ai intérêt à me construire un solide alibi avant de disparaître de la maison demain et les jours suivants.

Tout l'après-midi, je cherche ce que je pourrais inventer comme prétexte pour m'absenter chaque jour de la maison. Camille ? Maman sait qu'elle est partie aux États-Unis. Visite à une vieille dame, à des malades, projet humanitaire ? Ils ne me croiront jamais. Est-ce le tintement des cuillères dans les tasses à thé ? Sur le coup de « five o'clock », l'inspiration me tombe : « Sky ! my english ! » Mon lamentable niveau en anglais ! La planche de salut rêvée !

Je fonce au salon :

– Au fait, j'ai oublié de vous dire : demain, je passe un test pour un stage d'anglais organisé par le collège. Si je réussis, j'irai quatre fois quatre heures par semaine, pendant tout juillet, gratuitement...

– Un stage d'anglais ? Et tu t'es inscrite ! Et c'est gratuit ? siffle papa, émerveillé. Alors, là, bravo !

– Et comment ! approuve maman.

– À votre place, j'attendrais les résultats du test ! persifle Charles.

Les applaudissements des parents couvrent sa voix et me donnent une pêche d'enfer. Aussitôt remontée dans ma chambre, je réussis à écrire ma vraie-fausse autorisation parentale du premier coup sans une rature. Même la signature de papa !

À minuit, toutefois, un doute me saisit quand j'entends Charles chantonner de l'autre côté de la cloison. Est-ce que je ne devrais pas aller lui annoncer qu'il risque d'avoir un choc en arrivant chez Fast-Burger… Genre « Charles, voilà, je voulais te dire, un hasard, une coïncidence, une surprise… »

Oh, et puis on verra bien ! Quand on était petits, maman nous disait toujours qu'il ne faut jamais dévoiler les surprises à l'avance…

Me voilà donc, ce lundi 1er juillet, en train de me battre avec les boutons de mon chemisier rouge derrière la porte du placard B 32. Il ne fait pas chaud dans ce sous-sol, et pourtant je me sens moite. Un peu comme avant un orage.

Quand, soudain, une main s'abat sur mon épaule :

– J'hallucine ou quoi ?

J'essaie de prendre un air détendu :

– Salut, Charles…

Je me sens soulevée de terre. Frêle poupée dans la main de King Kong…

– Tu m'expliques ce que tu fais là ?

– Quoi… On est en république…

– Je te demande ce que tu fais ici, dans cette tenue !

Mon air détendu commence à fondre :

– Comme toi… Je gagne mes vacances.

– Tes vacances ! Quelles vacances ?

Les mots ont du mal à sortir du nœud qui se resserre dans ma gorge :

– Euh… Les châteaux de la Loire…

– Ah, parce que ça ne t'a pas suffi de te ridiculiser l'autre matin devant Félix ? Tu t'imagines qu'on va te traîner avec nous ? Alors, je vais être clair : Félix et moi, on a rendez-vous le 1er août avec Cristina et sa cousine à la frontière espagnole, et on part camper sur la Costa Brava. Donc, les châteaux de la Loire, t'iras toute seule ! Tu as compris, ou je te fais un dessin ?

Sous le coup, je suffoque :

– Mais… Et les parents ?

– Quoi, les parents ?

– Tu leur as menti ! Tu es un menteur ! Un sale…

– Et toi ? Tu veux que je leur parle de ton stage d'anglais, aux parents ? Pot de glu ! Verrue ! Espèce de petite…

À cet instant, Cynthia débarque, ondulante. Avec un sourire enjôleur, elle pose sa main aux ongles repeints en vert sur la nuque de mon frère.

– Alors, les cousins, on fait les fous au lieu de se préparer ? Allez, on vous attend là-haut !

5. *Menu Big Clash*

En haut de l'escalier, Farid nous couve d'un regard paternel :

– C'est chouette de travailler en famille ?

Bon sang ! Il va gaffer sur « cousin-cousine » ! Je sens la sueur ruisseler dans mon dos. Tandis que je presse le pas, mon frère adresse au manager un sourire d'enfant de chœur :

– Super chouette, Farid.

Farid m'arrête. Il sort de sa poche un badge, « Marion, en formation », qu'il épingle sur mon chemisier comme si c'était la Légion d'honneur.

– Charles ! Tu fais le maxi pour qu'elle démarre sur les chapeaux de roue, notre petite nouvelle…

– Compte sur moi ! assure Charles avec une

conviction qui semble enchanter Farid, mais qui me glace d'effroi...

Mon frère prend place derrière sa caisse et attaque d'une voix trop forte pour être honnête :

– Alors, voilà, Marion, ça, c'est la caisse. Ici, le sel, le poivre, le sucre, le ketchup et la moutarde... Quand des clients arrivent, d'abord tu souris et tu dis : « Bonjour, Marion à votre service »... Vas-y, souris...

Je tourne le dos à Farid. Ça me permet de tirer la langue à mon frère au lieu de lui sourire.

– Bien ! commente Charles, imperturbable. Ensuite, à mesure que les clients passent leur commande, tu tapes chaque article. Regarde, tu as une touche par article. Comme ça, tu édites le ticket et tu dois encaisser, en rangeant bien ici les pièces, là les billets, avant de préparer tes plateaux. Vu ?

– Formidable ! On va pouvoir te nommer responsable de formation, Charles ! s'enthousiasme Farid au bout de l'allée.

– Par exemple, continue mon frère comme s'il parlait à un bébé, un menu Big Fast, avec une bière, et...

Et, là, il s'arrête brusquement. Panne de son. Il

regarde ailleurs. Il sifflote. Je me retourne, et je comprends tout: Farid a cessé de nous observer, estimant sans doute ma formation sur les rails…

– Et… quoi ?

– Et débrouille-toi ! Tu ne crois pas que je vais passer mon temps à tout t'expliquer, non ? Tu veux jouer les grandes, eh bien, vas-y, petite !

Et, ce disant, il recule, les bras croisés, l'air d'un spectateur qui attend que le rideau se lève.

Midi douze. Dans la salle, une dizaine de clients ont déjà attaqué leur repas. Derrière le comptoir, sur ma gauche, une petite équipière chinoise, visière au ras des lunettes, s'affaire sur le rouleau de sa caisse. À ma droite, un grand équipier boutonneux sert un couple d'Américains. La porte s'ouvre sur une mère de famille flanquée de quatre bambins. Pourvu qu'elle aille vers ma voisine… Aïe ! Avec ma veine, c'est vers moi qu'elle vient. Mes yeux doivent ressembler à ceux d'une chouette prise dans des phares. Je m'efforce de sourire :

– Bonjour… Ma… Marion, à votre service…

– Qu'est-ce que vous voulez, les enfants ? Matthieu ? Clémence ? Julie ? Arthur ?

– Des frites. Moi veux des frites, plein plein plein...

– Y a quoi comme zouet dans la boîte ?

La dame me regarde :

– Qu'est-ce qu'il y a comme jouet avec les « menus enfants », mademoiselle ?

Je regarde Charles. Qui regarde délibérément à l'opposé.

– Je... ne sais pas, mais ça doit être très bien !

La dame arrange ses cheveux, hésitante :

– Bon, de toute façon, on ne vient pas pour manger des jouets. Alors, je commande au hasard, on verra bien. Un Maxi Giant, un Super Gouda, un Royal Chicken, un Crazy Bacon, un Crunchy Toasty, quatre frites, pas les Méga Big, les Big Big seulement, quatre Whoopy fraise et comme boissons...

Un Maxi Giant. Un Maxi Giant. Où c'est, ça ? Il y a au moins cent touches sur cette caisse ! Je cherche, je cherche... Victoire ! Le voilà !

– Excusez-moi... Après le Maxi Giant, c'était quoi ?

La dame me regarde, interloquée.

– Comment ? Vous n'avez pas enregistré au fur et à mesure ?

– Si, si... Mais...

Elle a commandé au hasard. Tant pis, j'enregistre au hasard. Je presse des touches, n'importe lesquelles, à gauche, à droite. Des chiffres s'affichent, ça crépite. Et, tout à coup, la caisse émet un biiip, aigu comme un ultra-son : Please check operations – Error data control – Please check operations... Sur le petit écran au-dessus des touches, les mots défilent, défilent. En anglais, bien sûr ! Toujours là au bon moment, le maudit anglais ! J'appuie sur étoile, sur flèche, sur stop, sur zéro. Tout ce que j'obtiens, c'est un bip trois tons plus haut.

Le plus petit des enfants tambourine sur le comptoir :

– Moi veux pas la Big Big Frites, moi veux la Méga Big Frites, mamaaaaan !

– Arrête, Arthur !

Derrière la dame, un client, deux clients, trois clients s'alignent déjà...

– Bon alors... Qu'est-ce qui se passe ? Ça avance ?

– Charles ! implorè-je.

Bras croisés, air buté, mon frère refuse de coopérer.

Au secours ! Qu'est-ce que je peux faire ? Juste au moment où je vais craquer, Charles me pousse, appuie sur trois touches. Comme par miracle, l'écran s'éteint, le bip se tait.

– Excusez-la, elle est en formation, explique-t-il à la cliente, l'air mi-accusateur, mi-navré.

Cynthia rôde. Tout s'explique ! Sous le regard de l'assistante, Charles reprend en main la situation.

MAXi GIANT
SUPERGOUDA
CRASY

Le ticket s'édite. Les plateaux s'alignent. Cynthia s'éloigne. Impossible de retenir les injures qui fusent entre mes dents.
– Tu es vraiment une ordure, un fumier, un…
– Occupe-toi de tes frites et tais-toi !

Les frites. Les frites. Ah oui, c'est là-bas. Combien en fallait-il, déjà ? Au moment où je vais remplir deux cornets avec les frites brillantes et dorées qui attendent sur le côté de la friteuse, quelqu'un me bouscule. C'est la Chinoise. Elle n'a pas l'air contente.
– Hé ho ! C'est mes frites ! Les petites nouvelles qui font semblant de débarquer et qui piquent les frites des autres sans en remettre à cuire, je connais ! Alors, tu fais tes frites toi-même, et tu ne touches pas aux miennes, OK ?

Je fais mes frites ? Mais comment ça ? Où sont les patates ? Où est le couteau ? Je n'ai jamais fait de frites de ma vie, moi !

Debout devant sa caisse, Charles me lance des regards sans pitié :

– Ça vient, Marion ?

– Je ne trouve pas les patates !

– C'est toi, la patate ! Pousse-toi ! Va au Whoopy.

– Au Whoopy ? C'est quoi, le Whoopy ?

Mon sale frère ne répond pas. Il est déjà en train de vider un sac de frites surgelées dans l'huile bouillante.

– C'est quoi, le Whoopy ? C'est où, le Whoopy ?

Le grand boutonneux passe par là. Il semble avoir pitié de moi. Il me tire jusqu'à une espèce de tour en tôle, installe un gobelet sous un tuyau, pousse deux boutons, soulève une manette et s'en va. Un flot rose mousseux sort en volutes, remplit la coupe, monte, déborde, dégouline le long de la machine comme un gros serpent sournois. Comment j'arrête ça, moi ? J'ai beau agiter la manette dans tous les sens, le serpent avance, avance. J'essaie de boucher la sortie du tuyau avec mes mains. C'est pire que tout. Ça déborde de partout. J'en ai assez ! Et dire que j'ai voulu partir en vacances avec mon frère ! Je le déteste ! Je le hais ! Et ce sale truc qui continue à cracher du rose partout ! C'est pire que l'Apprenti Sorcier ! Je n'en peux plus ! Je vais pleurer ! Je pleure !

– Bouh bouh bouh...

– Qu'est-ce qui se passe ?

Farid vient de stopper le serpent. Consterné, il me

regarde. J'essuie mes yeux avec mes mains pleines de crème. J'essuie mes mains pleines de crème et de larmes à mon chemisier…

– De toute façon, je ne veux plus partir en vacances avec lui ! Je vais lui casser la figure !

– Mais qu'est-ce que c'est que ce souk ? murmure Farid, ahuri.

Et, comme si ça ne suffisait pas, au moment où je me dirige comme une furie vers mon frère qui est en train de secouer son panier de frites : vision d'apocalypse, à côté de mon effroyable reflet dans la glace du fond, qui vois-je ? Papa !

Je me jette à terre comme un reporter de guerre. Sans même prendre le temps de donner un mot d'explication à Farid effaré, je rampe. Je dévale l'escalier. Le sous-sol. Vite, me cacher. J'ouvre une porte. Un nuage glacial me saute à la gorge. Zut ! Les frigos. J'ouvre une autre porte. Une vapeur fétide me saute au nez. Le compacteur à poubelles ! Avec un grondement lourd, régulier, il est en train d'écraser des emballages et des gobelets.

J'ai l'impression d'être un déchet. Si je reste une minute de plus, je vais être broyée, moi aussi, lacérée, hachée par cette machine infernale. Fuir. Fuir. C'est la seule issue. Issue de secours ! C'est marqué là-bas. Je pousse une lourde porte noire. Un parking. Immense. Vide. Froid. Sans musique. Sans frites. Je respire. Ça sent le gaz d'échappement. M'échapper. Mes vêtements, au fait ! Ils sont restés dans le placard B 32 ! Je pousse la porte pour retourner les chercher. Impossible. La porte est bloquée. En travers, une bande fluo indique : « Porte coupe-feu. Maintenir fermée. »

Je cours. Je sors du parking comme un rat de son trou. L'air, le ciel, le soleil m'étourdissent. Pourvu que personne ne me voie ! Boulevard Blanqui. Rue des Lilas. Avenue de Mai.

Je vole. Les gens me regardent passer comme une folle. Je suis une folle. Mais comment je vais rentrer à la maison ? Où est ma clé ? Au B 32, avec le reste ! Tiens, il y a un vélo dans le jardin de chez moi. Dolorès. Dolorès fait les carreaux...

– Maman est là ?

– No ! Il est pas là, sou mama !

Chère Dolorès ! Pour un peu, je me jetterais à son cou !

– Ma vous se diguise le carnaval ? C'est pas cezourd'hui le carnaval !

– Non, non, Dolorès… C'est juste une blague… Una blagua… Pas un mot, chut, motus, dire nada à Mme Girardon, OK ?

Son chiffon à la main, comme statufiée, Dolorès me regarde monter quatre à quatre les escaliers.

J'arrache ma visière, mon nœud papillon, ma chemise poisseuse, ma jupe affreuse… Jamais mon lit ne m'a paru aussi moelleux, aussi accueillant, aussi délicieux…

Cinq heures. Six heures. J'attends Charles de pied ferme. Mais c'est papa qui arrive le premier. Il a son sourire de hamster blagueur. Que sait-il ? Que mijote-t-il ? Je crains le pire.

– Alors, ça a marché ?

– Quoi ?

– Ton test d'anglais ! Tu en fais une drôle de tête !

Le stage d'anglais ! Je l'avais complètement oublié, celui-là...

Le temps que je commence à improviser un vague bafouillis, papa sort de sa poche une enveloppe.

– Remarque, tu n'en auras pas forcément besoin. Regarde ce que j'ai trouvé au courrier, ce matin.

Mes doigts fébriles déplient une feuille de papier bleu où je reconnais la grande écriture penchée de Jennifer :

Chère Girardon famille !

Je ne pouver croire un si bon nouvelle.

Ma parents bénéfitent d'une large maison en sud Angleterre, exactment en Bournemouth, pour cette juillet. Nous le savent just maintenant que nôtre cousins laisser ce large maison à nous.

Et bien sûr, Marion... Tu viennes ! Please ! Et bien sûr Charles aussi vienne s'il plaît à lui... Je suis si tellement content que nous pouver nous voir parce que Sydney serait vraiment trop loin... Je peur j'ai oublie un peu le mon français avec ce long temps. Mais nous parlent très beaucoup et il va vite improver, n'est-il pas ?

Je lis, je relis, je ne sais plus où j'en suis :

– Mais... mais... Et le prix du billet ?

– Je me suis renseigné. Entre les tarifs étudiants et les prix cassés par la concurrence, franchement, *we can afford it**! Ce serait bête de laisser passer une telle occasion, non ?

À cet instant, Charles pousse la porte. Comme par réflexe, je plie la lettre.

– Je peux te parler, Marion ?

Il m'entraîne dans sa chambre, l'air grave. Mon cœur bat. Qu'est-ce qui va encore m'arriver ? Je reste debout. Il s'assied :

– Écoute, j'ai été trop loin, voilà…

Si mes bras étaient démontables, ils seraient déjà tombés par terre.

– Mais… ça veut dire quoi, ça ?

– Ça veut dire : je m'excuse.

Il baisse la tête. Il a l'air sincère. Du coup, je la relève la mienne (de tête) :

– C'est un peu facile, ça ! Style : je te donne des coups de marteau sur les doigts, et après je m'excuse !

– Je suis passé chez Félix… J'en ai discuté avec lui. Si tu veux, tu peux venir…

* Nous en avons les moyens !

La main sur la porte, je savoure chacune des syllabes de ma réponse :

– Merci, mais je n'en ai plus envie. J'ai d'autres projets, figure-toi.

Et je disparais sans un mot de plus. À mon tour de faire des secrets !

Sauf que mon secret à moi ne reste pas secret bien longtemps. Dès les carottes râpées du dîner, papa lance :

– Charles, tu as vu la lettre de Jennifer ?

– Quelle lettre de Jennifer ?

– Tu ne la lui as pas montrée, Marion ? s'enquiert maman d'un ton de reproche.

– J'ai oublié...

– Va la chercher, voyons !

Quelques instants plus tard, en repliant le papier bleu, mon frère semble perplexe.

– Ce serait quand même plus intéressant pour toi que de vendre des hamburgers, non ? attaque maman.

– Cela dit, remarque papa, cette expérience chez Fast-Burger, ça n'est pas nul pour lui, Christine. J'y suis passé à midi, pour voir. Tu n'imagines pas comme ils se débattent, là-dedans, à l'heure du coup de feu !

Charles rosit, son nez transpire, sa voix chancelle. Il aimait bien Jennifer, certes, mais de là à abandonner Cristina... Il me fait penser à un animal traqué :

– Et puis j'ai signé, moi, chez Fast-Burger ! Et puis, avec Félix, on a tout organisé, les châteaux de la Loire...

– C'est vrai que tu es bon en anglais, toi ! admet maman. Si tu devais faire un voyage linguistique, ce serait plutôt en Espagne.

Mon frère me regarde, quasi suppliant. Je le tiens par la barbichette. Par la baratinette. D'un mot, je pourrais le faire plonger : mais ce serait trop facile... Je suis petite, peut-être. Mais j'ai une grande âme, moi. Enfin, j'essaie :

– Tiens, Charles, passe-moi le sel, s'te plaît...

Y a de la triche...

C'est un genre de révolution. Dans les manuels d'histoire du XXIIe siècle, on l'appellera peut-être... euh... LA RÉVOLUTION DE JANVIER ? Je rigooole...

De quoi s'agit-il, sérieusement ? De MOI et du bahut. De moi AU bahut. Je ne sais pas si c'est le froid glacial, le soleil d'hiver, le passage du Père Noël (pas trop radin cette année) ou un peu tout ça à la fois qui m'a chamboulée mais... j'ai décidé d'étrenner l'année avec une sensation inédite : cesser d'être la cancrette de service. Rentrer en classe la tête haute. Attaquer le trimestre sans trembler. Bref, abolir les privilèges des bons élèves. Ou plutôt : leur en piquer un peu ! Rapide retour en arrière. Mme Daudon, notre prof d'histoire-géo, avait décidé que son contrôle de décembre aurait lieu... à la rentrée de janvier « afin de nous laisser plus de temps pour réviser ». Puis la même Daudon a tenu bon face aux protestations que cette annonce a soulevées, sur le thème : « M'dame, les vacances c'est pour se reposer », tempête qu'elle a balayée d'un implacable : « Encore faudrait-il que vous travailliez pendant les périodes scolaires, ce qui n'est pas le cas si j'en juge par votre moyenne générale... »

Cesser d'être la cancrette de service, disais-je, ce qui fait que pour ce lundi de rentrée, j'ai RÉ-VI-SÉ mon contrôle d'histoire. Du jamais-vu. QUATRE jours à rabâcher les chapitres qui vont de la chute de la monarchie absolue (1789) au Consulat (1802). À ce régime, Robespierre a pris ses quartiers dans mes neurones et Louis XVI est quasiment devenu un ami, je connais ses forces et ses faiblesses... J'ai même appris par cœur la « frise historique du XVIIIe siècle » (moi que les frises ont toujours défrisée). Une révolution, vous dis-je.

Me voici donc, en ce matin de janvier, glissant comme sur coussin d'air en direction du collège, le cœur léger et les pieds moumoutés. Oui, car dans

mon petit soulier de Noël, en rentrant à la maison, j'ai trouvé... les bottes fourrées de mes rêves ! Les vraies ! De la marque Chouïa-Chouïa ! Pour une fois, maman n'a pas mégoté ni acheté de pauvres copies au rabais dans la première (ou plutôt la dernière) solderie. Petites bottes en daim je vous adore. Vous êtes moelleuses comme des pantoufles. Votre rondeur veloutée beige sur mes collants noirs me fait une si chouette silhouette que, lorsque je vois mon reflet dans une vitrine, j'ai peine à croire que c'est bien moi !

8 h 23. Un groupe de copains discute devant le bahut. Je m'approche. Résumés de vacances ? Inventaires de cadeaux ? Récits de voyages ? Que nenni ! L'actualité porte sur... Daudon et son imminent contrôle. Il y a ceux qui ont travaillé, ceux qui ne savaient pas, ceux qui ont oublié, ceux qui ont fait semblant d'oublier, ceux qui se jettent sur leur classeur comme des affamés.

– Marion, t'as pas révisé, toi, hein ? me lance Juanito, sûr et certain de me compter dans son camp, celui des nuls. Je décide d'imiter Pioche. La crackesse dit toujours qu'elle n'a « rien fait » et se tape chaque fois 17. Ça me portera peut-être chance et ça évitera de désespérer mon copain...

– Réviser ? Moi ? Jamais ! Tu me connais ! J'ai d'autres chats à fouetter, hé hé... je ricane.

Juanito me tape dans le dos avec un clin d'œil complice...

Manifestement, Daudon n'a pas reçu une boîte à sourires pour Noël. Plantée au milieu de l'estrade, aussi immobile qu'une statue, elle nous regarde entrer d'un œil morne. À peine les derniers assis, elle démarre de son ton monocorde :

– Bien. Comme convenu, nous commençons par le contrôle. Prenez une copie double, écrivez votre nom, la date, Contrôle d'histoire, centré, souligné. Dessous, encadré. Sujet : les causes de la Révolution et la frise de 1789 à 1802.

Youpi, Daudon, merci ! Pile ce que je voulais ! Sujet-cadeau, aussi douillet que mes bottes fourrées ! Un frisson d'aise me parcourt l'échine. Je sors ma trousse avec gourmandise. Comment je vais bichonner l'affaire ! La prof n'en croira pas ses yeux. Je plonge dans mon sujet, en apnée, pas besoin de bouteille d'oxygène, les mots coulent naturellement de mon stylo : une ligne, dix lignes, une page, deux pages... Je me dépêche, pressée de cracher mon savoir...

9 h 13. Reprenant un instant mon souffle entre Jacobins et Girondins, je pose les yeux sur mon voisin, Nicolas Fulbert, 2e meilleur de la classe, éternel challenger de la Pioche. Il se tortille sur sa chaise en mordillant son crayon... Bizarre. Ça ne lui ressemble pas... Mais qu'aperçois-je sous sa table ? Ça alors ! ? ! Il tient un livre ouvert sur ses genoux. Fulbert en train de tricher ? Je n'arrive pas à y croire. Je fais tomber ma gomme exprès, pour observer le phénomène de plus près. Pas de doute. Fulbert est bien en train de pomper sur son livre d'histoire. En me relevant je plante mon regard dans le sien. Il grimace... un peu comme s'il était en train d'avaler un verre de vinaigre : « Pitié ! me dénonce pas ! »

Je hausse les épaules :

– Tu fais ce que tu veux, c'est ton problème ! je chuchote.

– Si je me fais piquer, ma mère va me…

– C'est bon, raconte pas ta vie, ça me regarde pas…

Daudon, en revanche, nous regarde. Ou plutôt ME regarde :

– Marion Girardon, qu'est-ce qui se passe ENCORE ?

– Rien ! je réponds.

Je ne suis peut-être plus une cancrette, mais je ne suis pas devenue une balance pour autant. Et pourquoi cet « ENCORE » dans la bouche de la prof ? On vient à peine de rentrer. J'ai fait quoi de mal, à part me farcir le cerveau de tes chapitres, Daudonette ? La révolution est en marche, va falloir réviser les vieux jugements a priori !

L'abominable ! La sinistre ! Elle qui ne se déride jamais, la voilà qui lâche un gros rire appuyé-relou. J'ai envie de crier : « Et sur ses genoux, il a quoi, votre Fulbert chouchou ? »

Je me contente de fulminer :

– C'est pas juste, j'en ai marre d'être toujours accusée dans cette classe !

– Insolence sur insolence ! Apportez-moi votre copie !

– Mais... Mais... j'ai pas tout à fait fini !

– Pas tout à fait fini... de tricher ? Je vous mets zéro ! Sortez !

Grrrr... J'aimerais lui couper la tête et la promener au bout d'une pique. Je me contente de poser ma copie sur son bureau et me dirige vers la porte en traînant le plus bruyamment possible mes bottes moumoutées sur le carrelage. Fulbert ne lève pas le nez. Trop occupé à recopier son bouquin comme un sale faux-jeton qu'il est.

Couloir couleur désespoir. Il ne manquerait plus que Sado (notre CPE tendance sadique) passe par là et m'achève. Avec ma veine, ça se pourrait... Prudence est mère de sûreté (comme dit ma grand-mère Mamika) : je me réfugie aux WC en attendant que sonne la récré...

Prem's dans la cour. Camille me rejoint sans tarder :

– Dis donc, t'attaques fort, Marion !

– Quoi j'attaque fort ? C'est FULBERT qui trichait ! Il m'a suppliée de pas le cafter. Pour une fois que j'avais BOSSÉ, c'est dégueulasse...

Quelqu'un me tape dans le dos. Je me retourne. Fulbert me toise, l'air mauvais :

– Tu dis quoi ?

– Je dis que c'est TOI qui trichais et que c'est moi qui...

– Moi ! ? ! TRICHER ? Ça va pas la tête ? s'écrie-t-il, la main sur le cœur.

– T'avais pas ton bouquin sur les genoux, peut-être ? j'aboie.

Il jette des regards affolés à la ronde.

– Ssshhhtttt ! Crie pas comme ça voyons ! Je... je... me suis un peu aidé de mon livre... mais j'avais pas le choix... j'ai... j'ai des problèmes personnels et...

J'ai envie de le baffer.

– Pourquoi je te croirais ? Je t'ai surpris en flag' de gros tricheur et tu nies : menteur un jour, menteur toujours !

Camille vient à ma rescousse, menaçante :

– Malade, ta mère ? C'est quoi cette histoire ? Je l'ai vue hier faire son jogging, elle avait l'air en pleine forme ! Si tu mens aussi sur la santé de ta mère, c'est super-grave je te signale. Ça peut te porter malheur jusqu'à la troisième génération...

Fulbert blêmit. Sa lèvre inférieure tremblote comme celle d'un enfant.

– Bon OK. Je reconnais. J'ai triché. C'est parce que... j'ai eu un logiciel de composition musicale pour Noël. Toutes mes vacances y sont passées et le contrôle d'histoire...

– Ben ouais, sauf que moi pendant ce temps-là j'ai RÉ-VI-SÉ ! Tout ça pour ZÉRO alors que tu vas te taper une pure note. En plus, j'ai été smart : je t'ai pas balancé.

Le visage de Fulbert se décompose. Je crois que j'ai fait mouche. Il pique du nez.

– T'as raison c'est pas classe. Je vais aller dire la vérité à Daudon.

Camille jubile, pouces en l'air. Je fais ma grande dame.

– Tu aurais dû le faire depuis longtemps, mais mieux vaut tard que jamais !

– Je suis pour la transparence : viens avec moi ! déclare-t-il en me prenant le bras. (Tiens donc… Première nouvelle !)

Salle des profs. Il toque, il entre, je le suis. Daudon est en train d'écrire.

– Oui Nicolas ?

En me voyant, son sourire flanche :

– Et Marion Girardon ! Que se passe-t-il ?

Chouchou tortille ses mains, transpire, toussote :

– Excusez-nous de vous déranger, en fait euh… voilà…

Il crache la vérité. En entier. Sans tricher cette fois. Daudon grimace, un peu comme si… elle était en train d'avaler un verre de vinaigre. Mais c'est une pro. Elle se reprend vite, ouvre son cartable, en sort ma copie, l'inspecte :

– Vous avez fait tout ça toute seule, mademoiselle Girardon ?

– Oui ! j'affirme haut et clair.

– Je suis témoin ! confirme Fulbert (pas mal, j'apprécie).

Sans un mot, elle barre le : « 0/20, a triché » écrit en rouge sur ma feuille et le réécrit sur celle de son chouchou, en murmurant :

– C'est un genre de... RÉVOLUTION !

Je m'efforce de sourire. J'ai fait le jeu de mot avant toi, Daudonette ! Puis je tends la main vers ma copie :

– Est-ce que je pourrais finir mon devoir ? J'ai juste la conclusion à écrire...

C'est que, comme Pioche, j'y tiens à mon 17...

J'aime Paris

«Ce n'est pas pour me vanter hé-hé ouin-ouin-ouin mais l'année commence bien-bien-bien ouin-ouin-ouin!», je chantonne sur l'air de la chansson qui vient de passer à la radio. «Tais-toi, avec ton manque de bol, ça va te porter la poisse! » me menace la Petite Voix qui squatte (souvent) ma tête. «Et pourquoi me tairais-je, Petite-Voix-Rabat-Joie? Pourquoi n'aurais je pas droit à une BIG GROSSE ANNÉE PLEINE DE VEINE, hein, pour une fois?» je marmonne. Arc-boutée sur le tabouret de mon bureau, une pince à épiler dans la main droite et un tube de colle dans la gauche, je peaufine le cadeau fait main le plus créatif de ma carrière : un étui à lunettes customisé par mes soins sous le signe de l'AMOUR, fatal présent destiné à me rappeler au souvenir de son myope des-

tinataire chaque fois qu'il manipulera ses bésicles – autrement dit plusieurs fois par jour, j'espère !

J'achève de tapisser l'objet de cœurs pailletés et de M multicolores enlacés, le tout enduit d'une couche de colle qui n'aura jamais le temps de sécher avant l'arrivée du TGV en provenance de Brest…

Rapide flash-back : à mon retour de New York le mois dernier*, une deuxième divine surprise m'attendait (la première étant, of course, d'avoir gagné avec ma classe cette *fabulous* visite de la capitale des États-Unis). Cette deuxième surprise a pris la forme d'un SMS arrivé le 1er janvier sur mon portable : HÉ PÉPITA JE VIENS À PARIS LE WE PROCHAIN. Signé qui ? MAX ! Mon chéri du printemps dont je commençais sérieusement à me demander s'il serait encore mon chéri de l'hiver… En effet, après deux ou trois messages restés sans réponse cet automne, j'ai cessé de me

* Lire *À fond les vacances !* et *J'adoore les histoires d'amour !*

manifester ! Parfois, le soir, j'essaie de me remettre son visage en mémoire et sa voix mais... j'avoue que j'ai de plus en plus de mal. Comme si le temps floutait mon prince de Bretagne, le transformait... en fantôme de Max. Pourtant, Max, le vrai, ne semble pas douter de notre amour ! Il était chaud-bouillant avant-hier au téléphone, me suggérant de venir le chercher au train de 15 h 37, ce que j'ai accepté, le cœur en fête, sauf qu'à présent c'est dans moins d'une heure et je ferais mieux de m'activer... Surtout qu'il ne vient pas QUE pour moi. Il est « invité » par son oncle Arsène... à venir « débugger » l'ordi de ce dernier. Vive les tontons antiquaires empotés de la souris ! Max m'a juré que le « débugging » serait l'affaire d'une demi-heure et qu'on aurait le reste du temps pour nous... La fée de l'Amour l'entende ! Gloups, en voulant tester l'adhérence de mon chef-d'œuvre, je me retrouve avec trois cœurs collés au bout des doigts. Bad. SOS sèche-cheveux. À l'instant où je me lève pour aller quérir l'engin dans la salle de bains, mon frère entre sans frapper dans ma chambre (selon sa manie de mal poli) :

– C'est toi qu'as pris mes ciseaux ?

« Qu'est-ce que je disais, tu t'es réjouie trop vite ! » triomphe déjà ma Petite Voix, à qui j'intime l'ordre de la boucler IMMÉDIATEMENT.

Bien sûr que c'est moi qui les ai, je les lui tends, du plus loin possible, pour éviter qu'il s'approche. Ce qu'il s'empresse de faire, regard de lynx scannant ma table :

– Tu fais quoi ?

Mon cerveau tourne à cent mille tours. Qu'est-ce que je réponds ? Euh... Camille ne porte pas de lunettes. L'étui ne peut pas être pour elle. Juanito en porte, mais si je mets le doigt dans cet engrenage, je... je...

– Je fais un truc pour... En arts plastiques...

– Ah ouais ? sourit mon frère, narquois. Montre !

Je serre mon cadeau gluant de colle contre mon cœur amoureux :

– T'es de la police ou quoi ?

– Calme-toi ! Je m'intéresse à ce que tu fais. Réjouis-toi au lieu de râler...

– Tu parles ! Je te connais... Et puis d'abord dégage, je suis pressée.

J'enfouis l'étui dans mon sac, j'attrape mon manteau et je me rue vers la porte.

– Han han, mademoiselle a rendez-vous ? grince mon frère.

– Parfaitement ! Et si on te demande avec qui, tu répondras que ça ne te REGARDE pas ! j'assène en attaquant la descente de l'escalier.

– MMMhhhhh... Smack smack smack... Y a des amours de moucheronne dans l'air. Tu t'es bien brossé les dents, chérie ? me lance Charles du haut de l'escalier.

Je ne relève pas. Je suis déjà dehors, galopant comme une antilope poursuivie par un troupeau de lions affamés. Il fait un temps d'hiver de rêve. Splendide et clair. Ciel bleu marine. Si je ne chope pas le RER au vol, je suis perdue. Je le choperai ! Mes talons claquent dans les escaliers de la station Issy-les-Moulineaux. Malgré le froid, la sueur perle dans mon dos. Ha ha, l'année commence mieux que bien : un train arrive pile pour moi ! Qu'est-ce que je disais, Petite Voix ? Une demi-heure plus tard, j'achève mon sprint dans les couloirs de la gare Montparnasse pour finir nez à nez avec le tableau des arrivées : TGV de Brest dix minutes de retard. Merci la SNCF ! C'est juste ce qu'il me faut pour reprendre mon souffle...

15 h 47. Sur le quai, je ne vois que LUI. Max ! MON Max ! Comment ai-je pu croire que je l'oubliais ? Ça y est, il m'a repérée, son visage s'illumine, il court. Comme dans

un film. Il me prend dans ses bras, me soulève. On s'embrasse. La vie est belle. Mieux que dans un film.

– Ma Pépita, je suis TROP content que tu sois là !

– Moi aussi, je suis TROP contente que tu sois là ! je répète, l'émotion m'empêchant de mettre au point une réplique plus originale. Pas grave : nos joues, nos mains, nos lèvres parlent mieux que nous. Deux chocolats chauds et pas mal de baisers plus tard, une question se pose :

– On fait quoi ?

– Ton oncle t'attend à quelle heure ? je m'enquiers.

– No soussaï : je lui ai dit que j'arrivais par le train de 21 heures...

« T'es sur ton terrain, propose quelque chose, allez ! » m'asticote ma Petite Voix.

Je lève le nez. Une idée s'impose (pas très originale non plus, vu le lieu) :

– T'es déjà monté en haut de la tour Montparnasse ?

(Moi oui, quand j'avais huit ans. Souvenir lointain d'un dimanche gris que je ne demande pas mieux que d'effacer-remplacer !)

– Par ce temps, ça va être top. On y go ! s'emballe mon chéri.

Cœur trampoline. On se tient la main dans l'ascenseur. Il a le vertige. Pas moi ! La p'tite Marion réconforte le grand Max qui cache sa tignasse dans mon cou et… j'adore ça !

Arrivés en haut, Paris étalé à nos pieds sur 360°, je me sens, comment dire, toute-puissante, ivre de clarté, de hauteur…

– Purée ! s'exclame Max.

– C'est tout à fait ça ! j'approuve.

On s'embrasse majestueusement quand soudain, au détour d'un pilier, qui vois-je ? FÉLIX ! Le premier, le pionnier, l'unique Félix de tous mes fantasmes. Pim-pon. Alerte. Mon cœur bat le tocsin. Je m'arrache des bras de Max pour me planquer derrière son dos. Fée de l'Amour, fais que Félix ne me voie pas. « Ben pourquoi ? » s'étonne ma Petite Voix. Gna gna gna… Elle fait l'imbécile ou quoi ? Je ne veux pas que Félix me voie embrasser un autre que lui, voyons ! Je veux contrôler

la situation, garder mes chances, personne ne sait de quoi l'avenir sera fait, pas question de laisser le hasard décider de ma vie !

Max se retourne :

– Ben qu'est-ce qui te prend, Pépita ?

À l'arrière-plan, Félix marche vers moi :

– Salut Marion !

Je reste plantée comme une oie. Les deux hommes de ma vie dans le même film. Félix est plus beau, plus souriant (Max a un peu une tête de furax à qui on vient de retirer la Pépita de la bouche, il faut dire...)

– Qu'est-ce que tu fais là ?

C'est Félix qui parle. Qui ME parle. Ses yeux verts me transpercent. Il faut que je me ressaisisse. Que je réponde.

– Et toi, qu'est-ce que tu fais là ? (Décidément, ce samedi est le jour où je me transforme en « perroquette ».)

Le plus irrésistible Félix de l'Ouest pousse en avant un grand roux boutonneux :

– Je fais visiter Paris à Karl, mon correspondant allemand, et on va à Montmartre, ça te dit ?

TU, c'est MOI. TOUTE SEULE. Youpi ! Félix n'a pas calculé Max !

– Non, il faut que… je dois rentrer… j'ai… je… promis d'aider ma mère à faire un gratin de courgettes parce qu'il y a ma tante Charlotte qui vient dîner et tout ça…

– Hein ? C'est quoi, ce délire ? s'écrie Max en me saisissant l'épaule.

Cccrrr ! Arc électrique. Court-circuit. Trop pour moi. Je ne sais pas gérer. Sauf avec mes pieds. Sauve qui peut : je m'enfuis en courant. Sans me retourner. Aucune envie de voir Félix me regarder comme une cinglée. Un ascenseur s'ouvre devant moi. Je m'y jette. Aaarrrggghhh, une main agrippe mon sac.

– Qu'est-ce qui t'arrive, Pépita ?

Max s'engouffre derrière moi. Azimuté par le baratin que je lui dévide tout le long de la descente, du boulevard et des rues adjacentes, comme quoi

ce type (Félix) est un relou (hou ! la menteuse) dont je me méfie terriblement (de pire en pire) et bla bla bla. D'habitude je suis nulle en mensonges. Mais l'instinct de survie amoureuse me rend crédible, on dirait. Max a l'air de gober.

– Mais l'histoire du gratin de courgettes, c'est quoi ? gémit-il.

Je n'ai pas la force de démentir.

– C'est VRAI ! je mens, épuisée.

Comment s'entraver soi-même ? Me voilà bonne pour rentrer à la maison soi-disant aider maman à mijoter un gratin de courgettes (je déteste ça, en plus !), Charles est là, en revanche, et il m'accueille avec une bordée de sarcasmes :

– Ben alors, moucheronne ? Fini les smacks ? Tu t'es pris un vieux râteau ? Félix m'invite à dîner avec son corres' allemand… Tu veux venir ? Ça te consolera !

Plutôt mourir ! Je me couche dans le noir. Et je dors jusqu'à ce que le bip d'un texto me réveille à 21 h 33 : AYÉ ORDI TONTON NICKEL COURAGE POUR TATA GRATIN

Si tante Charlotte était (réellement) là, elle me dirait que demain est un autre jour. Elle aurait raison : demain, je retrouve Max à neuf heures pour aller aux Puces.

Et d'ici là, son étui à lunettes sera sec !

Zouk mathématique

– Vas-y, tu sors, s'te plaît !

TUUUT ! TUUUT ! TUUUT !

Des coups de klaxon à répétition déchirent le petit matin de ce vendredi 22 juin. Je me glisse dans l'interstice entre la fenêtre et le rideau de ma chambre.

– Tu t'actives, Charles ? On va être en retard ! hurle papa, prêt à vrombir, agrippé à son volant face à la grille du jardin grande ouverte.

De l'autre côté de la cloison, j'entends mon frère farfouillommeler tout seul (contraction du verbe farfouiller avec le verbe grommeler, je viens de l'inventer) :

– Bon sang, où il est passé ce bouquin de physique de malheur ? Et merde, mon lacet qui pète, manquait plus que ça...

Je me rencogne dans ma cachette, secouée de rire. Ce n'est pas beau, je sais, je devrais souffrir des souffrances de mon cher frère, me réjouir de ses joies, ouais ben… plus tard peut-être, quand on sera vieux et raisonnables, ou plutôt disons… le jour où il se réjouira pour moi, OK ? Ce n'est pas demain la veille.

En attendant, il est huit heures moins dix, Charles descend l'escalier quatre à quatre en soufflant comme un bagnard, et moi, j'ai deux grandes heures de liberté avant de rejoindre le collège, youpi ! M. Carier, prof de français, a eu la bonne idée (pour une fois qu'il en a une bonne) de se fouler la cheville. Là encore, je pourrais compatir. Inutile ! Ce triste sire s'attriste bien assez tout seul, il n'a pas besoin de moi. La voiture s'éloigne. Je regarde le ciel, prise d'un accès foudroyant de rêvasserie. Le film de la soirée d'hier passe et repasse sur l'écran de mon cerveau.

Fête de la musique. Charles au saxo jouant du Gershwin avec l'orchestre du lycée, dans le XVe arrondissement, place Beaugrenelle. Merci Mister Gershwin. Grâce à vous – alibi culturel en béton – j'ai arraché aux parents le droit de coller mon frère dans Paris en fête jusqu'à minuit passé. Or, dès 20 heures, le concert était plié. Bonne affaire. À nous Paris, le rap, le rock et la salsa. Clou du programme (pour moi en tout cas) : Félix nous a rejoints du côté de Saint-Germain-

des-Prés. *Tall and tan and young and tender the girl from Ipanema…* chantait un groupe brésilien. *The girl from* Issy-les-Moulineaux, c'est moi. *My name,* c'est Marion Girardon et j'ondule aux côtés de Félix, le plus *soft and sweet and tender* de tous les garçons d'Issy, d'ici et d'ailleurs… Sauf qu'en plein milieu de mon trip, Félix a sorti son portable clignotant-vibrant de la poche de son jean. Clou rouillé dans mon cœur : c'était Coralie Mussery ! T'ES OÙ ? T'ES OÙ ? Trois minutes plus tard, elle était parmi nous.

– Salut ! Ça va ?

Nan, ça va PAS DU TOUT ! Coralie-la-pimbêche a commencé son manège habituel, s'accrochant au bras de MON Félix, se trémoussant comme trente-six dindes, gloussant plus fort que la musique. Grrr. J'avais envie de mordre. Je me suis contentée de lui lancer un regard noir en posant mon doigt sur mes lèvres : SSSHHHTTT ! Elle a fait une méga tronche de glurps, genre : quelle est cette moucheronne qui se permet de prétendre me faire baisser mon son ne serait-ce que d'un demi-ton, moi la plus irrésistible de toutes les Coralie Mussery du monde de la planète ?

Elle a parlé à l'oreille de Félix. Elle avait l'air scandalisée. J'ai cru ma dernière heure arrivée. Mais divine surprise, il m'a souri :

– Marion a raison, tu fais trop de bruit, Coralie, tu nous gâches la musique !

Match point. Girardon marque contre Mussery. Re-wind. Re-re-wind. Re-re-re-wind. Je ne m'en lasse pas...

Mais revenons à notre vendredi matin. J'ai un peu faim quand même. Si j'allais voir ce qui se passe du côté de la cuisine et du paquet de Cherry Chocos ? Dans sa panique, mon morfal de frangin n'a peut-être pas eu le temps de les liquider.

– Marionnette, qu'est-ce que tu fais là ?

Maman, en tablier fleuri, est en train de casser un œuf au-dessus d'une montagne de farine (quand elle m'appelle Marionnette, c'est qu'elle est de bonne humeur).

– Je n'ai cours qu'à dix heures et demie. Et toi, qu'est-ce que tu fais là si je peux me permettre ?

– J'ai pris ma journée de RTT, j'en ai au moins dix à récupérer (la veinarde, j'aimerais tant pouvoir en dire autant). Les Moulin (beurk) viennent dîner ce soir avec Foutureau, tu sais, le collègue de ton père, celui qui est fana de camping (re-beurk) et qui nous avait prêté sa tente, un été...

– Ah, au fait ! j'invente (réflexe de survie), Camille me propose de dormir chez elle ce soir (si ça passe, il me restera à me faire effectivement inviter chez ma meilleure amie, mais ça ne devrait pas poser de problème : Camille ADOOORE ma compagnie !).

– Attends Marion, hier la Fête de la musique, ce soir chez Camille : tu ne vas pas sortir tous les soirs quand même ! ? !

– Attends maman, je proteste (parfois, mon inspiration m'impressionne moi-même), si je dors là-bas c'est pour BOSSER je te signale : on va faire des maths À FOND !

Ma mère me fixe d'un œil soupçonneux. Je lui adresse un sourire angélique :

– Je peux t'aider à quelque chose, Mamounette ?

Elle désigne un cageot sur la table :

– Tu me ferais une salade avec ces fruits ?

– Avec plaisir !

– Tu n'as pas de travail, c'est sûr ?

– Nan, j'ai tout fait ! (Au point – de baratin – où j'en suis, pourquoi me gêner ? En réalité, je n'ai pas touché à la ribambelle d'exercices de maths que Fulmio nous a collés. Ce bourreau a trouvé le moyen d'attaquer un nouveau chapitre en prétextant « nous avancer pour l'an prochain », moi qui ne pige déjà

rien au programme de cette année-ci, merci bien !)

– Dans ce cas, pourquoi as-tu besoin d'aller BOSSER, comme tu dis, chez ton amie ? (Bonne nouvelle, ça veut dire que j'ai le feu vert pour y aller !)

– Eh bien parce que... figure-toi... Camille prend des petits cours de maths avec un prof génial, et du coup, elle a plein de fiches avec des explications et tout, et moi j'en profite, c'est ça le truc !

Maman me tend un couteau pointu et un saladier. J'ai gagné.

10 h 25. Sur le chemin du collège, je marche guillerette, les narines encore emplies d'effluves de fraises et d'abricots... L'air est léger. Le soleil juste chaud comme il faut. J'ai l'impression d'être en vacances. Dans le hall où la sonnerie enrhumée annonce la fin de la récré, je croise Jehan Bouton, un GÉANT de 3e (rebaptisé Bougon vu qu'il fait toujours la gueule). Il tient sous le bras un djembé et pour une fois (la première de sa vie, je crois), il me sourit...

– Qu'est-ce qui se passe, Jehan ?

– C'est notre dernier jour, on part ce soir réviser

le brevet, alors l'atelier-musique organise un concert d'adieu...

– Trop cool !

La cour est déjà presque vide. Je presse le pas. J'ai juste le temps de remarquer une estrade bricolée en palettes de chantier sous une banderole accrochée entre deux arbres :

BYE BYE BAHUT !
À 16 H CONCERT
DE STEEL BAND DES 3[ES]

– *Hurry up* Marion ! me crie la Petite Voix qui habite dans ma tête (elle se croit bilingue ou quoi ?) : Missiz Hardy déteste les retardataires. Sprint dans le couloir. La porte de la classe est encore ouverte... Yeees ! Pas d'éléphante verte en vue (notre prof d'anglais a quelques kilos de trop et une passion vestimentaire pour le *green*) : Hardy est plus en retard que moi ! Le moins qu'on puisse dire est que ça se voit. La classe est un vrai bazar. Tout le monde bouge, tout le monde discute. Arthur joue de la batterie sur sa table, accompagné par Mouillaud, lancé dans une impro vocale sauvage, les joues gonflées comme des melons :

– OUNCH TCHAK OUNCH OUNCH TCHAK OUNCH.

Près de la fenêtre, Camille fait essayer ses nouvelles lunettes de soleil à Laura. Je m'approche d'elles quand un claquement de talons sur le carrelage du couloir m'arrête net. La lourde silhouette de Hardy s'encadre dans la porte.

Va-t-elle barrir ? *NOT AT ALL* ! Elle se dirige vers le bureau, sourire aux lèvres, s'installe, tapote gentiment dans ses mains :

– *Hello young people ! Sit down please ! Joyful atmosphere here today, I see**...

Une bouffée d'euphorie gagne les rangs.

– Elle a l'air trop de bon poil ! me glisse Juanito à l'oreille.

– Vous avez vu, m'dame : les 3es font un concert ! lance Arthur Cabrin (toujours le premier pour foncer hors sujet). Vous aimez le steel band, m'dame ?

Un instant de flottement. Hardy fait une drôle de tête. Arthur est-il allé trop loin ? Ce ne serait pas la première fois.

– Je vais vous faire une confidence, murmure la prof, j'ai vécu une partie de ma jeunesse sur l'île de Trinidad, entre la mer des Caraïbes et l'Océan...

---

* Bonjour, jeunes gens, asseyez-vous je vous prie, joyeuse ambiance ici aujourd'hui, à ce que je vois.

Qu'est-ce qui lui prend de nous parler en français ? Ça ne lui arrive quasiment jamais. Tout le monde tend l'oreille. Ça vaut la peine : on a droit – incroyable mais vrai – au récit de l'enfance caribéenne de Hardy entre odeurs de manguiers, chemins de terre, école en plein air, barques multicolores, poissons argentés, concerts de bidons face à la mer. Je l'imagine, petite fille rondouillarde en robe verte à frous-frous, dansant au soleil couchant…

Le reste du cours file à la vitesse d'une chanson… à traduire des textes de biguine* que Hardy nous recopie (elle les connaît par cœur) au tableau. Spectacle surréaliste de la prof d'anglais qui chantonne en agitant son gros popotin au rythme de *Trinidad Ballad* ou de *Under the Coconut Tree*…

– *Stepping with Ca-a-a-thy, Jumping with Ma-a-a-a-ry, Swinging with Lu-u-u-cy, Rocking with Su-u-u-zie, Having a good time with E-e-e-bony*…

On en est là, toute la classe reprenant en chœur le

* La biguine est une danse et une musique des Antilles.

refrain de *Papa Mumbo Goes Dancing* quand la porte s'ouvre brusquement :

– Vous n'avez pas entendu sonner ?

Fulmio, ses cheveux gras et son pull couleur caca d'oie !

Il désigne la pendule d'un index furibard : 11 h 32 !

– Ooohh ! *I'm sorry !* Excusez-moi cher collègue, je... on n'a pas vu le temps passer... bafouille Hardy en rangeant ses affaires.

La prof d'anglais disparaît plus vite qu'une voleuse prise en flagrant délit. Fulmio déchiffre le tableau avec une moue de dégoût puis l'efface nerveusement. On entendrait une mouche voler... À la place, on entend une voix fredonner :

– *Stepping with Ca-a-a-thy, Jumping with Ma-a-a-ry...*

Arthur ! Aurait-il des tendances kamikazes ?

Fulmio se retourne. Il me fait penser à un shérif qui va sortir son colt.

– QUI a chanté ?

Silence de mort.

– Vous vous croyez où ? Deux heures de colle générale ! Je vais vous apprendre à chanter, moi, vous allez voir ça ! Prenez une feuille, inscrivez votre nom, la date. Interrogation écrite sur le chapitre consacré aux encadrements résultant de la troncature d'un nombre positif en écriture décimale...

Des protestations s'élèvent :

– Hein, quoi ? On va pas faire une interro !

– On l'a à peine étudié, ce chapitre !

– Eh bien justement, ça va être très instructif rétorque Fulmio, la mine gourmande.

– Mais m'sieur, c'est la Fête de la musique !

Coup de poing sur le bureau, les joues du prof de maths virent au cramoisi :

– Ah, ne me parlez pas de la Fête de la musique, je vous prie ! Des hurluberlus ont joué du boumboum en bas de chez moi toute la nuit, et je n'ai pas fermé l'œil. Ça devrait être interdit !

– Fulmio + manque de sommeil = tous aux abris ! me glisse Juanito à l'oreille.

– Mais m'sieur, on rend nos livres la semaine prochaine ! je gémis.

Double coup de poing de Fulmio :

– Vous avez une curieuse notion du temps dans cette classe ! APRÈS la Fête de la musique, c'est encore la Fête de la musique. Mais AVANT de rendre vos livres, vous les avez déjà rendus ! Et si je vous faisais des cours qui commencent AVANT l'heure et qui continuent APRÈS ? Ça vous aiderait peut-être à progresser en mathématiques, mademoiselle Girardon…

– Alleeez, m'sieur ! supplie Juanito.

– Parfaitement, allons-y : prenez chacun une feuille ! répète Fulmio, inflexible.

Du fond de la classe, un bruit de métal. Une règle frappe contre un compas, deux, trois, une main tape sur une table, deux, trois, un talon contre un pied de chaise, deux, trois…

– Vous connaissez le steel band, m'sieur ? lance Arthur comme un défi.

– Je ne veux surtout pas le connaître ! glapit Fulmio hors de lui.

Du dernier rang, une voix scande :

Pitié m'sieur Fulmio, pas d'interro

Deux voix, trois voix, dix voix reprennent en cadence :

« Pitié m'sieur Fulmio, pas d'interro
Pas d'interro pour Arthur, c'est trop dur
Pas d'interro pour Arthur, c'est trop dur
Pas d'interro pour Pioche, c'est trop moche
Pas d'interro pour Pioche, c'est trop moche
Pas d'interro pour Laura, ça s'fait pas
Pas d'interro pour Laura, ça s'fait pas
Pas d'interro pour Marion, non non non
Pas d'interro pour Marion, non non non »

Les yeux de Fulmio roulent comme des billes derrière ses épaisses lunettes. Il agite ses bras en moulinets dans l'espoir de nous faire taire, on dirait presque qu'il danse…

Arrive ce qui devait arriver : le redoutable-redouté CPE Mazo-dit-Sado.

– Qu'est-ce qui se passe ici ?

Les deux hommes discutent ensemble. Fulmio semble accablé. Sado lui tape dans le dos, style : « Allons ce n'est pas si grave », puis attrape une craie et écrit au tableau :

INTERROGATION REPORTÉE
À UNE DATE ULTÉRIEURE

Zouk frénétique et clameurs de joie :

« Pas d'interro, bravo m'sieur Fulmio
Pas d'interro, bravo m'sieur Fulmio. »

L'affaire Fulmio (1)

Pourquoi, ôôôôôô pourquoi chaque 31 août est-il fatalement suivi d'un 1er septembre, ce mois sinistre qui rime avec rentrée, liste de fournitures à acheter, serviettes de plage à ranger... Minée par ces tristes perspectives, je rumine depuis deux heures sous ma couette quand... Ding dong, on sonne à la porte.

Premier réflexe : je me terre. Nouveau coup de sonnette.

– Mariooooon !

Je la connais par cœur, cette voix. Je ne l'ai pas entendue depuis des semaines. Elle me fait bondir hors de mon lit comme une kangourette euphorique.

– Camille !

En un éclair, je suis en bas dans les bras de ma

meilleure amie. Ma chemise de nuit style « limace » et ma coiffure genre « hérisson » contrastent avec sa mine pimpante, bronzage doré, short rose vif, sandales brodées et panier coordonné.

– J'ai des milliards de trucs à te raconter, Marion ! Et toi, ça va ? s'inquiète-t-elle.

– Ouais, ouais... je lui assure.

On ne peut pas être tranquilles ! Charles apparaît à cet instant au-dessus de la rampe d'escalier, habillé-coiffé-souriant, plus énervant que jamais.

– Salut Camille ! Ouaaaah, la star, comment tu es trop belle ! Tu as passé de bonnes vacances ?

Je serre les poings pour ne pas hurler : « Non mais de quoi il se mêle, lui ? Je ne peux pas bavarder cinq minutes avec MA copine ? »

Ça ne servirait à rien, je le sais. Malgré tout ce que je lui raconte régulièrement sur l'enfer qu'est la vie avec mon frère, Camille s'entête à le trouver « sympa » !

– On parlera vacances une autre fois ! claironne-t-elle. Quand je vais vous dire ce que je viens de voir, vous n'allez pas me croire... Un scoop de chez scoop !

– Dis ! Je te dirai si je te crois ! je me dépêche de répliquer en espérant qu'elle me réponde à MOI...

Mon frère descend l'escalier quatre à quatre.

– C'est quoi ? C'est quoi ?

– Tu te souviens de Fulmio, Charles ?

De pire en pire. Camille s'adresse directement à mon frère maintenant ! Et pour évoquer l'ennemi n° 1, mon bourreau, le plus atroce des profs de maths : Fulmio !

– Fulmio, ha ha ! rigole Charles. Je ne connais que lui ! Le crabe à lunettes avec ses pulls tricotés, aussi fun qu'une page d'équations, je l'ai subi, moi aussi !

– Devinez QUI j'ai vu, il y a cinq minutes, boulevard Gambetta, au café du Centre ?

Je hausse les épaules, dépitée.

– Eh ben t'as vu Fulmio, OK !

– Oui, bon, jusque-là c'était pas dur à deviner, admet Camille. Mais en train de faire quoi ? C'est ça le truc !

– De faire la manche en jouant de l'accordéon ! lance Charles.

Camille, sous le charme de mon comique de frère, éclate d'un rire mutin.

– De boire un café ? je dis pour couper court.

– Gagné ! Mais... Avec qui ?

– Avec le ministre de l'Éducation nationale ? Avec le Pape ? Avec ma mère ? Avec Madonna ? mitraille Charles.

– N'importe quoi ! glousse ma copine.

– Avec Stéphanie Pioche ? je hasarde.

Pourquoi pas ? Ce serait bien le genre de la crack de la classe d'attaquer sa saison de fayote avant même le jour de la rentrée… Mais Camille balaie ma réponse d'un revers de la main.

– Vous donnez votre langue au chat ? Avec une BLONDE !

– Et alors ? Elle est presque blonde, Stéphanie Pioche, je te ferai remarquer ! je proteste.

– Attends Marion, une BOMBE de blonde, un top, une fusée, crinière de lionne, bouche pulpeuse…

– Mais… quel âge, quel genre, la fille ? je questionne.

– Aux alentours de vingt-cinq ans peut-être…

– Je veux le voir pour le croire ! On y va ? s'écrie mon frère.

– C'est pour ça que je suis venue vous chercher ! Ne perdons pas de temps, pourvu qu'ils y soient encore quand on arrivera !

Moi qui espérais que Charles disparaisse dans sa chambre pour me laisser en tête à tête avec Camille, je n'ai plus qu'à filer m'habiller. C'est ce que je fais. Un jean, un tee-shirt, un coup dépeigne…

– Voilà, je suis prête !

Mon frère fonce à travers les rues. Camille le suit de près. Quant à moi, malgré l'entraînement que j'ai subi pour participer au relais quatre fois cent mètres le mois dernier, je suis nettement à la traîne.

L'affaire Fulmio (1)

Quand je débouche sur la place Thiers, Camille et Charles sont tordus de rire, planqués derrière le kiosque à journaux qui fait face au café du Centre…

Je me glisse entre eux.

Quel spectacle !

Fulmio, tout luisant de transpiration dans son éternel pull en laine tricoté à la main (par sa maman ? grande question non encore élucidée…) est en effet attablé à la terrasse du café du Centre, en compagnie d'une authentique créature de rêve. Camille ne nous a pas menti.

Visage angélique, somptueuse chevelure aux reflets d'or, elle lui sourit, charmeuse, telle une héroïne de film, une couverture de magazine. Je me pince. Est-ce vraiment bien lui, le même Fulmio, qui

nous torture avec ses équations cauchemardesques, qui prend un malin plaisir à faire grincer sa craie sur le tableau (c'est bien simple, depuis le CP, je n'ai jamais connu un prof qui la fasse grincer autant que lui), qui sourit sournoisement chaque fois qu'il rend une copie notée zéro (surtout à moi)…

– Je ne vous ai pas dérangés pour rien, hein les copains ! triomphe Camille.

– Hé ! Regardez, la blonde a laissé tomber un truc.

– Sa serviette en papier !

– Il la ramasse !

– Il la lui rend !

– Un vrai prince charmant, ce Fulmio !

– Je rêve ou il lui fait les yeux doux ?

– Arrête Camille, tu délires. On ne voit même pas ses yeux derrière ses lunettes !

– Je parie qu'il va l'embrasser ! renchérit mon frère.

– N'importe quoi !

– N'empêche, vous imaginez, s'il le faisait ?

– Ce ne serait même plus un scoop, ce serait un tremblement de terre ! trépigne Camille.

– Faudrait prendre une photo, tout de suite !

– La tête de Laura, de Myriam, de Juanito si on leur montrait la photo du baiser de l'année…

– Le baiser du siècle, tu veux dire !

– Euh… Pardon mais ce serait plutôt celui du millénaire ! corrige mon frère.

– Remarquez, qu'ils s'embrassent ou pas, quand on racontera aux copains qu'on a vu Fulmio au café avec une blonde, tout le monde pensera qu'on baratine ! j'observe.

– Marion a raison !

Mon frère m'approuve : miracle ! Je me tourne vers Camille.

– Vas-y ! Sors ton smartphone dernier cri !

Car ma meilleure amie possède à peu près toutes les nouveautés qui sortent dans le commerce, aussi bien au rayon électronique qu'au rayon mode, et tout ça généralement avant même que je sois au courant que les nouveautés en question existent. En l'occurrence, Camille tord le nez :

– Ma batterie est à plat !

– Toi, Camille, t'as le modèle tip-top dernier cri et tu ne recharges pas la batterie !

– Eh oui, la vie est mal faite, pouffe ma copine.

– J'enrage ! soupire mon frère. Moi, j'ai pas pris le mien !

Mon portable à moi ne prend pas les photos…

Mais j'ai une idée: on n'a qu'à acheter un appareil photo jetable. Chez Photoplus, au coin de la rue Fabert, c'est tout près...

Mon frère fouille ses poches :

– Sauf que...je n'ai pas un centime...

Personnellement, je n'ai pas besoin de fouiller. S'il y a une chose que je sais, c'est que je suis sans le sou...

– Pas de panique ! J'en ai, moi, de l'argent ! (ça m'aurait étonnée...)

Camille brandit un porte-monnaie en forme de cœur qui me tape dans l'œil instantanément.

– Super ! C'est nouveau ?

– Un cadeau, je t'expliquerai... me lance-t-elle avec un clin d'œil.

Je sens que le compte rendu des vacances va être chaud. Mais nous n'en sommes pas là...

– Bon, je fonce chez Photoplus ! annonce Camille en s'élançant sur le boulevard.

Mon frère l'arrête.

– Attends, vaut mieux que ce soit moi. Je cours plus vite... Vous ne lâchez pas Fulmio des yeux, les filles !

Charles empoche le billet de 20 euros que lui tend ma copine.

– Et s'il s'en va, on fait quoi ?

– Vous le plaquez au sol...

– On le suit !

– Croisons les doigts pour qu'il ne bouge pas.

– Bon, je fais fissa. Dans cinq minutes maxi je suis de retour.

En trois foulées, Charles se propulse au coin du boulevard et de la rue Fabert. Camille le suit des yeux, admirative. OK, il a de GRANDES jambes, il court vite, ça va, on le sait. Je saisis le bras de ma copine pour la ramener un peu vers MOI.

– Alors, c'est quoi, l'histoire de ton porte-monnaie ? Je parie que t'es amoureuse !

Elle ouvre des yeux en soucoupe.

– Comment tu le sais ?

– Attends, à toutes les vacances, tu tombes amoureuse, ce n'est pas très dur à deviner, ça non plus !

– Pfff... soupire-t-elle, si tu connais déjà tout ce que j'ai à te raconter, inutile que je me fatigue, merci !

– Allez, vas-y, fais pas ta vexée, il s'appelle comment, alors ?

– Alfred... me susurre Camille avec des yeux de Bambi.

Je n'en saurai pas plus sur l'élu de l'été : au café du Centre, les événements se précipitent et c'est encore plus palpitant que les amours de ma copine. La créature de rêve vient de fouiller dans son cartable et d'en sortir un étui noir.

– C'est quoi ? me demande Camille comme si j'étais censée connaître la suite de l'histoire.

– J'sais pas, un revolver, peut-être !

Il n'en faut pas plus pour qu'elle se lance dans un de ces délires d'improvisation dont elle a le secret :

– CRIME PASSIONNEL À LA TERRASSE DU CAFÉ DU CENTRE : LE PROFESSEUR DE MATHS AUX DENTS NOIRES ENTRETENAIT UNE LIAISON SECRÈTE AVEC UNE MYSTÉRIEUSE BEAUTÉ BLONDE.

– C'est un appareil photo !

– Elle ne va pas prendre Fulmio en photo quand même !

– Moi c'est bien simple, tu me mets la photo de Fulmio au-dessus de mon lit, je ne dors plus de la nuit !

La blonde recule sa chaise, se lève, se dirige vers le bar. Sa silhouette fait nettement sensation. Ici et là, parmi les clients, des têtes se tournent pour la regarder. Camille s'accroche à moi.

– Ouaaaah ! Les belles jambes qu'elle a !

– On dirait une publicité pour… des jambes !

– Même la moitié, ça me suffirait !

– J'ai l'impression qu'elle cherche le serveur.

– Elle veut peut-être payer.

– Tu crois que Fulmio se laisserait inviter ?

– Sûr ! Il est forcément radin, voyons.

La fille a repéré le garçon de café. Elle s'approche de lui, tout sourire. Il la dévisage des pieds à la tête, de la tête aux pieds, fasciné. Elle lui parle, fait des gestes, appareil photo à l'appui.

– Qu'est-ce qu'elle a, elle lui raconte sa vie ou quoi ?

– À mon avis, elle lui explique comment marche sa caméra.

– Il n'écoute pas un mot de ce qu'elle dit. T'as vu, on dirait qu'il veut la manger.

– La caméra ?

– Mais non, la blonde, andouille !

Le serveur suit la blonde jusqu'à la table de Fulmio. Elle lui passe son appareil puis s'assied à côté du « crabe à lunettes » et sourit d'un sourire à faire tomber amoureux n'importe qui. Le serveur trafique

l'objectif. Fulmio grimace un pauvre sourire.

Flash ! Flash et re-flash !

– Mortelle, la photo !

Camille scrute le boulevard, anxieuse.

– Mais qu'est-ce que fiche ton frère ? Ça fait au moins une heure qu'il est parti !

Dix minutes plus tard, quand mon frère surgit enfin, Fulmio et la blonde viennent de quitter le café.

– Ah, te voilà, qu'est-ce que t'as fichu ? j'explose.

– Je suis tombé derrière une mamie qui faisait agrandir la photo de chacun de ses petits-enfants et elle en avait toute une armée. Mais j'ai déniché l'engin, regardez cette merveille : zoom, objectif réglable, flash incorporé, pour le prix c'est fantastique !

– Le prix, le prix, c'est pas toi qui l'as payé ! ne puis-je me retenir de grincer.

– Pas toi non plus, alors ferme-la ! me répond Charles du tac au tac.

– Du calme ! s'interpose Camille. Je vous signale que

si ON a acheté cet appareil, c'est pour photographier Fulmio, pas pour que vous vous chipotiez une fois de plus !

Avançons, Fulmio et la blonde sont déjà presque au carrefour...

À ces mots, mon frère pointe le doigt vers la place Thiers.

– Hé ! Mais qu'est-ce qu'il a, Fulmio, à s'agiter comme ça ?

– Il a la danse de Saint-Guy ma parole !

– Mais non, il arrête un taxi ! Vite, Charles, viiiiite !

Mon frère prend ses (GRANDES) jambes à son cou, caméra en avant, tel un reporter de guerre.

– Pas de panique ! Je gèèère...

L'affaire Fulmio (2)

Seize heures... Dix-sept heures... Dix-huit heures... Jamais les aiguilles de la pendule du salon n'ont tourné aussi lentement. Postée derrière la fenêtre, je guette la grille du jardin. J'ai l'impression d'avoir six ans et d'attendre le retour de maman qui m'aurait promis de revenir du bureau avec un cadeau. En l'occurrence, c'est mon frère que j'attends. Qu'est-ce qu'il peut bien fabriquer ? Ça fait deux heures qu'il est parti chercher les photos prises hier boulevard Gambetta, les images scoop du couple du siècle : l'abominable Fulmio flanqué de sa mystérieuse beauté blonde... Je suis si impatiente que je ne peux rien entreprendre.

Pourtant, ce ne sont pas les corvées qui manquent, en ce mercredi de veille de rentrée. Je n'ai toujours pas préparé mon sac, ni aucun des accessoires de torture scolaire qui sont censés le remplir. « Monte dans ta chambre et oublie Charles, me souffle une petite voix dans ma tête, c'est la meilleure façon de le faire arriver… »

Elle a raison, cette petite voix. Je suis sur le point de lui obéir quand soudain, la grille s'entrouvre. Je me précipite dans l'allée.

– T'as les photos, Charles ?

– Elles n'étaient pas prêtes !

– C'est quoi cette blague ? Photoplus fait les tirages couleur en deux heures ! C'est marqué en énorme sur leur vitrine !

– Ils ont eu un problème au labo… plaide-t-il, l'air embarrassé.

– Elles ne seraient pas loupées, par hasard ? je lance, aussi frustrée que soupçonneuse.

– T'as pas confiance en moi ?

– Pas trop, non !

– Pas trop, non ! grimace mon frère, l'air pincé. Tu seras bien boulée, demain, quand je te les montrerai…

– Demain, demain, toujours demain… À quelle heure ?

– Photoplus ouvre à dix heures…

– Je ne rentre au bahut qu'à 10 h 30, je vais les chercher, si tu veux…

– Non, j'veux pas ! C'est moi qui les ai faites, c'est moi qui vais les chercher…

– Sauf que c'est ma copine qui les a payées, je te signale !

– Elle n'avait qu'à me réclamer le ticket, ta copine !

– Faut qu'on t'envoie les huissiers, aussi ?

Notre discussion est interrompue par un bruit de moteur. Les parents rentrent du boulot, l'air « harrassé-énervé », comme d'habitude…

– Qu'est-ce que c'est que cette tête de calamar frit, Marion ? me lance papa à peine la voiture garée. C'est la perspective de retourner au collège qui te met dans cet état ?

– Vous avez épluché la salade et mis le couvert, au moins ? enchaîne maman.

– Euh… Je viens de rentrer, se défile mon frère.

– Je… Moi je… Je savais pas… je bredouille.

– Ben voyons ! J'avais mis un mot écrit en gros sur la table de la cuisine. Vivement que tu apprennes enfin à lire, Marion ! peste maman en faisant claquer ses talons sur les marches du perron. Vive la salade ! Vive la rentrée !

Jeudi matin, la mort dans l'âme, je reprends courageusement le chemin du bagne, pardon, du bahut, en me demandant où je vais pouvoir trouver la force de supporter les milliers d'heures, de jours, de semaines qui me séparent des prochaines grandes vacances (les autres sont trop petites à mon goût), quand j'entends quelqu'un courir derrière moi. Juan Gonzalez ! Chemise à fleurs et bermuda, il a l'air d'un touriste et le sourire aux lèvres.

– Alors, Marion, chouettes ces vacances ?

Pauvre Juanito ! Dans le genre chouette, je me retiens de lui dire qu'il a l'air d'un hibou avec les marques blanches de ses lunettes de soleil. Il est gentil mais j'ai envie de tout sauf de parler vacances un jour comme aujourd'hui, et surtout pas avec lui !

– Ouais ouais.

J'évite de lui demander « Et toi ? », sinon je sais que je vais avoir droit au récit détaillé de son séjour en famille au Portugal agrémenté de ses exploits dans le domaine de la mécanique moto. Mais la conversation prend un autre tournant :

– Dis donc, me lance Juan tout excité, j'ai rencontré Camille hier soir à la papeterie (encore en train de s'acheter les dernières fournitures à la mode, je parie !). Il paraît que vous avez vu Fulmio bras dessus, bras dessous avec une super blonde ?

– Bras dessus, bras dessous, c'est beaucoup dire…

– Vous avez même des photos, elle m'a dit !

Décidément, Camille a encore des progrès à faire avant d'être grand reporter. Quelle idée de vendre le scoop avant de l'avoir en main !

– On va PEUT-ÊTRE avoir des photos ! je rectifie.

À cet instant, Julie apparaît au coin de l'avenue et se jette sur nous, fébrile…

– Je peux voir, je peux voir ?

– Bonjour, d'abord ! Et puis voir quoi, d'abord ?

Elle me toise, interloquée.

– Ben les photos de Fulmio avec la bombe de l'année, le top model, la sœur jumelle de Julia Roberts ! Il paraît qu'ils s'embrassent sur la bouche, lui habillé en rocker et la fille quasiment toute nue !

– Ça va pas ? Qui t'a dit ça ?

– C'est Mouillaud, je l'ai rencontré dans le bus !

– Et Mouillaud, qui lui a dit ?

– C'est Laura. Ils habitent le même immeuble.

– Et Laura, comment…

– Elle était avec Camille, hier, à la papeterie ! me coupe Juanito.

J'en reste sans voix. Devant le collège, mon premier réflexe est de chercher Camille. Je mets un moment à la repérer : elle est aussi entourée qu'une star au festival de Cannes. Dès que je parviens enfin à l'atteindre, je lui déverse ma colère dans l'oreille :

– T'es pas malade d'avoir été raconter l'histoire des photos de Fulmio à tout le bahut ? Charles n'a même pas été fichu de récupérer les tirages, je te signale !

– Pfff ! Te bile pas : il faut faire attendre les curieux, ça les rend... encore plus curieux !

– Merci ! D'ici qu'il n'y ait rien sur la pellicule, on va avoir l'air fin !

– Allons, fais pas ta rabat-joie, Marion Girardon ! rigole ma copine.

Les premières heures de la matinée s'étirent comme un vieux chewing-gum. Le cours d'histoire-géo me permet de vérifier que l'été n'a pas rendu la pauvre Mme Daudon plus passionnante à écouter. Hardy, notre « awful » prof d'anglais, rentre de vacances en pleine forme. Après une interro-surprise, histoire de checker notre knowledge (en ce qui me concerne, elle ne va pas être déçue...), elle arpente l'estrade, éléphantesque dans son éternelle robe couleur pomme verte, cherchant une proie pour lui asséner quelques questions d'usage, style :

– *How did you spend your holidays ?*

Ouf ! Stéphanie Pioche et Nicolas Fulbert agitent

leurs doigts comme des balises de détresse. Je me fais un rempart de mon sac à dos. La vie reprend son cours. Vivement la récré...

En récré, précisément, une surprise de taille m'attend. Elle mesure 1,87 m exactement : Mazaud (dit Sado) vient vers moi suivi de... mon Charles de frère !

– Mademoiselle Girardon, vous commencez bien mal l'année ! m'annonce le surveillant général d'un air grave. Oublier votre classeur le jour de la rentrée ! Vous avez de la chance que votre frère ait la tête sur les épaules, lui, et que notre collège soit sur le chemin de son lycée !

Charles acquiesce, parfait dans son rôle de super grand frère. Il me tend un vieux classeur marronnasse que je n'ai jamais vu de ma vie. Qu'est-ce que c'est encore que cette embrouille ?

Au moment où je vais protester, je sens un violent pinçon sur mon avant-bras. Clin d'œil appuyé de Charles qui me fait claquer deux bisous sur les joues.

– Travaille bien, petite sœur !

Avant de me glisser en douce :

– Alors moucheronne, tu vois, c'était pas la peine de m'envoyer les huissiers !

Tandis que mon frère s'éloigne, glorieusement raccompagné par Sado, j'ouvre le classeur : des pages et des pages de cours de physique... Je ne vois pas le rapport, quand soudain, glissée entre deux feuilles, la pochette Photoplus me tombe dans les mains.

Trois minutes plus tard, tous les copains sont agglutinés autour de moi comme des pigeons autour d'un sac de grains. Les photos font le tour du groupe et la déception est à la mesure de l'attente : in-commen-su-rable ! Au milieu d'une dizaine de portraits de Camille, de Charles et de moi-même devant le magasin Photoplus (photos bâclées la veille, histoire de finir la pellicule avant de la donner à développer) les « images scoop » se résument à... deux photos de l'arrière d'un taxi !

– Ben, où il est Fulmio ?

– Là, c'est lui qui monte dans la voiture !

– On ne voit qu'une jambe et une chaussure, ça pourrait être n'importe qui !

– Et la fille ? On la voit pas ?

– Elle y est déjà !

– Où ça ?

– Ben dans le taxi, banane !

À cet instant, la voix de Sado perce le brouhaha :

– Qu'avez-vous de si passionnant à regarder, jeunes gens ?

– Je... Je...

Panique.

Je tente de récupérer les photos, de les cacher… Échec de la tentative. La main de fer de Sado s'abat sur la mienne.

– Donnez-moi ça !

– C'est… c'est rien… Juste des photos…

– On a le droit de se montrer nos photos de vacances, quand même, m'sieur ! proteste Arthur Cabrin, qui n'a peur de rien et surtout pas des punitions de Mazaud, lequel n'a pas usurpé son surnom de « Sado », autrement dit « sadique », je peux en témoigner.

Pour une fois, le CPE ne réagit pas. Il est absorbé par les photos qu'il regarde, l'une après l'autre, d'un air de profond dégoût. Va-t-il reconnaître Fulmio ? Ce serait le comble.

– Vous vous trouvez beaux et intelligents à ce point, pour gâcher autant de pellicule à vous portraiturer ? Le narcissisme allié à la stupidité ! Quelle triste époque nous vivons ! À qui sont ces lamentables images ?

– À… moi ! je bafouille.

– À… nous ! complète héroïquement Camille.

– Eh bien vous viendrez les rechercher samedi à 16 heures dans mon bureau après deux heures de retenue, mesdemoiselles ! déclare Mazaud avec une joie mauvaise.

Camille me regarde, effondrée. Aurait-elle rendez-vous samedi avec Alfred, le nouvel amoureux dont elle a commencé à me chauffer les oreilles ? À voir sa mine, ça ne m'étonnerait pas…

– C'est horriiiible ! Samedi j'ai rendez-vous avec Alfreeeeed ! gémit Camille dès que Sado tourne le dos. Qu'est-ce que je disais ? Je connais ma copine… Comme si on était copines depuis le CP. Et en plus, c'est le cas ! Là-dessus, la sonnerie de fin de récré retentit. Remontée en classe. Deux heures à peine après la rentrée, la morosité est déjà solidement installée.

– On a quoi comme cours, maintenant ? lance Myriam à la cantonade.

– Français...

– Ch'ais pas...

– Arts plastiques...

– Techno...

Les réponses qui fusent sont tout sauf claires. Tandis que je cherche mollement le bout de papier sur lequel j'ai copié notre emploi du temps, la porte s'ouvre sur... l'affreux Fulmio ! Lui-même ! En personne ! Avec son pull tricoté et son faciès de crabe-à-lunettes ! Mais ce n'est pas tout : voilà qu'il se contorsionne pour laisser galamment le passage à... la bombe !

La blonde ! Elle-même ! La même ! Juste encore un peu plus jolie que la veille, peut-être. Tailleur rose et chignon renversant, elle s'avance timidement dans l'allée centrale, à pas de gazelle. Fulmio gambade derrière elle, autour d'elle, dans tous les sens, grimpe sur l'estrade, en redescend, cherche une chaise, en trouve deux, les soulève, s'éponge le front...

On dirait un numéro de cirque. Camille retrouve sa bonne humeur. Arthur Cabrin, dans son coin, est pris d'un authentique fou rire. Juanito, Laura et Mouillaud me lancent des coups d'œil ahuris. Des rumeurs, des chuchotements commencent à ricocher d'une table à l'autre.

– Silence ! rugit Fulmio. Je vous présente Mlle Katia Lunströeck, étudiante en 3e cycle de mathématiques, physique, chimie et sciences appliquées à l'université de Copenhague, qui nous fait l'insigne honneur de venir de son pays, le Danemark, pour un stage de dix jours dans notre établissement !

– Ponchour... susurre la bombe avec son sourire à couper le souffle.

Toute la classe en a le souffle coupé, en effet. Temps suspendu. Instant de magie. Fulmio dévore Miss Danemark de toutes ses lunettes embuées. Il a l'air presque gentil.

– Je... vous demande de réserver à Mlle Lunstroëck un accueil… un accueil… digne de la France ! finit-il par nous lancer d'une voix chevrotante.

Un petit bout de papier plié atterrit sur ma table. Je me retourne. Qui me l'envoie ? C'est Juanito. Je déplie discrètement et je lis :

– Mortel amoureux, le crabe à lunettes ! Et je m'y connais…

Fin de l'affaire Fulmio.

De qui se moque-t-on ?

Pschitt… Mégadose de gel. Tu vas tenir en l'air, maudite frange ? Grrr… Et ces pinces chargées de plaquer mes mèches folles derrière les oreilles, elles m'énervent, toujours à vouloir se barrer ! Je m'observe dans le miroir de la salle de bains. Face, profil gauche, profil droit. Pas maaal, ma nouvelle coiffure ! Deux jours que j'y bosse en secret, le résultat est à la hauteur : je sens que je vais faire mon petit effet dans la cour du collège…

– Vas-y, tu dégages, là !

Mon frère, Charles, secoue la poignée de la porte comme un joystick. Je sors. À ma vue, il se tord de rire :

– Hé, c'est quoi cette coiffure de tarée ? Bonjour la choucroute !

– Taré toi-même, sale... sale... salsifis ! je m'étrangle.

« T'as rien de mieux que ça à lui sortir comme insulte ? » ricane ma Petite Voix.

Nan. Il m'a cassée. Je le hais. J'attrape mon sac et je quitte la baraque. Pour vous pourrir un matin de rentrée, appelez Charles Girardon. Résultat garanti. Je marche d'un pas de soldat le long de la rue des Acacias. Le ciel me nargue. Il fait un soleil ÉCŒURANT. La dernière semaine des vacances, je l'ai passée à regarder tomber la pluie. Et ce matin, mardi 4 septembre : pof, grand bleu. Damned ! La pince derrière mon oreille gauche recommence à se faire la malle. Je l'arrache et la jette. Bien fait pour elle ! Bien fait pour moi, surtout : hirsute à droite, plaquée à gauche, je vais avoir l'air d'une demeurée. M'en fous. Je suis d'une humeur de dogue. Tout est contre moi. Même Camille. Pour une fois, je n'ai PAS envie de retrouver ma meilleure amie. On est en froid. Depuis samedi, jour de son retour, elle m'a TROP bassinée avec sa croisière en Méditerranée, son bronzage de star, son régime crétois poisson-légumes bla bla et bien sûr sa passion de saison : Vladimir, un Ukrainien que je ne verrai jamais, pas plus qu'elle ne le RE-verra. Cerise sur la feta : quand je lui ai parlé de mon coup de foudre pour Gustave, bébé-veau lozérien, elle s'est foutue de moi à fond !

Mazaud (dit Sado, diminutif de SADIQUE, qualificatif qui s'applique parfaitement à notre CPE) fait le pied de grue devant le collège. Il est dans le même état de blémitude que celui où on l'a laissé, fin juin. Peut-être même un peu plus verdâtre. Son œil de vautour scanne le troupeau de moutons-forçats qui défile sous son nez pointu.

– Bonjour m'sieur ! Vous avez passé de bonnes vacances ? lance une voix rigolarde derrière moi.

Je me retourne. C'est Arthur Cabrin, bien sûr : le plus grand (1,76 m) insolent de ma classe.

– Les vacances restent à la porte de l'établissement, jeune homme ! réplique le CPE.

Le préau et la cour abritent un festival de pia-pias, photos et films sur portables à l'appui. Mes copains sont agglutinés autour du châtaignier central et de Laura. Elle a gagné un concours de karaoké. Elle fait entendre sa prestation à qui veut (et même à qui ne veut pas). Personne ne remarque mon arrivée. Moi qui croyais que ma coiffure allait révolutionner l'atmosphère, je tombe à plat. Ah, quand même, Juan Gonzalez (mon plus grand fan, hélas) me repère, me

claque trois bises et me gratifie d'un « Waou Marion ! T'es VACHEMENT belle, coiffée comme ça ! » qui ne me rassure qu'à moitié...

– VACHEMENT ! Tu ne crois pas si bien dire ! meugle Camille à la cantonade. Vous savez quoi ? Le big love d'été de Marion : c'est un VEAU !

Vous appelez ça une copine ? Moi j'appelle ça une peau de VACHE !

Pourquoi clamer sur les toits ce que je lui ai raconté à ELLE en particulier (si j'avais su, je me serais tue). Je pique un fard genre concentré de tomates. Une rafale de vannes se déclenche :

– C'est quoi cette blague ? pouffe Laura.

– Marion drague dans les étables ! continue Mouillaud le lourdaud.

Arthur vient à la rescousse :

– Y a pas assez de beaux gosses ici ?

Je les toise du haut de ma (petite) hauteur :

– Vous avez déjà assisté à la naissance d'un veau en direct live ? Non ? Alors taisez-vous, vous ne pouvez pas comprendre…

Ma sortie jette un froid. Ils se regardent, ils me regardent en biais. Ce sont mes meilleurs amis et pourtant j'ai l'impression qu'on n'est pas sur la même planète. Mouillaud embraie sur ses exploits en kart. Myriam sur son stage de triathlon. Arthur sur le tableau de chasse des nanas qu'il s'est « tapées » (ce sont ses mots) pendant l'été. Pouark. Je voudrais retourner en Lozère. Juste le vent, les pierres sèches et Gustave, sa langue râpeuse, ses yeux de velours. Lui au moins ne casse pas, ne vanne pas, ne frime pas…

– Hééé... vous voyez ce que je vois ? lance soudain Arthur.

Toutes les têtes se tournent (même la mienne).

– Où ça ?

– Du côté des toilettes !

Un garçon inconnu est adossé contre le mur. Il a des lunettes, un appareil dentaire et la peau grêlée d'acné. Ses cheveux partent dans tous les sens, aussi fripés que ses fringues. Il tient un livre ouvert mais regarde sans cesse autour de lui, comme un animal traqué. J'imagine un panneau clignotant au-dessus de sa tête : L'ANGOISSE DU NOUVEAU AU MOMENT DE LA RENTRÉE…

– La tronche de cake ! s'esclaffe Laura.

– Je dirais même de pizza ! renchérit Camille.

Julie se lèche les babines :

– Avec des pustules purulentes en guise de chorizo, miam !

Juanito met son grain de fiel, suivi par Arthur et Camille :

– Il joue dans *Shrek*, ma parole !

– Alerte au play-boy ! Il va rafler toutes les nanas...

– Vu la moissonneuse-batteuse qu'il a dans les dents, ça va faire des dégâts...

– C'est fini, oui ? je proteste. Vous aimeriez débarquer dans un nouveau collège et qu'on se moque de vous comme ça ?

Laura hausse les épaules :

– Il nous entend pas, de toute manière.

– C'est pas la question, c'est le principe !

Camille minimise :

– On se moque pas de lui, on commente sa tronche...

– Sa tronche, c'est pas lui, peut-être ?

– Il a qu'à pas être aussi moche ! assène Arthur, implacable.

– T'es fou ? je bondis. Sous prétexte que t'es pas

trop laid, tu te crois tout permis ? Il n'est pas plus responsable de sa tronche que toi de la tienne…

– Vas-y, fais pas ta raisonneuse… grimace l'insolent, pincé.

– Sainte Marion ! minaude Laura.

Camille porte l'estocade :

– Depuis que tu fréquentes les veaux, on peut plus rigoler avec toi ! Va donc voir « Face de pizza », parle-lui, puisque tu le trouves si réussi !

Je la prends au mot. J'y vais. Le garçon me regarde m'approcher sans broncher. J'imagine les yeux des autres dans mon dos, comme les rayons d'un soleil brûlant…

– Bonjour !

– Salut.

– Comment tu t'appelles ?

– Guillaume Mazaud.

– Mazaud comme…

J'allais dire : SADO. Je me suis retenue juste à temps.

– Comme votre CPE, oui. C'est le frère de mon père. Il m'héberge depuis un mois parce que mes parents sont morts…

Sa voix est neutre, comme inanimée. Il fixe ses chaussures : des baskets crades dont un lacet est coupé. Je suis sous le choc.

– Oh là là… Je… Je suis désolée.

– T'as pas à être désolée… Tu pouvais pas deviner…

– T'es le… le neveu de… M. Mazaud alors ?

– Ben ouais.

Sado a un frère. Ou plutôt il ne l'a plus. Sado doit avoir du chagrin. Sado a une vie en dehors du bahut. Je n'y avais jamais pensé.

– Tu es en quelle classe ? J'espère qu'on va être ensemble… je lâche, comme on lance une bouée.

C'est idiot. Comment pourrait-il croire que je l'espère pour de vrai ? On ne s'est jamais vus de notre vie.

– Je suis en 3e mais je reste pas, je pars vivre à Londres chez une sœur de ma mère.

– Ah.

Je ne sais plus quoi dire. J'ai envie de tourner les talons. Impensable. Le nouveau a l'air d'attendre que je continue…

– T'en fais pas, j'improvise, ma bande de copains là-bas, ils rigolent mais c'est pas à cause de toi, ils se moquent de moi parce qu'ils disent que je suis amoureuse d'un veau que j'ai vu naître cet été…

– Je m'en fous, si tu savais…

« Et paf ! Pourquoi tu lui racontes ça, aussi ? T'es débile ! » m'accuse déjà ma Petite Voix.

– Je ne me fous PAS de ton veau, corrige-t-il comme s'il lisait mes pensées, je me fous qu'on se moque de moi.

Dans son regard flotte une infinie tristesse. Ses yeux brillent. On dirait qu'il va pleurer. Au secours. Il pleure. Comme un bébé. Je me sens mal. Moi qui voulais être gentille, je suis juste une CATA.

– Moi aussi… bouhouhou… j'ai assisté à la naissance d'un veau… en… bouhouhou ... Mayenne avec mes parents l'été d'avant… hoquette-t-il.

– Pardon, pardon, j'aurais pas dû venir te parler…

– Si, au contraire !

Je lui prends le bras. Ses sanglots s'apaisent un peu. Du côté du châtaignier, les yeux des copains

sont braqués sur moi comme des projecteurs de 10 000 watts. De pire en pire : Sado marche vers nous. Que va-t-il encore m'arriver ? Le CPE pose une main solennelle sur mon épaule :

– Merci, mademoiselle Girardon. Merci d'entourer Guillaume. Il passe des moments très difficiles, MERCI.

Sonnerie. Rassemblement. Je rejoins mon groupe. À mon approche, ça rigole dur. Arthur se tape sur les cuisses :

– Les veaux, ça te suffit plus, tu fayotes Sado maintenant ? Ouaf ouaf ouaf, mort de rire !

– Stop ! Le nouveau c'est pas un nouveau, c'est le neveu de Sado et ses parents sont morts POUR DE VRAI il y a un mois. Pas vraiment de quoi RIRE, OK ?

Stupeur dans les rangs.

– La vache ! souffle Juanito (décidément).

– Morts de quoi ? demande Myriam.

– Quand quelqu'un que t'as jamais vu te balance ce genre d'info en pleine figure, tu demandes pas de détails, excuse-moi ! je soupire.

– Qu'est-ce qu'on peut faire ? lance Camille, positive-coopérative comme j'aime.

Les propositions affluent. Laura veut faire entendre son karaoké au nouveau. Myriam se mettre à côté de lui s'il déjeune à la cantine. Juanito l'emmener faire un tour à moto dès ce soir. Julie a des places pour le bowling. Si on l'invitait demain ? Mouillaud court lui offrir illico un chewing-gum. Julie poursuit Mouillaud :

– Attends, j'ai aussi des chocolats !

– Quand je pense que je l'ai traité de tronche de pizza. J'ai honte… me glisse Camille à l'oreille.

Oubliées nos querelles à la noix. Mes amis ne sont pas QUE des sans-cœur. Je respire mieux.

– La vie est cruelle. On n'a rien à gagner à en rajouter, tu crois pas ?

– T'as raison Marion ! Tu sais quoi ? T'es ma génisse préférée !

On éclate de rire en duo. La rentrée ne commence pas si mal, finalement…

Feuilles d'automne

Keuf keuf…

Fulmio s'éclaircit la voix et rajuste son pull caca d'oie. Une lueur espiègle (le mot est trop fort… disons plutôt inhabituelle) s'allume derrière ses lunettes cul-de-bouteille. On dirait qu'il prépare une blague… C'est quoi une blague pour un bourreau-prof-de-maths ? Il ouvre son cartable. Va-t-il en sortir une mégadose d'exercices, un diable à ressort, un coussin péteur, une crotte en plastique ?

« Arrête ton délire Marion ! » soupire la Petite Voix qui habite dans ma tête.

« Lâche-moi ! je lui ordonne. On est vendredi, la semaine est presque terminée, j'ai bien le droit de m'amuser un peu. »

Oups ! Fulmio m'interrompt, brandissant une

liasse de feuilles zébrées de rouge. Damned ! L'interro de mardi dernier ! La plus lamentable de ma vie. Séchage cent pour cent garanti. J'ai enfoui l'affaire au fond de ma mémoire comme on pousse une vieille chaussette sous un lit.

– Keuf keuf (bis). Une fois n'est pas coutume, nous allons commencer par… Girardon Marion ! Je précise que je rends les notes en ordre croissant, la plus basse d'abord, évidemment…

Rictus crispé, bouche fermée. La voilà, la super-blague-à-Fulmio !

Le prof me fixe comme s'il attendait de moi une réaction. Que j'explose de rire ? Que je fonde en larmes ? Je me contente de piquer du nez.

– Vous avez quelque chose à dire, Girardon Marion ?

– Ben euh…

– C'est tout ? Remarquez, c'est cohérent avec le niveau de votre devoir. Absolue nullité. Vous souvenez-vous de la mise en garde que je vous ai adressée la semaine passée ?

– Ben euh…

– Mlle Girardon n'a que deux syllabes à son répertoire apparemment (rires dans les rangs, merci les amis). Observons vos notes : 6, puis 3, puis 1. Et aujourd'hui ZÉ-RO. Par conséquent : vous viendrez demain refaire votre interrogation et vous vous munirez de ce... de ce... (il secoue mon interro d'un air dégoûté)... de cette... lamentable feuille que vous aurez préalablement fait signer par vos parents !

M'humilier pendant les cours ne lui suffit pas. Il me ruine même mon samedi ! Une bouffée de rage m'envahit. Ça ne se passera pas comme ça :

– Mais demain, je proteste, c'est... je... je peux pas demain... je...

Que pourrais-je bien inventer ? Fulmio ne m'en laisse pas le temps :

– Silence ! Demain vous êtes ICI, en salle de permanence, de 13 h 30 à 15 h 30. Un mot de plus et je vous colle quatre heures au lieu de deux !

À la récré, les copains se pressent autour de moi. Certains compatissants, d'autres juste morbidement fascinés par mon infortune. Stéphanie Pioche s'approche et me tend gentiment... son interro agrémentée d'un 20 (pour elle, c'est la note ordinaire).

– Tiens, Marion, ça pourra t'aider demain...

Fulbert, éternel challenger de la crackesse, nous toise d'un air méprisant :

– Ce n'est pas comme ça qu'elle progressera. Si tu veux aider un homme affamé, ne lui donne pas de poisson, apprends-lui à pêcher !

Non mais... qu'est-ce qui lui prend, à ce serpent ?

– Elle, elle a un nom, je bondis, elle s'appelle MARION, OK ? Et si j'ai pas envie de progresser en maths, c'est mon problème, pas le tien, PIGÉ ?

Au fil de la journée, ma colère laisse place à un souci obsédant : comment obtenir la signature des parents ou, au minimum, de maman... Pour l'engueulade, je ne me fais pas d'illusions, maman caftera fatalement à Papa et j'aurai droit à double dose. Faire un faux ? La dernière – et unique – fois où je m'y suis hasardée m'a coûté TROP cher. Avertissement + convocation de papa-maman-et-moi par Sado, notre CPE.

17 h 30. Quand j'arrive à la maison, Charles joue à l'ordi dans le salon. Sur l'écran, des militaires surarmés se poursuivent à coups de grenades.

Le pire, c'est que la signature des parents, mon frère sait parfaitement l'imiter, lui qui n'en a jamais besoin, vu qu'il est premier dans toutes les matières (bien qu'il passe le plus clair de son temps à faire autre chose que bosser). La vie est mal faite. Mais ne nous égarons pas... Ces derniers temps, les relations entre Charles et moi ne sont pas trop abominables. Samedi dernier, je lui ai même recousu un bouton de son blouson avant un rendez-vous galant.

– Coucou ! j'embraie, souriante, mignonne, charmante (enfin, disons, c'est l'intention).

Il ne se retourne même pas :

– Tu veux quoi ?

Moyennement encourageant.

– Keuf keuf… (Il faut tout tenter dans la vie, pourquoi pas le toussotement fulmiesque ?) Écoute, j'ai un petit service à te demander… En effet, je suis un peu embarrassée concernant une interro de maths à sign…

– Envoie, je signe maman ou papa ?

– Ma… maman, s'te plaît.

Il attrape un Bic et paraphe mon interro comme s'il cochait une case. Le résultat est impeccable. Je me jette à son cou :

– Super ! T'es trooop chou !

– Shhht, me repousse-t-il, tu vas me faire rater mon assaut !

Donnez-lui de l'affection, il vous jette. Ne lui en donnez pas, il vous pourrit la vie de toute façon. Tant pis pour lui.

« Il a résolu ton problème, c'est inespéré. Savoure ! » martèle ma Petite Voix.

Elle a raison pour une fois. Savourons. Je dîne avec le sourire, je dors comme un bébé et je me pointe fraîche et rose au petit déjeuner du lendemain, bien décidée à prétexter une invitation chez Camille pour faire passer incognito mes heures de colle...

Bulle en maths OK, mais en gérance de bulle en maths, j'assure, hé hé ! Tartines craquantes et confiture de mûres, l'ambiance est des plus excellentes. Charles dort encore (c'est comme ça que je le préfère). Papa fait un Sudoku (sa passion). Maman surfe sur un site de chaussures en chantonnant comme une starlette.

– Au fait, je déjeune chez Camille... je murmure l'air de rien.

– Comment ça ? bondit ma mère. On déjeune chez les Plumier !

Oups ! J'avais oublié ce détail.

Je suis dos au mur. Je ne m'en sortirai pas vivante. Ni mentante.

– Bon ben, en vrai, j'suis collée de 13 h 30 à 15 h 30 ! je lâche.

Mon père en lâche son Bic.

– Hein ! ? !

– Qu'est-ce que tu as encore fait ? gémit ma mère.

– Pas assez bossé les maths, c'est tout.

Papa se prend la tête entre les mains. On dirait un gardien de but qui vient de marquer contre son camp.

– C'est TOUT !? Mais quand est-ce que tu vas te mettre au boulot une fois pour toutes, bon sang de bois ? Elle ne fiche RIEN. Ni au collège ni à la maison, pas un gramme de sport : RIEN !

– Et sa chambre ! Le bazar de sa chambre ! hulule maman en écho.

Vais-je leur rétorquer, comme à Fulbert, que j'ai un nom, que je m'appelle MARION ? Je ne m'y risque pas.

– Pas le moment d'avoir des ennuis avec le collège, on n'a pas le choix, il faut qu'elle y aille... Qu'est-ce qu'on va dire aux Plumier ? lance maman d'un ton de détresse (je précise que les Plumier sont SA famille et l'objet de tous ses égards).

– Dis-leur n'importe quoi ! Ce que tu veux ! Qu'elle a une angine ! peste mon père, le nez collé à la fenêtre.

Silence. Dehors, le vent d'octobre souffle et siffle et fait tourbillonner les feuilles roussies. Papa se tourne vers moi :

– Après ta colle, tiens, tu ramasseras les feuilles du jardin et tu les mettras dans le bac à compost. À défaut de bouger tes neurones, ça te fera au moins bouger les fesses !

Même en traînant au maximum, recopier l'interro de Pioche me prend à peine vingt minutes. Si j'étais une superhéroïne, je profiterais du temps restant pour explorer le chapitre sur les nombres relatifs qui m'a valu la bulle et la suite... Mais je suis Marion Girardon. Fidèle à ma réputation. Mon voisin de devant est large comme une armoire à glace. Merci voisin de devant ! Son dos m'offre un paravent de luxe derrière lequel je rêvasse et somnole à l'abri du surveillant.

Retour maison. Le râteau et le grand sac vert destiné aux déchets de jardin m'attendent sur le perron, préparés par papa. Yapluka. Je scrute le gazon. Un tapis de feuilles. Tout ce que je hais. La mort dans l'âme, je m'y attaque. Gratt gratt gratt. Essayer de vider la mer à la petite cuiller doit produire un peu le même effet.

Dix minutes plus tard, je suis en sueur face à un maigre tas de feuilles... qu'une violente bourrasque s'amuse à éparpiller comme si je n'avais rien fait... Je n'y arriverai jamais. Même le vent est contre moi.

Je vais encore me faire allumer par les parents. C'est à pleurer. Et si je pleurais ? Bou hou hou ! Je pleure. Bien fait ! Pour moi, surtout ! Bou hou hou...

– Eh ben, Marion, qu'est-ce qui t'arrive ?

Entre mes larmes, j'aperçois Juanito derrière le portail. Copain providentiel : son rôle préféré. Il accourt. Je lui déverse le tombereau de mes malheurs. Ça lui donne des ailes, on dirait :

– Bouge pas, chez moi, j'ai un souffleur !

Il part plus vite qu'une fusée. Bouge pas... il m'a dit. Ça me va ! Je me couche sur le banc, mon manteau en guise de couverture, j'attends. Les nuages filent comme des moutons sprinteurs.

Juanito revient bientôt, équipé d'un genre de bazooka prolongé par un sac en toile. Il tire sur une corde, bruit de moteur, dirige son engin vers moi. Zzzzouuuffff ! Mes cheveux se dressent, mes habits décollent sous un souffle surpuissant. Je pousse des

cris. Juan se tord de rire et se met à pourchasser les feuilles. Tout disparaît en moins de temps qu'il n'en faut pour l'écrire. Pile poil : voilà mes parents ! S'ils voient Juanito et son souffleur, mon bénéfice est ruiné. Je pousse mon copain vers la haie du fond.

– Pardon, mais tire-toi : je vais dire que j'ai tout fait toute seule !

Sa mine se décompose.

Normal. Il espérait une récompense, un grand merci, un petit bisou, un moment d'intimité…

– On se voit plus tard, promis, juré !

Dévoué jusqu'au bout, Juanito s'enfuit comme un voleur. Je reprends mon râteau juste à temps…

– Waow ! Plus une feuille ! C'est du boulot de pro ! s'extasient mes parents d'une seule voix.

Les lauriers récoltés, je saute sur mon téléphone pour textoter :

Philippe Berbesson

Benjamine d'une famille nombreuse (six frères et une sœur!), **Fanny Joly** vit à Paris avec son mari, son vélo... et son stylo. Avec ce stylo, elle écrit un peu pour la publicité. Beaucoup pour le cinéma, la télévision, le théâtre. Elle a commencé à écrire dès l'âge de seize ans, pour les sketchs de sa sœur Sylvie Joly, comédienne et humoriste... Et passionnément pour les enfants. Fanny Joly a publié plus de deux cents livres, pour tous les âges. Ses livres sont traduits à travers le monde, et ont reçu de nombreux prix, tous décernés par des jurys d'enfants.

Retrouvez Fanny Joly sur son site : www.fannyjoly.com

DR

Catel Muller est née en Alsace. Diplômée des Arts décoratifs de Strasbourg, elle débute sa carrière en publiant des albums pour enfants. Entre presse, bande dessinée et édition, une cinquantaine d'ouvrages illustrés jalonnent son œuvre. Parallèlement, Catel s'adresse aux adultes. En 2005, elle obtient le prix du public au Festival international de la bande dessinée d'Angoulême pour l'album *Le Sang des Valentines,* illustré et écrit avec Christian de Metter. Puis, en 2008, le prix du Public Essentiel pour le roman graphique *Kiki de Montparnasse* sur un scénario de José Louis Bocquet.

Retrouvez Catel, sur son site : www.catel-m.com

Les aventures de Marion et Charles sont apparues pour la première fois en 1995 dans le magazine *Je Bouquine*. La rencontre entre Fanny Joly et Catel Muller a été un grand moment, comme un vrai coup de foudre! Depuis, elles sont devenues inséparables. Neuf romans et près de cent trente épisodes plus tard, Marion et sa joyeuse bande continuent de ravir les lecteurs.

À suivre...

Retrouvez chaque mois...
...MARION!
Votre héroïne préférée...
...dans JE BOUQUINE!
jebouquine
UN CONTE DE NOËL

Le papier de cet ouvrage est composé
de fibres naturelles, renouvelables,
recyclables, et fabriquées à partir
de bois provenant de forêts
gérées durablement.

Mise en pages : Françoise Pham
Dépôt légal : juin 2013
Numéro d'édition : 253036
ISBN 978-2-07-065405-5
Loi n° 49-956 du 16 juillet 1949
sur les publications destinées à la jeunesse
Imprimé en Italie sur les presses de Grafica Veneta